진보를
향한 발걸음

—— 유인호 추모집

유인호 추모집
진보를 향한 발걸음
ⓒ 일곡기념사업회, 2012

초판 1쇄 2012년 10월 4일 찍음
초판 1쇄 2012년 10월 11일 펴냄

엮은이 | 일곡기념사업회
펴낸이 | 강준우
기획·편집 | 김진원, 문형숙, 심장원, 이동국
디자인 | 이은혜, 최진영
마케팅 | 박상철, 이태준
인쇄·제본 | 대정인쇄공사

펴낸곳 | 인물과사상사
출판등록 | 제17-204호 1998년 3월 11일

주소 | (121-839) 서울시 마포구 서교동 392-4 삼양E&R빌딩 2층
전화 | 02-325-6364
팩스 | 02-474-1413
www.inmul.co.kr | insa@inmul.co.kr

ISBN 978-89-5906-224-9 03810
값 10,000원

진보를 향한 발걸음

유인호 추모집

일곡기념사업회 엮음

인물과
사상사

추모집을 펴내며

일곡—谷 유인호俞仁浩 교수의 생애 마지막 저술인《나의 경제학, 수난과 영광》을 보면 이런 글이 나옵니다.

내가 대학 교단에서 지내온 기간은 우리 역사가 전진하기 위하여 몸부림치던 세월이다. 나도 그 여울의 한 부분에서 살았다. 짧지 않은 역사의 마디마디는 평면으로 떠오르기도 하고 굽이치는 소용돌이로 떠오른다. 그 물결 속에서 나는 후퇴하지 않고 나 자신과 나의 학문을 지키려 노력하면서 살았다. 그 역사 속에 같이 살았던 숱한 사람들의 가지각색의 얼굴과 몸짓들, 한 사람 한 사람을 생각하게도 되고 한꺼번에 생각하게도 된다. 어려운 역사였음을 그 얼굴들 속에서 다시금 확인하게 된다.

유인호 교수는 진보하는 역사의 흐름 속에서 함께했던 분들을 기억하면서 자신을 되돌아보고 더 나은 내일을 준비했습니다. 또 그 속에서 희생된 분들을 생각하며 언제나 눈물이 글썽였습니다. 그래도 살아 있으므로 굽이치는 소용돌이를 감내할 수 있다고 생각하고 행동했습니다. 항상 민중과 민족에 대한 열정을 가슴에 간직하고 진보의 한 걸음 한 걸음을 쉼 없이 걸어갔습니다.

일곡기념사업회에서는 고인의 20주기를 맞이하면서 《유인호 평전, 사회변혁을 꿈꾼 민중경제학자의 삶》 출간과 함께 추모집을 준비했습니다. 고인이 세상을 떠난 지 어느덧 20년이란 긴 시간이 지났지만 여전히 고인을 기억하고 그리워하는 많은 분들이 계셨습니다. 여러 분들께 원고를 청탁하고, 원고를 받아 책을 엮는 과정에서 그분들의 가슴 속에 여전히 고인이 자리하고 있다는 사실을 깨닫고 마음이 벅찼습니다.

그동안 고인과 역사의 물결 속에서 함께 마음을 나누었던 분들이 주신 글로 이 책이 태어났습니다. 학교와 학문의 영역에서 교류했던 학문적 동지와 선후배들, 이 땅의 민주화와 통일을 위해 함께 옥고를 치르기도 하고 논쟁을 벌이기도 했던 지인들, 중앙대 경제학과 스키안, 석우회, 대학원 제자들, 가족 그리고 지난 2007년 고인의 15주기를 기념한 심포지엄에서 논문 〈유인호 경제학과 한국 사회—새로운 패러다임으로서의 민중·민족·민주 경제론〉을 발표한 한양대학교 김종걸 교수 등 많은 분들이 소중한 글을 보내주셨습니다.

이번 추모집을 만들며 필자분들이 고인과 공유했던 시대와 기억들을 되짚어보았습니다. 그분들과 함께 고인의 자취를 돌아볼 수 있어서 무척 기뻤습니다. 더불어 이러한 기록을 세상에 남길 수 있다는 점에서 고인이 평소 강조한 '함부로 걷지 않는 발자국'의 의미를 다시금 새겨볼 수 있었습니다.

원고를 써주신 필자분들께 거듭 감사의 말씀을 올리며, 비록 원고를 써주시지는 못했지만 격려를 아끼지 않으신 많은 분들께도 감사를 드립니다.

2012년 9월

일곡기념사업회 이사장 김정완

2부 부족함은 있어도 부끄러움은 없었다

3부 새로운 역사의 창조 과정으로 나아가다

1부

수난에서 영광으로, 민주의 싹을 틔우다

텔레파시가 통했던 우리

❦

김병태(건국대학교 명예교수, 《한국농정신문》 고문)

•이 글은 김병태 교수님의 구술을 정리해서 재구성한 것입니다

내가 유인호 교수를 처음 만난 것은 1957년 말쯤 한국농업문제연구회에서였다. 나는 당시 중앙대학교에 전임 교수로 있었고, 유 교수는 고려대, 동국대에서 강사를 하고 있었다. 유 교수는 중앙대학교 백창석 교수님의 소개로 들어왔다. 백 교수님과 농업문제연구회 회장이셨던 주석균 선생님과 친하셔서 연구회원으로 들어오게 된 것이다.

연구회에서는 외부에서 강사를 모셔다 강연을 듣기도 하고 회원들이 함께 공부하는 시간을 갖기도 했다. 또 매주 금요일에는 '금요토론회'가 열렸다. 유 교수가 연구회에 들어온 이후에 이 금요토론회가 활성화되고 더욱 활발해졌다. 특히 그때는 한국에서 마르크스경제학을 정통으로 공부하는 곳이 없고 독학 형식으로 이것저것 들쳐보면서 공부했는데, 토론회 때 유 교수가 마르크스경제학에 대해서 정리를 잘해주곤 해서 회원들에게 큰 도움이 되었다. 유 교

수의 공이 아주 컸다. 나는 1956년 처음 연구회가 만들어질 때부터 있었다. 유교수가 연구회에 들어와서 그곳 작은 방에서 나란히 앉아서 함께 공부하던 기억이 생생하다.

1963년에 유 교수가 중앙대학교로 가면서 연구회를 떠났다. 중앙대학교로 갈 때에도 나와 연관된 이야기가 있다. 5·16 후에 내가 중앙대학교에 조교수로 있을 때 '민족일보 필화 사건'이 났다. 그 일로 내가 중앙대에서 쫓겨나게 됐는데 내 은사이고 당시 학장이었던 박근창 교수가 계속 나를 지지해주고 밀어주었지만 임영신 총장이 끝까지 반대해서 그만두게 됐다. 대신 그 자리에 유 교수가 들어가셨다.

유 교수가 동국대학교에서 쫓겨나는 과정에서 잘 싸우고 이겨내서 박근창 선생이 결국 모셔간 셈이 되었다. 그때 타협하고 굴복했더라면 오늘날 유교수가 없을 것이다. 뒤에 생각해보니 유 교수가 중앙대에 간 것이 내가 있는 것보다 후배들을 위해 훨씬 더 잘된 일이었다. 중앙대학교에서 존경받는 교수로 많은 인기를 얻고 추앙을 받았기 때문이다.

유인호 교수의 결혼과 얽힌 일화도 있다. 하루는 유 교수가 내게 결혼하게 돼서 신부에게 줄 반지를 준비해야 하는데, 전혀 아는 게 없어서 어떻게 해야 좋을지 난감하다고 이야기했다. 나는 당시 결혼은 했지만 보석에 대해서는 '백지'여서 처음에는 도와주지 못하겠다고 하다가, 대학 동창이 종로 2가에서 보석 가게를 하고 있는 게 생각나 그 이야기를 했다. 동창이니까 우리 같은 문외한을 속이지는 않을 것이라고 믿고 그 가게에 데리고 갔다. 결혼반지를 준비한다고 했더니 루비 원석을 보여줬다. 가공한 것보다 원석이 더 좋을 것이라고 그것을 권했고, 아무것도 모르는 유 교수와 나도 좋다고 해서 결혼반지를 얼떨결에 아주 간단하게 결정해버린 기억이 있다.

고 유인호 교수의 15주기를 기념하는 심포지엄에서 '유인호를 다시 보다' 라는 주제로 좌담을 했다. 왼쪽에서 첫째가 필자(2007년 6월).

1964년부터 일어난 한일회담 반대투쟁과 관련해서 생각나는 이야기가 하나 있다. 1965년 한일협정이 결국 조인되고 반대 운동이 더욱 거세지면서 7월 12일에 재경 대학교수단 354명이 서명한 '한일협정비준반대선언문' 이 발표되었다. 이 서명자 명단에 유 교수 이름이 올라갔다. 유 교수의 리쓰메이칸대학 선배인 이영식 교수가 명단을 작성하는 역할을 했는데, 본인들에게 허락받지 않고 유 교수, 최종식 교수, 이갑섭 선생 등의 이름을 올렸다. 나는 당시 이분들과 활발히 교류하던 때였고 또 술친구로도 자주 만나는 사이여서 전후 사정을 잘 알고 있었다. 이갑섭 선생은 어디서 무엇을 들었는지 투덜 투덜거리고, 최종식 선생은 서명한 적이 없고 모르는 일이라고 신문사에 이야기하기도 했다.

그런데 유 교수는 "나는 서명한 적이 없다. 그러나 나는 한일회담을 반대한다"고 말했다. 얼마나 멋있는 말인가. 모두들 감탄했다. 그래서 그 당시 유 교수가 화제의 인물이 되었다. 서명하지 않은 사실에 대해서는 분명히 밝혔지만, 비굴하지 않게 의사 표시를 확실히 한 것이었다.

1980년에는 유 교수가 고초를 겪으면서, 나와 뜻이 통했던 일화가 있다. 5월 15일 서울역 앞에서 대학생들의 대대적인 시위가 있던 날 건국대 제자가 시위에 참가하고 돌아와서 하는 말이 "'지식인 시국선언문'에 교수님 이름이 있어서 매우 자랑스러웠고 좋았다"라는 거였다. 그래서 "나는 그 선언문 명단에 이름을 올린 적이 없는데……"라고 말했다. 당시 나는 자양동에 집을 짓고 있어서 집 공사하는 것을 감독하느라 바빠 움직일 수 없는 상황이었다. 제자의 말을 듣고도 무심코 지나쳤는데 며칠 후 사달이 났다. 5·18광주민주화운동이 일어나고 나도 남산에 붙들려갔다.

'지식인 시국선언문' 서명 관계를 캐물었다. 시국선언문에 서명을 했는지를 물어서 그런 적이 없다고 잡아뗐다. 그러자 그들이 "유인호 교수가 당신이 승낙했다고 했는데, 왜 부정하느냐?"라고 반박했다. 그래서 "내가 집을 짓고 있는데, 유 교수께서 전화로 시국선언에 이름을 올린다고 해서 생각해보겠다고 했다. 그런데 두 번 세 번 전화가 와서, 나는 유 교수보고 알아서 하시라고 했는데 유 교수는 승낙한 것으로 받아들인 것 같다"고 주장했다.

아니나 다를까, 유 교수가 쓴 자술서에 보니 "내가 전화로 부탁했는데, 안 한다고 한 것을 내가 착각해서 한다는 것으로 알고 명단에 올렸다. 내 잘못인가보다"고 했다. 유 교수가 기지를 발휘해서 둘 다 살아남게 된 것이다. 미리 이야기를 맞춘 것도 아니지만, 그렇게 서로 텔레파시가 통하는 사이였다. 결국 나는 빠져나올 수 있었다. 유 교수는 이렇게 기지가 뛰어난 사람이었다.

얼마 후 '김대중내란음모 사건' 관련 신문 기사에 유 교수가 농림부 장관으로 나온 것을 보고 "내가 갈 자리에 유 교수가 갔네"라고 농담을 하면서 한

바탕 웃었지만 씁쓸한 마음을 금할 길 없었다. '현인은 난세에 집을 짓는다' 는 말이 있듯이 나는 그때 집을 짓느라 관여하지 않아서 빠져나갈 수 있었다.

유 교수는 성질은 좀 급하지만 나와는 마음이 잘 맞았다. 내가 속아서(?) 평생 형님 대접을 한 억울한 면도 있지만 난 유 교수를 항상 존경했다. 박현채 선생과는 자주 티격태격했다. 워낙 박현채 선생이 마구잡이로 대드니까 유 선생도 참지 않고 화를 내곤 했다. 그래도 서로 학문적으로, 개인적으로 통하는 것이 많아서 격의 없이 어울리며 지냈다.

1992년에 유 교수가 성모병원에 입원했을 때 문병을 갔는데, 수술하고 나니까 어깨 아팠던 것도 없어지고 몸이 한결 나아졌다고 했다. 그래서 나도 어깨가 아프다고 하니까 "김 교수도 수술하라"고 말하기에 "못 견디겠으면 나도 조금 있다 할게요"라고 대답했다. 그런데 그길로 가버리셨다. 안타깝고 기가 막힐 일이었다.

일곡 선생이 살아계셔서서 예전처럼 함께 일하면 좋을텐데……. 가슴이 아프고 나 혼자 외롭다.

자신과의 싸움, 사회와의 싸움

❦

문병집(전 중앙대학교 총장)

유인호 교수가 서거한 지 20년이 되었다. 유 교수와 학문을 담론하고 한국 경제가 나아갈 길 등을 논의하며 나라의 미래를 걱정하던 때가 새삼스럽게 떠오른다. 유인호 교수는 경남 밀양에서 태어나 일본 리쓰메이칸대학을 졸업하고 동국대학교 경제학과에서 강의를 시작하여 서거하실 때까지 경제학 연구에 전념하셨다. 그동안 그의 생애는 늘 순탄한 것이 아니었다. 유 교수 일생은 바로 한국의 현대사와 그 맥을 같이하고 있다.

1963년에 동국대학교에서 중앙대학교로 옮겨 온 것도 본인의 자의보다는 그의 환경이 적을 옮기게 하였다고 할 수 있을 것이다. 중앙대로 적을 옮기면서 내가 담당하던 강의 과목의 일부를 분강하여 강의하기도 하였다. 그러다가 나는 새로 설립한 농과대학 농촌사회개발학과로 옮기고 유 교수는 경제학과에서 계속 강의하면서 그곳에서 정년을 맞이하였다. 유 교수는 특히 농업경제

유인호 교수의 회갑기념 논문집 출판 기념회에서 유 교수와 환담하고 있는 필자. 고은 시인
의 모습도 보인다. 가운데 있는 이가 필자다(1986년 11월).

분야에 관심이 많았으며 그중에서도 '농업 협업화 문제'에 관하여 깊은 관심
을 가지고 그 분야에 대한 논문을 많이 발표하였다. 당시 한국 농업은 후진적
인 틀을 벗어나지 못한 채 빈곤의 악순환을 계속하고 있었다. 1949년 농지개혁
을 실시하여 농업의 근대화를 추진하기도 했지만 한국전쟁이 낳은 정치경제
적 파탄은 실로 많은 문제를 한국에 안겨주었다.

　농업생산력은 낮은 수준에 머물러 있으면서 식량의 자급마저 어려운 상
태였고 미국의 잉여농산물에 의지하면서 곤궁한 생활을 이어갔다. 문제를 해
결하기 위하여 정부와 학계는 많은 이론을 제시하며 방법을 모색했지만 큰 성
과를 거두지는 못하였다. 해결책으로 소농업 생산자의 협업화 또는 협동화 문
제가 제기되기도 했는데 유 교수는 농업의 협업 문제에 깊은 관심을 가지고 이
에 대한 이론을 적극적으로 제기한 사람 중 한 분이다. 당시 정부에서는 전국
각지에 시범 농장을 몇 개 건립하여 적극적으로 추진했다. 그중 가장 순조롭게

진행된 곳이 김준 선생이 주도하여 운영한 지리산의 협업 농장이었다. 유 교수와 나는 이 지리산 협업 농장을 직접 방문하고 운영 실태를 참관하였다. 우리는 그 특성이 이스라엘의 키부츠와 비슷함을 느낄 수 있었다.

이스라엘에는 '키부츠'와 '모샤브'라는 두 가지 농업 공동체가 있다. 그중 키부츠는 1909년에 창설된 집단 정착촌이 그 효시다. 이것은 농업 생산자조합인 동시에 노동자조합이라고도 할 수 있다. 키부츠가 최초로 설립된 것은 1910년이며 한때 200여 개에 이르렀지만 현재는 그 수가 큰 폭으로 줄어들었다. 키부츠는 공동 생산, 공동 분배, 공동소유 그리고 공동생활을 위해 사람과 자본, 토지를 한데 모은 집합체다. 이것은 공산주의 사회에서 볼 수 있었던 집단농장과 비슷한 것이었다. 그러나 공산주의 사회에서는 가입과 탈퇴의 자유가 없었지만 키부츠는 가입과 탈퇴가 자유롭다. 또한 외부 사회에 대해서는 하나의 유한 법인체로서 권리와 의무를 대행하는 것뿐 아니라 자산의 판매와 획득, 전매가 가능했다. 이러한 형태의 집단농장 제도가 전국적으로 확대되면 한국의 빈농 문제가 해결될 것으로 유 교수는 믿고 있었다.

그러나 자본주의 체제에서 키부츠와 같은 집단농장 제도는 한계가 있기 마련이다. 이러한 관점에서 유 교수와 나는 의견에 차이가 있었다. 이스라엘의 모샤브와 같은 협동농장 형태는 연구해볼 가치가 충분히 있다. 그러나 이것 역시 생산수단의 국가 소유라는 본질적인 문제 때문에 개인 소유를 바탕으로 하는 자본주의 사회에서는 한계가 있다. 다만 소유와 경영을 분리하면서 공동 생산, 공동 분배를 원칙으로 하는 협동조합 운동은 존재할 수 있다. 이것은 여러 자본주의 국가에서 생산자 협동조합의 형태로 진행되고 있다. 우리나라에서도 이러한 협동조합이 그 뿌리를 내리고 널리 퍼지고 있다. 결국 이 사안은 이념 문제로 확대되지 않을 수 없다.

거기에서 사회제도의 변혁 문제가 제기된다. 유 교수는 사회제도의 개혁 없이는 현실적인 문제를 해결할 수 없다고 주장하였다. 이것이 민주화 운동으로 발전되고 유 교수는 그 이론적 체제를 글로 발표하고 그 이론 관철을 위해 노력하여왔다. 즉, 이론과 실천의 통일을 구현하고자 하였다. 한국 경제를 분석하고 파악할 때에도 그러하였다. 그는 좋은 제도를 창건하고 그것을 합리적으로 운용하면 새로운 경제사회가 형성되고 발전한다고 피력하였다.

그러나 역사의 발전 과정은 그 시대에 존재하는 역사적, 자연적, 사회적, 경제적, 정치적 제 조건 여하에 따라서 특징지어지는 것이다. 제도를 뒷받침할 수 있는 과학적인 조건이 확립되어야 한다. 다시 말하자면 생산력과 생산관계의 상호작용 관계를 어떻게 설정하느냐에 따라서 그 방법과 논리에는 많은 차이가 있을 수 있다. 생산관계의 개혁에서 생산력의 발전을 추구하느냐 또는 생산력의 발전을 바탕으로 생산관계를 개혁하느냐 하는 문제다. 이상의 문제는 시대와 장소에 따라서 그 방법이 달라질 수 있지만 궁극적으로는 생산력의 발전을 바탕으로 생산관계를 확립한다는 논리가 합리적인 것으로 주목을 받을 수 있을 것이다.

유 교수도 이러한 점에서 많이 고민한 흔적을 그가 남긴 논설 중에서 찾아볼 수 있다. 이러한 문제는 사회과학을 연구하는 많은 후학들이 풀어야 할 과제이기도 하다. 유 교수가 작고하고 20년을 맞이하면서 생전에 여러 가지 문제들에 대하여 토론하고 연구하면서 고락을 같이하던 시절이 생각난다. 사회과학을 연구하면서 그 방법론을 고민해온 과거가 주마등처럼 스쳐 간다. 그럴 때마다 관련 자료를 찾아 재음미하기도 한다.

이러한 상황은 한국의 현대사의 과정을 살아온 많은 사람들이 겪고 있는 복잡한 현실이 아닌가 한다. 언젠가 유 교수가 서초동 성모병원에 입원하고 있을 때 문병을 간 적이 있다. 유 교수는 나에게 지나온 역정을 이야기하면서 "그 과정은 자신과의 싸움이고 사회와의 싸움이었다. 그리고 그 과정은 우리 역사가 전진하기 위한 몸부림의 세월이었다"고 피력하였다. 실로 우리나라의 현대사는 고난과 혼란의 과정이었다. 일제에서 해방된 조국은 한때 정치경제적 혼란이 극심하였다. 한국전쟁이라는 동족상잔은 우리 모두의 가슴에 많은 상처를 남겼다.

이뿐만 아니라 변화를 위한 몸부림과 발전을 위한 피땀을 흘리기도 하였다. 이제 1인당 국민소득 2만 달러를 실현하고 선진 역사의 건설을 위해 몸부림치고 있다. 어려웠던 과거를 거울 삼아 새로운 역사를 창조하기 위해 온 국민이 단결해야 할 때다. 고인이 된 유 교수도 한국이 살기 좋은 나라, 평화로운 사회 그리고 '우리들' 이라는 개념이 선행되는 나라가 되기를 바라고 있을 것이다.

냉철한 지식인, 따뜻한 인간

김민하(전 민주평화통일자문회의 수석 부의장)

'경제 민주화'가 정치사회적 화두話頭로 제기되고 있다. 여야 정파에 관계없이 복지를 공약으로 쏟아내면서 재벌 개혁의 필요성을 강조하는 등 여러 정황으로 볼 때 경제 민주화가 이제 피할 수 없는 시대적 요구임을 말해준다. 경제 민주화를 주창하기 위해서는 20년 전에 작고한 일곡 유인호 전 중앙대 교수의 학문적 소신과 업적을 떠올리지 않을 수 없다.

유 교수께서 경제학자로서 일관되게 추구한 학문적 주제는 '민중·민족·민주 경제론'이었다. 그의 첫 저서 《경제정책론》에서부터 마지막으로 펴낸 자전적 에세이 모음 《나의 경제학, 수난과 영광》 그리고 수많은 논문, 시론, 평론들을 통해 민주 경제론의 이론적 근거를 지속적으로 제시하고 현실에서의 경제 민주화를 주장하였다.

물론 그의 경제학 이론이 산업화를 추진해가던 시대에 반드시 옳았는가에 대해서는 논란이 제기될 수 있다. 산업화를 통한 경제성장이 시급한 국가적 과제였던 시기에 분배와 복지는 단지 이상적 이론일 뿐이었다는 지적도 설득력을 지니기 때문이다. 그럼에도 분명한 사실이 있다. 그의 경제 이론을 오늘의 경제 상황에 대입해서 파악하면 그가 학문적 선각자였음을 말해준다는 사실이다.

어느 나라를 막론하고 모든 양심적 지식인은 권위주의 정권 시대에는 어쩔 수 없이 수난을 겪기 마련이다. 유 교수 역시 예외일 수는 없었다. 정치적 민주화조차 요원해 보이던 그 개발독재 시대에 '경제 민주화'를 주창해온 그는 교수직에서 해직되고 수배자로 도망 다니기도 했다. 타협을 거부하는 학문적 소신 때문에 그와 같은 고통을 감내했던 그는 올곧은 지식인의 전형이었다고 할 수 있다.

1960년대와 1970년대에 중앙대학교 경제학과에는 대단한 교수들이 포진해 있었다. 최호진, 박근창, 백영훈, 탁희준 교수가 그렇다. 그 유명 교수들 가운데 유인호 교수도 있었다. 1969년에 정치학과 전임강사가 된 나는 유 교수의 명성을 익히 들어 알고 있었고 자연스럽게 그를 만났다. 전공이 다른 타 학과 교수와 전임강사로 만난 데다 5년이나 나이 차가 있었지만 우리는 학문적 열정으로 어렵지 않게 교감했다. 나는 늘 유 교수를 선배처럼, 형처럼, 친구처럼 따랐다.

시국에 대해 토론해보면 나는 산업화와 민주화의 동시 추진을 주장하는 입장이었고, 유 교수는 민주화가 산업화에 선행先行해야 한다는 입장이었지만 우리는 인간적 유대를 굳혀갔다. 우리의 만남이 지속될 수 있었던 건 유 교수가 후배를 대할 때마다 보여준 진술한 언행 덕분이었다.

유 교수는 학자로서는 냉철한 지식인이었지만 인간적으로는 참으로 따뜻

유인호 교수의 영결식장에서. 왼쪽에서 둘째가 필자다(1992년 10월).

한 분이었다. 그만큼 친화력이 뛰어났다. 선후배 교수들과 스스럼없이 어울렸다. 애주가였던 그는 대중음식점에서 값싼 안주에 소주를 즐겨 마셨다. 나도 술을 즐기는 편이어서 함께 자주 어울렸다. 그의 담론은 고준高峻했지만 인간적 체취는 지극히 서민적이었다. 아직도 많은 사람들이 그를 그리워하는 이유도 그처럼 온유한 인간성 때문일 것이다.

그가 신군부의 집권과 함께 해직당한 후 도피 생활을 하는 동안 나는 조심스럽게 그를 도우려고 나름대로 노력했다. 정국 안팎의 동향을 사모님께 전화로 알리면서 조심할 것을 간곡히 당부하곤 했다. 그러던 어느 날 내가 아는 정보 당국 고위 인사가 전화로 "김 교수, 이제 그만하시죠!"라고 협박하기도 했다. 통화가 도청되고 있었던 것이다. 그런 인연으로 유 교수의 복직 이후에 우리는 더욱 각별한 사이가 될 수 있었다.

유 교수는 어려웠던 시대에 한 세월 고통을 겪긴 했지만 복직 후 7년여를 교수로서 다시 강단에서 후학을 가르치다 정상적으로 정년퇴직했다. 교수 재직 기간 동안 학문적 업적뿐만 아니라 한국공해문제연구소 이사와 민족자주평화통일중앙회의 공동의장을 역임하는 등 사회 활동도 활발히 하셨다. 다만 학문 연구도, 사회 활동도 더 하실 수 있는 연세에 그만 유명을 달리하셨다는 사실이 여전히 안타까울 뿐이다.

유 교수가 돌아가신 후 나중에 사모님께서 하신 말씀이 기억에 남아 있다.

"돌아가셨다는 소식을 듣고 총장님께서 영안실로 허겁지겁 들어오시더니, '야, 유인호! 이렇게 훌쩍 떠나버리기야! 우리들 다 놔두고' 라고 하면서 영안실이 떠나가도록 큰소리로 흐느끼시던 모습에 제가 더 눈물이 났죠."

나는 그렇게 유 교수를 떠나보내는 것이 너무나 마음이 아팠다. 이제 후학들이 유 교수의 학문 연구를 승계, 발전시키기를 기대한다. 그분의 따뜻한 인간성도 길이 기억될 것으로 믿는다.

마르크스경제학을 밝혀온 등불

주종환(참여사회연구소 고문)

고 유인호 교수는 생전에 나와 매우 가까운 분이었다. 농업 협업 경영 문제로 논쟁을 벌인 일도 있었다. 이번에 유인호 교수에 대한 추모 글을 청탁받고, 그때의 발자취를 더듬어보았다. 1960년대 중·후반에 서로 비판하고 논쟁한 논문에는 후학들이 참고할 만한 이론과 내용들이 매우 많이 담겨 있다.

유인호 교수는 일본의 명문 사립대인 리쓰메이칸대학교 경제학부에서 주로 마르크스경제학을 수학했다. 알려진 대로 일본의 경제학부에서는 마르크스경제학이 필수 과정이고, 유 교수 역시 필수과정으로서 마르크스경제학을 이수했을 것이다. 한국에는 마르크스를 원천적으로 거부하는 풍토가 있다. 공산주의 이론이라는 것이고, 한국의 국시가 되다시피 한 '반공'에 맞지 않는다는 것이다. 마르크스경제학을 주로 공부했다고 하면, '빨갱이'로 몰려 교수 자리는커녕 감옥에 갈 위험마저 있었다. 이런 학문적 풍토에서, 유인호 교수가 동국대학교와 중앙대학교에서 경제학부 교수로 재직하던 시절에는 더더군다나, 마르크스경제학을 강의하기는 매우 어려웠을 것이다. 필자 자신도 《경제학개론》에서 마르크스 이론을 소개하면서 감옥 갈 각오를 했던 기억이 생생하다.

그러나 무릇 경제학을 연구하는 사람에게 마르크스는 피해 갈 수 없는 높은 봉우리다. 유인호 교수는 마르크스 이론을 백안시해온 한국의 특수한 학문적 풍토에서 마르크스 이론으로, 한국 경제의 현실 문제를 분석하고, 해답을 찾으려고 고군분투하신 분들 가운데 한 분이시다. 유인호 교수는 마르크스 이론으로 현실 경제문제를 어떻게 분석하고 이론화할 수 있는가를 보여주는 수준 높은 업적들을 남기셨다.

마르크스 이론을 모르고는 경제학이나 현실 경제문제에 대해 수준 높은 기여나 발언을 할 수 없다는 것은 분명하다. 그 이론에 대한 찬반을 떠나 이것은 분명한 사실이다. 유명한 영국의 경제학자 케인스는 "쓸 만한 가치론은 마르크스 이론이다"라고 말했다고 한다. 그의 제자인 영국 케임브리지대학 교수 조앤 로빈슨 여사는 마르크스 경제 이론을 그의 저서인 《경제철학》에서 여러모로 이용하고 있다. 그녀의 《경제철학》은 사실상 마르크스 경제 이론을 가지고 현실 경제문제를 어떻게 이론적으로 분석하고 해석할 수 있는가를 담고 있다.

한때 미국 경제학계를 주름 잡았던 《경제원론》의 저자 새뮤얼슨 교수는 《경제원론》 중 '전형문제'에 관한 장에서, 마르크스의 가치와 가격에 관한 이론에서 언제나 논란의 대상으로 되어온 '노동가치학설'과 현실의 '시장가격 형성 법칙'의 이론적 결합과 상호 관계의 문제를 심도 있게 논한다. '전형문제'을 간단히 말하면, 마르크스 경제 이론의 기초가 되는 노동가치학설, 즉 상품의 '가치'는 거기에 투하된 노동량의 크기로 정해지며, 현실의 가격을 궁극적으로 결정짓는 것 역시 상품에 투하된 노동량이라고 보는 학설이다. 마르크스는 노동가치학설을 기초로 하여 자본주의사회가 노동자를 착취하는 사회임을 이론적으로 규명하고 있다. 만일 '마르크스의 노동착취설 또는 잉여가치설'로 현실의 가격 형성 법칙을 설명할 수 없다는 것이 밝혀지면, 마르크스경제학설은 송두리째 무너지고 만다. 이렇듯이 이론적으로 극히 중요한 것이 유명한 '전형문제'다.

이런 마르크스의 노동가치학설에 대해 현실의 시장가격은 수요와 공급이 마주치는 교차점에서 정해지며, 그것을 궁극적으로 규제하는 가치의 실체로서의 '노동의 투하량'을 굳이 내세울 필요가 없다고 보는 것이 새뮤얼슨의 입장이다. 그리고 대체로 미국 경제학은 그런 입장에 입각해 있다. 새뮤얼슨은 이 유명한 '전형문제'에 관해 한마디 하지 않으면 안 되겠다고 생각하여, 그의 《경제원론》의 끝 부분에 이 문제를 소개한 것이다.

이렇듯이 미국에서도 제대로 된 경제학 교과서라면 마르크스 경제 이론에 대한 이해를 바탕으로 자신의 이론 체계를 수립하는 노력을 게을리하지 않는다. 역시 사회과학의 선진국이라 할 만하다.

우리나라의 분단과 전쟁이라는 특수 상황이 마르크스를 의식적으로 멀리하는 경향을 가져왔고, 미국식 경제학이 대학 강단을 독차지하다시피 한 오늘의 편향을 불러왔지만, 이것은 특수한 상황일 뿐, 학문적으로는 매우 뒤틀린 현상이다. 경제학을 제대로 연구하려면, 사상과 이념을 떠나 열린 마음으로 마르크스경제학 체계뿐만 아니라 동서고금의 경제사상과 경제 이론을 연구해야 한다. 그런 점에서 경제학사는 필수적이다. 특히 경제사, 노동문제, 사회문제 등을 연구하는 사람은 마르크스경제학을 알지 못하면, 깊이 있는 학문적 업적을 남기기 어렵다. 미국의 많은 경제학과의 필수과목에서 경제사나 경제학사 강의가 빠져 있는 경우가 많다고 하는데, 이것 역시 올바른 일이 아니다.

국립 서울대학교에서 마르크스경제학 강의가 사라져버렸는데, 이는 일종의 폭거라고 비난받을 일이다. 이처럼 좁은 소견에서 벗어나지 못하는 한 서울대학교가 세계 유명 대학으로 발돋움하지 못하는 현실은 지속될 수밖에 없을 것이다.

유인호 교수는 냉전 상황이 지배하는 상황에서도 외로이 마르크스경제학의 등불을 밝혀온 분이시다. 불행히도 일찍 타계하셔서 한국의 특수 상황을 과학적으로 분석하고 이론화하는 일은 후학의 몫으로 남아 있지만, 유인호 교수님의 꿈이 꽃을 피우고 열매를 맺는 날이 올 것을 믿어 의심치 않는다.

유인호 교수님을 추모하며

장임원(전 중앙대학교 의과대학 교수)

마음이 무겁다. 유 교수님의 막내 따님에게 전화 한 통을 받고서야 무심한 세월에 새삼 가슴이 아린다. 깔끔한 정장 차림을 한 꼿꼿한 유 교수님의 모습이 내 눈앞에 현실처럼 클로즈업되건만 20년이란 세월이 지나버렸다. 좀 더 정확히 말한다면, 같은 뜻을 품고 처음으로 만나 뵌 때가 1980년 4월 끝 무렵이었으니 32년이 지났다.

'1980년 서울의 봄'은 생명력이 넘쳐났다. 대학 캠퍼스는 민주화의 열망으로 뜨거웠다. 그 정세가 유 교수님과 나를 만나게 한 동력이었다. 13년이란 연령 차이, 정교수와 조교수라는 직위 차이, 더구나 경제학과 의학이라는 전공 차이로 두 사람을 묶는 끈이 전혀 있을 수 없었다. 하지만 '서울의 봄'은 우리를 단단히 묶어줬다.

중앙대학교 전체 교수회의는 사회 민주화와 대학 민주화의 둥지로 교수협의회를 조직하기로 결정하였고 후속 조치로 단과대학별로 두 명을 대의원으로 뽑았다. 나는 의과대학 대의원으로 선출되고 이삼 일이 지나 난생처음 유교수님의 전화를 받았다. 그 길로 교내 팔각정(교수 휴게실)에서 처음으로 만나뵙게 됐다.

'저 분께서 한참 아래인 나를 왜?'

어떤 경로로 나의 민주화 열망을 파악하신 것인지 궁금하기도 했지만 조금은 긴장됐다. 이미 유 교수님은 원로 교수 반열에 올라 있었기 때문이다.

그런데 이게 웬일인가 싶게, 탐색도 없이 내가 너를 다 안다는 듯 단도직입적으로 물으셨다. "교수협의회가 어찌 돼야겠소?" 좀 황당했지만 정신이 바짝 든 나는 "그거야 선생님께서 저를 부르셨으니 먼저 선생님께서 뜻을 말씀해주셔야죠"라며 감히 덤벼봤다. 그 후 우리의 대화는 근 30분 이어졌는데 나는 "그렇습니다", "예"로 족했다. 다만 교수협의회 회장 후보자에 대해서는 대의원 선출이 다 종료된 다음에 다시 논의하기로 대충 의견을 모았다.

난 의예과 학과장으로서 우리 학생들을 보호해야 한다는 명분도 있는지라 서울역을 중심으로 한 시위에 연일 동참하였다. 이 와중에 최루탄을 피하려 인도로 들어서다 가게 안의 텔레비전 뉴스를 보게 됐다. 뉴스가 전하는 임시 국무회의 모습에서 최악의 상황이 벌어지고 있음을 직감했다. 그 예감은 이튿날 현실이 됐다. 비상계엄 선포와 이어진 김대중내란음모 사건이었다. 내란음모 사건 기사에서 유인호라는 이름이 선명하게 보였다. 대학은 군이 점거하고 교수들마저 출입이 봉쇄됐다.

물론 유 교수님과의 만남은 첫 만남 단 한 번으로 단절됐고 우리 꿈은 산산조각이 났다. 유 교수님은 남산에 붙잡혀 가 숱한 고통을 겪으셨고 나는 광주행 버스에 몸을 실었지만 정읍에서 발길이 봉쇄된 후 좌절의 나날을 보내야 했다. 해직 교수들이 속출했다. 이 얼개에도 유 교수님은 물론 피할 수 없었다.

하지만 우리의 양심은 지친 몸과 마음을 다시 일으켜 세웠다. 대통령 직선제를 가로막는 호헌선언에 들불처럼 일어난 대학교수들의 성명은 이른바 1987년 6·10 민주항쟁을 촉발시켰다. 유 교수님은 그 고초를 다 떨쳐버린 듯 진보적인 원로 교수들과 함께 민주화를 위한 전국교수협의회(민교협)을 조직하는 데 힘을 보태셨다.

나는 박영근 교수와 함께 무참히 짓밟힌 교수협의회 재건을 위해 한길로 매진하였다. 드디어 1987년 8월 중앙대학교 평교수협의회가 출범하였다. 이 과정에 유 교수님은 정신적 버팀목이 돼주셨고 간혹 의논을 드리면 "뭐, 장 교수가 잘하고 있는데 나까지 나서"가 전부셨다. 때로는 서운한 생각도 들었던 바, 《한겨레신문》 창간 발기인 모임에서 유 교수님을 뵙고 교수협의회 운영에 대해서 다시 말씀드렸다. "또 그 이야기다. 잘하고 있으면서." 전과 똑같은 말씀이었다. "아냐, 저분이 뭔가 단단히 틀어져 계신 게 틀림없어"라는 생각이 오랫동안 내 머리에 남아 있다가, 민교협 회원 중대 교수들을 댁으로 초대한 저녁 식사 후 술자리에서 기어코 그 일을 여쭸다. 유 교수님은 하나부터 열까지 다 믿는다는 말씀으로 내 의혹을 확 풀어주셨다. 하기야 이 글에서 처음 밝히지만 교수협의회가 이룬 성과 중 하나인 안식년제 도입으로 그 초반에 유 교수님은 사모님과 함께 영국 런던대학으로 떠나셨으니 '믿으신 성과가 있었지 뭐!'라고 자위해본다.

내가 애초부터 선생님의 실천적 학문 업적을 익히 알고 있었지만 최근 들어 더욱 더 유 교수님의 빛나는 예지에 박수를 보낸다. 우리 사회의 담론이 보편적 복지를 넘어 경제 민주화로 접근하고 있기 때문이다. 경제 민주화는 놀랍게도 유 교수님께서 1980년대 중반에 이미 주장하신 것이다.

유 교수님은 1987년 11월《샘이깊은물》에 기고한 〈경제적 민주주의의 구상〉에서 경제 민주화가 무엇이며 경제 민주화가 왜 절실하며 경제 민주화의 틀과 경제 민주화에 이르는 방안은 무엇인지를 제시한다. 교수님은 경제 민주화를 '민주화를 이룬 민중의 생활 요구 실현'이라고 압축하여 갈파한다. 우리 사회에서 정치 민주화의 실현이 절실히 요구되는 만큼 경제 민주주의의 실현도 절실히 요구된다. 흔히들 정치의 민주화가 경제와 문화를 포함시킨 사회 전반의 민주화를 초래한다고 하지만 경제 민주화에 따라 정치도 민주화된다는 부분을 간과해서는 안 된다. 정치의 민주주의가 다른 분야의 민주화를 자동적으로 가져오게 하는 것은 아니다.

유 교수님은 경제 민주주의의 틀로 노동자의 경영 참가, 분배 구조의 왜곡과 불균형을 시정하는 경제체계를 제시한다. 여기서 한발 나아가 경제 민주화에 이르는 수단으로는 국민적인 합의로 경제정책을 수립하는 기구의 설치, 국민 생활에 밀착한 산업에 대한 공공투자 확대, 재정과 금융의 민주적 개혁을 제안하였다. 놀랍다. 그분의 예언자적 진보성은 논문과 시론에서 지속적으로 이어지고 그의 민중에 대한 열정은 넘친다.

유 교수님, 당신이 그립습니다. 하지만 당신은 우리와 늘 함께하고 있음을 몸으로 느끼고 있습니다.

지행합일 정신에 투철한 선비

안국신(중앙대학교 총장)

벌써 20년이 되었다니 세월의 무상함을 새삼 실감한다. 생전에 교수님과 같이한 지는 10년이 채 안 된다. 길지 않은 기간이지만 교수님께 많은 지적 자극을 받고 깨달음을 얻었다.

내가 미국에서 학위를 마치고 중앙대 경제학과에 합류한 때는 1983년 3월이었다. 그때는 교수님이 중앙대 경제학과 교수직에서 해직되신 지 3년째였다. 다음 해 가을 학기에 교수님이 학과에 복귀하셨다. 학과 교수 열두 명 중에서 교수님만 일본에서 수학하시고 나머지는 모두 미국에서 공부하였다. 교수님만 이른바 '정치경제학' 을 하시고 나머지는 모두 '주류 경제학(혹은 부르조아 경제학)' 을 한 셈이다.

당시 중앙대 경제학과는 학과 분위기가 너무 좋고 전국적으로 알아주는 실력 있는 교수님들이 포진하고 있었다. 모두 미국에서 박사 학위를 받은 동질적인 집단인 데다 정실 인사라는 것이 일체 없이 실력 본위로 교수들을 채용해왔고, 무엇보다 서로 어울리기도 잘해서 다른 대학 젊은 교수들이 부러워하였다.

색깔이 너무 다르고 이미지가 강성인 교수님이 복귀하신다고 해서 처음에는 학과 분위기가 깨지지 않을까 은근히 소장파 교수들이 걱정하였다. 그러나 그건 기우였다. 경제학의 접근 방법은 너무 다르지만 교수님이 지행합일 정신에 투철한 선비요, 뚜렷한 인생의 선배여서 학과의 모든 교수들이 유 교수님을 깍듯이 대하였다. 교수님도 일 대 십일이라는 절대적인 열세를 의식해서인지(?) 학과 세미나나 회의에서 강성 재야인사로서의 이미지를 별로 드러내지 않으셨다. 학과 회합에도 흔연히 참석하여 즐겁게 어울리셨다. 그래서 경제학과는 화기애애한 분위기를 이어갈 수 있었다. 이런 분위기는 지금까지도 아름다운 전통을 이어가고 있는데, 교수님도 일조한 셈이다.

정치경제학자로서 교수님이 강조하는 연구 대상은 민중과 민족이었다. 당시 군사정권에 맞서는 재야의 입장이기도 했다. 주류 경제학자의 연구 대상은 예나 지금이나 경제인과 국민이다. 현실 세력 관계를 반영하여 경제인이나 국민을 나누어본다면 '민중'과 '지배층'이라는 두 부류로 나누어볼 수 있겠다. 추상적으로 내세우는 경제인이나 국민보다 사회적 약자인 민중에 초점을 맞추는 것은 바람직하고 진일보한 점이라고 생각되었다. 교수님은 민중경제, 민족경제를 천착하는 한편 경제 민주화도 일찍부터 강조하셨다.

교수님을 포함한 정치경제학자와 나를 포함한 주류 경제학자 사이에 가장 큰 차이점은 1980년대 현실 인식에서 드러났다. 정치경제학자는 군부가 지배하는 남한 정치와 천민자본주의가 지배하는 남한 경제는 극복되어야 할 모순체였다. 이게 외채망국론으로 나타났다. 세계 4위로 많은 외채 때문에 조만

간 남한 경제는 쫄딱 망한다는 것이었다. 남한 경제가 망해서라도 군사독재 정권이 붕괴되기를 바라는 염원이 들어 있는 주장이었다. 내 기억으로 외채망국론을 강력히 주장한 대표적인 경제학자가 교수님이다.

주류 경제학자들은 한국 정치와 경제에 많은 문제점이 있지만 외채망국론은 지나친 예단이고 역동적인 경제성장은 결국 정치 민주화를 이끌어낼 것이라고 낙관적으로 생각했다. 중앙대 경제학과에서도 교수님을 뺀 나머지 교수들은 기본적으로 이런 관점을 가지고 있었다.

외채로 쫄딱 망하지는 않았지만 민족경제(한국 경제)는 지나친 대외 의존과 잘못된 거시 경제정책으로 1997년의 외환 위기와 2008년의 금융 위기와 같은 큰 곤경을 겪었다. 경제 위기는 민중(민생)을 곤고하게 만들었다. 그 결과 경제 민주화가 21세기의 시대정신으로 새롭게 우리 사회에 부각되고 있다. 교수님이 씨름한 민족, 민중, 민주의 담론은 여전히 우리 사회에 유효한 거대 담론이라는 사실이 확인된 것이다. 교수님이 은연 중에 지향하였던 사회주의도 문제지만, 사회주의가 무너진 이후 고삐 풀린 자본주의도 문제다. 세상에 완전한 경제체제는 없다. 지나침은 모자람만 못하다는 우리 조상의 가르침을 되새기면서 중용의 슬기를 발휘해야 할 때다.

1980년대에 교수님과 같은 학과에 있으면서 외채망국론은 받아들이지 않았지만 정치경제학이 강조하는 한국 경제의 구조적 문제점은 진지하게 고민해야 한다고 생각하였다. 교수님의 '설교'에 영향을 받은 셈이다. 이 깨달음을 1986년 가을에 시론으로 다루어 보았다. 우선 한국 경제를 보는 주류 경제학의 낙관적인 관점을 '기능론', 정치경제학의 비관적인 관점을 '구조론'으로 분류하고 정리하였다. 이어 대내외 전환기에 종전처럼 기능론적 시각에서 단기적인 고도성장에 심취하여 들뜨지 말고, 구조론적 시각에서 한국 경제구조의 불균형과 지나친 대외 의존성을 본격적으로 바로잡는 정책의 대전환이 있어야 한다고 제안하였다. 이를 〈전환기의 한국 경제〉라는 논문으로 《월간조선》 1986년 12월 호에 실었다. 이 시론으로 1987년에 《매일경제신문》에서 주는 제17회 이코노미스트상을 받았다. 제법 두둑한 상금을 받아 교수님을 포함한 학과 교수들에게 한 턱 냈다. 곁에 교수님이 계신 덕분에 한국 경제를 보는 다양한 관점에 대해 생각해보며 나름대로 입장을 정해보는 계기가 되었고, 그 덕분에 상까지 탄 것이다.

교수님은 민중경제학을 하시는 분답지 않게 말년에 양평의 '대지주'가 되는 호사를 누리셨다. 1970년대 중반에 산악 농장의 실험장으로 꽤 넓은 산림을 산 것이다. 결과적으로는 최고의 재테크가 되었다. 종종 학과 교수들을 초대하기도 하셨다. 부부 동반으로도 가본 그곳은 시골 출신인 내가 보기에 너무 부러웠다. 자연을 벗 삼고 유유자적하기에 그만이었다.

한번은 산자락에서 가진 학과 회식에서 뱀술을 항아리에 담아 산에 묻어놓았으니 나중에 꺼내서 같이 들자고 말씀하셨다. 교수님께서 일찍 돌아가시는 바람에 같이 마실 기회를 놓쳤다. 돌아가신 후에 경제학과 교수들 말을 듣고 사모님께서 여기 저기 파보았지만 끝내 뱀술 항아리를 찾지 못하였다고 한다.

유 교수님 정년퇴직 기념식 때 변형윤 선생님이 치사를 하시면서 "정년을 맞으면 다 같이 노욕을 조심해야 한다"고 말씀하셨다. 교수님이 오래 사셨다면 아마도 변 선생님이 걱정하실 정도로 김영삼 정부에서 큰일을 많이 하셨을 것이다. 정년 후 1년여 만에 돌아가신 바람에 이런 기회가 없어진 것이 지금도 아쉽다. 양평의 산자락에서 정기를 받은 뱀술을 같이 마실 기회를 못 가진 것이 서운하다. 교수님이 전원주택에서 유유자적하시면서 한국 경제를 길고 깊게 사유하실 기회도 같이 사라진 것이 못내 안타까울 따름이다.

짧은 인연, 긴 추억

조원희(국민대 경제학과 교수)

개인적인 인연과 추억

유인호 선생의 가족 이외에는 내가 어떻게 생전에 선생과 교류했는지를 아는
분이 없다. 나는 그야말로 개인적으로 선생과 짧고도 짧은 만남의 시간을 가졌
고 그 강한 인연의 끈을 놓지 못하여 선생이 작고하신 지 20년이 지난 지금까
지 과거를 생각할 때마다 안타까운 감정과 그리움에 휩싸인다.

　　나는 1977년 서울대학교 경제학과 2학년이었을 때 선생께서 번역한 애덤
스미스의 《국부론》을 읽고 선생을 알게 되었다. 그 이전에 쓰신 수많은 글들은
간접적으로만 알고 있었고 1980년부터 1984년까지 내가 서울대 대학원 경제
학과에 다닐 시기에는 선생이 투옥과 해직으로 학문적으로 긴 동면의 시간을
보내셨다. 1984년에 나는 영국으로 유학을 떠났으므로 선생이 1984년 이후 다
시 왕성한 집필 활동과 사회 활동을 전개한 일을 거의 알지 못하였다. 선생은

수난에서 영광으로, 민주의 싹을 틔우다

39

학문 활동, 사회 활동, 투옥과 해직, 복직 등 수많은 인생 역정을 뒤로 하고 인생 후반기, 퇴직 후 당신의 제2의 학문 세계를 개척하고 또 지친 몸과 마음을 추스르기 위해 1년 동안 안식년을 영국에서 보내셨다. 가족(사모님과 당시 대학생이었던 막내딸 선진 씨)과 함께 1989년 여름에 영국 런던으로 오셨다. 이것이 계기가 되어 인연을 맺게 되었다. 당시 나는 학위 논문을 거의 완성하여 마무리 작업을 하고 있었다.

그 당시 런던에는 한국인이 거의 없었다. 몇몇 금융 기관과 대기업 지사가 나와 있을 뿐이었다. 나는 어떤 때는 6개월 동안 한국 사람을 보지 못하기도 했는데 어쩌다 한국 사람을 만나면 그날 밤은 흥분되어 잠을 자지 못할 정도였다. 방학이 되어 김수행 선생께서 런던에 있는 자택에 오시면 나와 이채언 형(현 전남대 교수)은 자주 김 선생 댁에서 파티를 열고 그래서 항상 방학이 되기를 손꼽아 기다렸다. 유인호 선생이 런던에 오시자 귀한 손님이 런던에 오셨다고 김수행 선생이 댁에 초대했다. 김수행, 유인호, 이채언, 나 네 사람 그리고 가족들이 함께 모여 김수행 선생 사모님이 손수 차리신 음식과 술로 파티를 하였다. 처음 얼굴을 대하여 만난 유 선생은 내가 서울대 근처에서만 보던 선배, 스승과는 완전히 다른 분이었고 그것이 충격적이기까지 했던 것 같다. 그래서 아마 지금도 그날 처음 뵙던 기억이 생생한 모양이다.

선생은 유럽의 역사를 그야말로 꿰고 계셨다. 오스만제국, 동로마를 거쳐 근대 유럽이 형성되는 과정을 파노라마처럼 말씀하셨는데 '무식한' 나로서는 경탄하며 경청하는 도리밖에 없었다. 아는 게 없으니 맞장구도 치기 어려웠다. 내 지도 교수도 너무 좁은 이론만을 아주 분석적으로 연구한 사람이라 넓은 역사적, 현실적 맥락에서 사고하는 것을 전혀 장려하지 않았고, 나 또한 당시 논리 지상주의에 매몰된 사람이었다. 나는 감정도 메말랐을 뿐 아니라 이론과 역사를 연결하고 더구나 문자로 표현되지 않는 현실에 대한 '감'이 전혀 없는 신참 연구자였다. 당시 나는 유인호란 인간을 보자 본능적으로 나에게 결핍된 이런 면, 편협한 모습을 고쳐줄 스승을 만났다고 생각했다. 본인에게는 한없이 엄격하지만 타인에게는 부드러운 전형적인 외유내강의 풍모도 매력적인 분이었다.

얼마나 탐구열이 대단하셨던지 그 연세에 사모님과 영어 학원을 다니셨는데, 부끄럽다고 우리에게는 그 말씀을 하지 않으셨다. 학원 다니시는 것이 창피해서 말씀을 안 하셨다고 했는데 당시 나는 참 '귀여운' 부부라고 생각했다.

1990년 초에 나는 학위를 마치고 귀국했고 선생께서는 1990년 여름에 안식년을 마치고 중앙대학교로 복귀하셨다. 나는 시간강사로 중앙대에서도 강의했는데 선생의 대학원 강의에도 참여했고 가끔 선생과 함께 대학원생 뒤풀이에도 참석했다. 그때 어떤 말들이 오갔는지는 기억에 없다. 다만 한 가지가 지금도 생생하게 남아 있는데, 선생께서는 강의하실 때 전체 맥락을 잡는 작업을 하시는데, 자주 300만 년 전 그야말로 인간이 원숭이였던 시절로 올라가서 이야기를 푸시기 일쑤였다. 나는 요즈음도 기껏해야 10만 년 전으로 가끔 거슬러 올라가 이야기를 하지만, 도저히 300만 년 전은 감을 잡지 못하는 형편이라 아직 선생의 경지에 오르려면 멀었다는 생각을 혼자 하곤 한다.

요즈음 나도 환경, 생태 문제에 조금 관심을 두게 되었다. 이런 문제를 깊이 이해하려면 선생의 접근이 옳다는 것을 깨닫게 된다. 선생은 이미 1980년 초부터 공해 문제와 관련된 연구도 하시고, 공해문제연구소 이사, 공해추방운동 시민단체 고문 등으로 활동하셨다. 참으로 시대를 앞서는 안목을 지니셨다. 현장성을 중시하고 현장에서 일어나는 일의 중요성을 간파하려면 그야말로 종합적인 안목, 이론·역사에 대한 이해를 기반으로 종합적으로 판단해야 할 것이다. 선생의 폭넓은 탐구 자세도 이처럼 현장을 중시한 결과라고 생각한다.

1990년 초에 선생님께 신년 인사를 갔다. 그때 나는 정년을 한 학기 남겨 두신 선생의 은퇴 후 생활 계획, 연구 계획을 들을 기회가 있었다. 양평 땅에 손수 영농을 하시면서 농업과 관련된 본인의 이론을 직접 체험함으로써 확인해보고 싶다는 것, 구체적인 내용은 기억하지 못하지만 어마어마한 연구 계획 등등. 나로서는 그 엄청난 스케일을 소화할 능력이 없었다. 다만 당시 나는 이 분을 나의 정신적, 학문적 스승으로 평생 모시겠다고 마음을 먹었다.

그러나 선생은 1991년 여름 은퇴 후 얼마 안 되어 암이 발병하고 1992년 작고하셨다. 나는 개인적으로 참으로 슬펐다. '멘토'를 잃은 허전함을 지금도 완전히 떨치지 못하고 있다. 정녕 사랑이 시작하려는 찰나에 병으로 연인을 보내는 황망함은 드라마에서만 등장하는 일이 아니란 말인가 하는 생각이 든다.

이런 일들은 개인적인 일이었으니 사모님이나 가족도 모르는 일일 터. 제자도 아니고 공식적인 일로 만난 사이가 아니라 순전히 개인적인 교류였으니 당연히 그러할 것이다. 짧건 길건 선생과 인연을 맺은 또 다른 사람들도 알려지지 않은 이야기가 많을 것이다. 세상 삶의 이야기는 무한하고 각자 간직할 일이로되, 인간 유인호를 추억하는 지면을 할애해주어 고인을 기억하는 모든 분들과 함께 할 수 있어 기쁠 뿐이다. 고투하면서 이 나라의 발전에 온몸을 던진 분들 그리고 그 가운데 분명한 자리를 차지하는 유인호라는 개인과 나의 인연은 하찮은 개인사라고 할지 모른다. 그러나 한 사회의 정신사는 무한한 인연으로 만들어진다는 사실을 생각하면 작은 의미라도 부여할 수 있지 않겠는가.

인격 문제

내가 이 글에서 꼭 하고 싶은 말이 있다. 내가 만난 선학들 가운데 유인호 선생 하면 떠오르는 단어는 엄격성이다. 불교에서 불·법·승을 강조하는데 법이 내포한 의미를 요즈음에는 덜 강조하는 것 같다. 법이란 객관적으로 보면 교리·원리가 되겠지만, 주관적으로 보면 자신에게 엄격한 태도와 밀접히 관련된다고 본다. 자신을 객관화하고 원리, 원칙에 맞게 살려는 태도가 있을 때 한 개인은 그 법이 왜 타당한 것인지 이해하게 되고, 연구자라면 기존 원리가 부족하거나 심지어 잘못되었을 때는 새로운 '법'을 밝힐 수 있을 것이다. 전통 유교에서도 소인과 구분하여 대인, 군자, 성인을 말하고 있는데 좁은 자기를 벗어나 보편적 자아를 득하고 소인을 벗어나는 길은 바로 자신에게 엄격해야 한다는 것이 아닐까 한다. 나는 유인호 선생께 다른 어떤 선학보다 이 점에서 많은 것을 배웠다. 인간 유인호에게서 자연스러우면서도 강렬하게 발산되는 결기도 이것에서 유래했다고 본다.

자신에게 엄격한 자세로 실천할 때에만 한 사회를 더 높은 단계로 이끌 것이며 개인적으로도 높은 '불'의 경지를 이룰 것이다. 그리고 우리는 이러한 노력을 순전히 혼자 하는 것이 아니라 선학들, 선조 가운데 훌륭한 분을 등대로 해서 하게 된다. 자연히 스승, 즉 불교에서 말하는 '승'을 찾게 된다. 유인호 선생을 보고 느낀 것은 이분은 과거 선학의 생각을 열심히 공부하고 따르되, 결코 무작정 추종하거나 암송하지 않는 분이라는 점이었다. 불·법·승 삼보 三寶를 실천한 분으로서 바로 나 자신이 '승'으로 삼고자 했던 분이다. 지난 20년간 나는 개인적인 스승이 없이 혼자 좌충우돌했고 많은 난관에 빠지기도 했다. 어려울 때 자주 선생이 생각나고 일찍 가신 데 대한 야속한 감정과 그리움이 더 하는 것도 이 때문이다.

이제는 역사의 강물로

'연구자' 유인호 선생의 역사적 맥락을 생각해보자. 나는 어쩔 수 없이 나를 기준으로 따져보게 된다. 나는 1960년께 우리나라가 근대화되기 시작할 즈음에 태어나 1970년대 대학에 들어가 역사에 대해 눈을 떴다. 이때 우리가 의존한 시각과 현실 파악의 지침을 제공한 분들이 바로 우리보다 한 세대 전에 태어나 연구물과 직접 가르침으로 이끌어준 유인호 선생 같은 학자들이다. 우리는 이분들의 생각을 흡수하고 당시 외국의 최신 조류도 일부 흡수하려고 했다.

당시 근대화, 산업화는 시대적 과제로 집권 보수 세력이나 민주 세력이나 모두 받아들이고 있었다. 문제는 오로지 '어떤 산업화인가' 라는 그 방법론에서 차이가 날 뿐이었다. 유인호 선생의 출발점인 민중 · 민주 · 민생 중시 개발론은 당시 민주 세력의 일반적인 관점이었던 것 같다. 다만 '재벌 독점기업 주도의 대외 의존적(수출 지향적) 불균형성장론' 이라고 당신이 규정한 집권 세력의 전략에 대해 선생은 '국내 자원 활용 주도형(따라서 내수 주도형) 균형성장론' 을 제시하였는데 이는 농공 균형성장론을 의미하고 제조업 내에서는 중공업이 경공업에 비해 더욱 발전하는 불균형을 허용하는 전략이었다. 이 발전 전략도 대체로 당시 다른 분들의 생각과 유사했다. 그러나 선생은 이와 함께 수출이 아니라 농업의 발전 그리고 이에 따른 식량과 주요 공업 원료의 자급, 공산물 시장의 국내 형성을 전략으로 제시하지 않았나 생각한다.

박정희가 죽고 1980년 이후 30년이 흐른 지금 한국의 산업화는 선생이 제시한 발전 전략과는 정반대의 전략, 즉 보수적 전략이 완전히 관철되었다. 김대중, 노무현 대통령은 정치적으로 민주화를 완성하기는 했지만 경제적으로는 기존 노선을 크게 벗어나지 못했다. 외환위기 이후 외부의 간섭도 있었고 그분들의 성향도 있었기 때문이리라. 어찌 됐건 이제 한국은 선진국 대열에 합류했다. 세계적으로 18세기 후반 이후 세 차례 산업혁명이 있었는데 현재 이른바 디지털 혁명의 경우 한국은 선도적인 위치에서 전진하고 있다. 양적으로도 구매력 평가에 의한 1인당 GDP는 3만 달러에 접근하여 곧 여타 선진국 수준으로 올라갈 것이다. 그러나 경제가 성장함에 따라 내수 비중이 커지기는커녕 대외 부문의 비중이 점점 더 커져 외환 위기 이후는 수출 대기업 중심 성장 체제가 고착되고 이들이 원하는 완전 개방 경제를 위해 FTA를 공격적으로 추진, 완성해가고 있다. 이런 현실에서 우리는 선생을 포함한 전 세대의 입장을 어떻게 평가해야 할 것이냐는 질문을 던진다.

선학의 가르침이 그러했고 주변에 가난만을 보고 자란 우리 세대는 솔직히 한국이 선진국이 될 수 있으리라고는 감히 상상하지 못했다. 민족경제론이란 것은 그것이 유인호의 것이건 박현채의 것이건 결국은 끊임없이 주변의 경제 강국에 시달릴 수밖에 없는 상황이 우리의 운명임을 전제로 하고 어떻게 우리를 방어할 것인가라는 데서 출발하지 않았나 감히 추측해본다. 식민지 신세를 겪고, 한국전쟁이라는 동서 강대국의 대리전을 치르고, 그래서 완전 폐허가 된 지난 반세기의 경험을 생각하면 당연한지도 모른다. 그런데 나는 이제 우리가 이런 사고방식에서 벗어날 때가 됐다고 생각한다.

나는 1997년 외환 위기 이후 선생이 강조하는 이슈의 현장을 체험하고 학문의 현장성을 확보하기 위해 현실 문제에 나름대로 앞장서서 10여 년을 활동했다. 2001년 (신자유주의 극복을 위한) 대안연대회의 운영위원장을 시작으로 투기자본감시센터 운영위원, 금융노조 부설 경제연구소 소장을 거쳐 현재 복지국가소사이어티 편집위원장으로 일하면서 가장 최신 경제 이슈에 관여해왔다. 나는 이런 일을 하면서 내가 선생이나 다른 선학에게 배운 민족경제론은 이제 우리가 벗어나야 할 프레임이라는 결론을 나름대로 얻었다. 보수적 발전

전략이 초래한 재벌 대기업 지배, 양극화에 따른 민생 파탄, 농업의 위기, 남북 분단과 대립 등이 사라졌기 때문이 아니다. 이 문제는 현재도 여전히 해결되지 않은 중요한 문제다.

내가 강조하고 싶은 것은 선진국에 시달리는 후진국 경제(학)이라는 관점, 개발 경제학의 관점으로는 한국 경제와 사회를 더 높은 차원으로 끌어올릴 수 없다는 점이다. 이제 진보 경제학에 필요한 것은 자본주의 시장경제의 보편 법칙이라는 관점에서 우리 경제와 사회를 억압하는 요인을 분석하고 해결책을 구하는 일이다. 신자유주의 정책, 금융자본주의에서 벗어나 복지국가 체제를 건설하고 생산대중과 국민 전체가 안심하며 행복하게 살 수 있는 길을 모색해야 한다. 이는 후진국 한국의 문제가 아니라 세계의 보편적인 문제이며 우리의 사고도 이렇게 조정되어야 한다.

예를 들어 재벌 문제를 고민할 때도 재벌이 뭔가 한국과 한국 민중을 외국 자본에 팔아먹고 자기 배만 불리기 위해 외국의 국가, 자본과 은밀히 내통한다는 생각에서 벗어나야 한다. 그 대신 대기업을 진보적 국가권력이 장악, 통제하고 압박을 가하여 이들을 국민경제의 발전, 일자리 창출, 중소기업과의 상생 등에 봉사하게 하는 방법이 무엇일까를 고민해야 한다. 사실 지난 10년을 보면 과거 민주화 담론을 주창해온 재벌 개혁론자 가운데 재벌을 때려잡는 것은 무조건 선이라 생각하면서 재벌을 자본시장(주식시장), 주주의 철저한 감시에 두어야 한다는 이른바 '경제 민주화' 운동을 실천해왔다. 그 결과는 무엇이었나? 결국은 소버린, 칼라일, 론스타, 소로스펀드 같은 외국 투기 자본에 우리 기업을 먹잇감으로 내주거나 고액 배당으로 주주(특히 외국 주주)의 이익에 봉사하는 일을 했다. 민족주의적 감정과 사고가 아이러니하게도 그 반대의 결과를 낳은 것이다.

물론 광풍같이 몰아친 시장 지상주의, 신자유주의가 한국에 자본주의 시장이 무엇인지, 그 폭력성의 실체를 노동자, 기업가 모두에게 각인시키는 '계몽적' 역할을 한 것도 부정할 수는 없다. 이 짧고 폭력적인 과정을 겪고, 최일선에서 이 문제와 씨름하면서 나는 우리의 사고가 과거 민족경제론적 사고 틀을 벗어나야 한다고 결론을 내렸다. 지금 한국의 문제는 차라리 마르크스가 《자본론》에서 분석한 성숙한 자본주의 일반의 문제이며 후진국의 특수 문제가 아니다. 물론 한국은 급속한 산업화, 보수적 발전 전략으로 과거가 남긴 부정적 유산도 극복해야 한다. 그러나 그것은 보편적인 문제에 비해 부차적이며, 보편적 문제의 틀 속에 재배치해야 하는 문제라고 본다.

　한국은 세계사적으로 유래가 없는 업적을 이루었다고 한다. 산업화와 민주화를 가장 빠른 시간에, 상대적으로 가장 대가를 덜 지불하고 성취했다고 국제적으로 평가받고 있다(물론 내가 상대적으로 대가를 덜 지불했다고 해서 우리의 선배들이 흘린 피와 땀이 적었다는 뜻은 결코 아니다). 민주화가 실패했다면 오늘날처럼 발전된 한국은 없었을 것이다. 유인호 선생은 역사적 과업에 온 몸을 바쳐 헌신한 우리의 선학, 선배 세대의 자랑스러운 일원이다. 그러나 이제 우리는 선생을 역사의 강물 위에 흘러 보내야 한다. 그 이유는 위에서 말한 대로 우리의 문제가 더욱 고차적으로 상승했기 때문이다. 당신의 고민은 지금을 있게 한 찬란하고 영광스러운 역사이되, 현재가 아니라는 뜻이다.

　나는 왜 정년을 앞두고 선생이 영국과 유럽에 오셔서 1년간 체류하려 했는지를 이렇게 해석해본다. 선생 자신이 은퇴 후 학문 제2기를 준비하면서 자신의 학문을 후진국 경제학이 아니라 일반 경제학, 자본주의 일반의 경제학으로 전화시키려 했기 때문이 아닐까? 방어적이고 수동적인 후진국 사고에서 벗어나 보편주의적 사고 체계를 얻고 싶었기 때문이 아닐까? 1960년부터 1990년대까지를 지배한 사고 틀에서 벗어날 때가 온 것을 직감했고 새로운 틀의 필요성을 느끼신 것은 아닐까?

나는 그렇게 해석하고 싶다. 그분이 영국에 오신 이유라고 내가 추측한 대로 보편주의적 사고를 하는 연구자들이 내 주변에는 다수 생겨나고 있다. 나나 주변 분들이 완전히 새로운 사고 틀을 후세대에게 물려주지 못할지도 모른다. 그러나 누군가 그것을 해야 한다. 그러면 아마도 다음 세대에서는 우리 세대와 완전히 다르게 사고하는 연구자들이 중심적인 역할을 할 것이다. 나는 선생이 하고 싶었으나 이루지 못한 일을 미흡하나마 하고 있는 나를 하늘나라에서 보시고 "그래, 자네 잘하고 있다. 좀 더 잘할 수는 없을까?" 이렇게 말씀해주실 거라고 생각해본다.

역사의 강물 위에 선생을 떠나보내지만 나의 긴 추억은 내일도 계속될 것이다.

유인호 선생에 대한 단상

예춘호(전 국회의원)

내가 유인호 선생을 처음 만난 것은 1956년께로 기억한다. 휴전협정이 체결된 지 몇 년이 지났지만 아직도 한국전쟁의 상흔이 여기저기 그대로 남아 있는 무렵이었다. 정치적으로도 혼란스러웠지만 경제적으로도 매우 어려워서 도시나 농촌 할 것 없이 생활고에 시달리는 피난민들의 참상이 가슴을 아프게 하던 시절이었다. 부산에서는 번화가로 알려진 광복동이나 남포동 거리에도 판자로 지은 허름한 난민 가옥이 그대로 남아 있을 때니까 원주민이나 난민을 가릴 것 없이 호구지책이 얼마나 비참했는지는 말로써 다 설명할 수 없는 지경이었다. 나는 그 무렵 대학원에서 경제학을 공부하고 있었다. 전쟁 직후라 거리에는 군인들로 가득하고 사회 분위기는 삭막했지만 학교에 몸담고 있는 젊은이들은 학문에서 실오라기 같은 희망을 찾았다. 동문수학하던 친구들은 가교사에서 강의를 들으면서 어렵사리 대학원 과정을 마치고 교수님들의 추천으로 하나

둘씩 시간강사로 나가고 있을 때였다. 유 선생도 그때 막 일본 유학을 마치고 귀국해서 대학에 자리를 물색하고 있던 참이었는데 마침 일본에서 같이 공부한 김규원 선생의 소개로 인사를 나누게 되었다.

당시 두 그룹이 함께 어울렸는데 국내파라 할 수 있는 우리 쪽은 오만식, 박규상, 김호칠, 강민주, 우기도, 김서봉 등과 내가 있었고 유학파인 유 교수 쪽은 이영식, 김보건 등이 그 면면이었다. 유학파들은 모두 일본의 리쓰메이칸대학 출신으로, 당시 그 학교에는 일본 유수의 경제학자와 철학자들이 교수진으로 있었기에 그들은 연구 과정을 통해 그 진수를 익혀서 우리들이 모일 때면 날카롭고 새로운 이론들을 소개하곤 했다. 그때 그 친구들은 대부분 동아대나 부산대에서 강의를 맡고 있었다. 주중에도 시간이 있는 사람들은 자주 만났으며 특히 토요일에는 곱창구이로 유명한 동대신동 버드나무할머니집이나 부산극장 앞 함흥냉면집에서 모이기 일쑤였다. 모임이 있는 날은 식당 주인의 배려로 구석 자리를 차지하고 앉아 장장 네다섯 시간씩 토론을 하곤 했는데 해질 무렵 헤어질 때는 대부분이 곤드레만드레되어 있기가 다반사였다.

그 당시 유 교수만 미혼이고 나머지는 가정이 있었다. 가장 만만한 집이 동대신동에 사는 박규상 교수 댁이고 그다음으로 교통이 편리한 곳인 국제시장 근처에 사는 오만식 교수 댁이어서 그 두 집이 자주 집회 장소로 이용되었다. 갑론을박으로 토론에 지칠 줄 모르다보면 저녁 식사 때가 되어 부득이 저녁밥 신세를 지고는 반주에 거나하게 취할 때도 많았다. 그럴 때면 부인들하고도 실없는 농이 오가고 폭소로 시간 가는 줄 몰랐는데 그런 상황에서는 단연코 총각인 유 선생이 주연배우 노릇을 도맡았다. 만년에도 그랬지만 젊은 시절의 유 선생은 명랑하고 유쾌한 분위기를 적절하게 잘 만들어 웃음판을 좌지우지하는 재담의 명수였다. 때로는 말이나 표정으로, 때로는 몸짓으로 사람들을 웃기고 즐겁게 하는 재주가 있어서 나중에는 우리 모임에 결코 빠져서는 안 되는 존재가 되었다. 그 모임은 누가 주도한 것도, 협의한 것도 아니었지만 우연히 시작되어 자연스럽게 2년여 이어지다가 급박하게 돌아가던 세상사와 함께 아쉽게도 무산되고 말았다. 서울로 떠난 분도 있고 일이 바빠진 분도 있었는데 나는 본의 아니게 전혀 생각지도 않던 정치판에 빠져들었다. 친구들 만날 틈도 없어지고 그러다보니 점차 소식도 끊어지게 되었다.

나는 한동안 부산시의 각별한 요청으로 난민 주택 사업을 책임지게 되어 꼬박 3년 동안 친구들을 찾아볼 경황이 없었다. 그동안 4 · 19, 5 · 16이 일어나는 통에 일을 마무리 짓기까지 온갖 곤욕을 치러야 하였다. 5 · 16 직후에는 재건국민운동 요원으로 일할 것을 일방적으로 강요당했는데 한 달여를 불응하다가 끝내 피하지를 못하고 경남 지부 민간인 대표를 맡아 경남 일원을 동분서주하게 된다. 그러다가 5 · 16 주체들의 요청으로 재건국민운동 신당을 위한 사전 조직 등에 간여하게 되었고 군사정부를 계승하는 여당인 공화당 국회의원으로 당선되기에 이른다. 그 뒤로 6, 7대 국회의원으로서 1960년대 후반까지 공화당과 국회의 요직을 맡았지만 대통령 3선 개헌에 반대하자 출당당한다. 2년여 후 우여곡절 끝에 복당되었으나 치밀한 낙선 공작으로 8대 총선에서 낙선하고 무료하게 나날을 보내고 있던 중 별안간 유신 개헌이 선포되었다. 나는 공화당 초대 총재를 지낸 정구영 선생과 밤을 지새우며 협의한 끝에 유신 개헌 반대 성명서를 발표하고 함께 탈당하였다. 우연의 일치였겠지만 같은 날 이희승 선생을 비롯한 문인 61명의 유신 반대 선언이 있었고 이어서 전국에 걸쳐 개헌을 요구하는 반체제 운동이 요원의 불길처럼 번지기 시작하였다. 그러자 정부는 긴급조치 1호를 발동하여 국가 질서를 흐린다는 명목으로 관련자를 마구잡이로 연행하기 시작하였다. 반체제 운동이 날로 격렬해지자 정부는 긴급

조치를 계속해서 9호까지 선포하였다.

그 후 나는 구정치인을 규합하여 헌정동지회를 발족, 반체제 운동에 발을 내딛게 된다. 그러던 어느 날 몇몇 동지들과 모임을 끝내고 점심을 먹으러 《조선일보》 뒷골목 어느 설렁탕집에 들렀는데 그곳에서 우연히 유인호 선생 내외를 만났다. 돌이켜 보면 20여 년 만의 만남이었다. 그사이 유 선생의 동안은 반백인 초로의 모습으로 변해 있었다. 만감이 교차한 우리는 부둥켜안은 채 한동안 말을 잇지 못하였다. 그날은 길게 이야기를 주고받지 못했지만 그가 중앙대에 재직 중이라는 것을 확인한 뒤 다음을 기약하고 일단 헤어졌다.

그 뒤 나는 1978년 12월에 있은 10대 총선에 무소속으로 입후보하여 고전 끝에 당선되었고 그 후 야권 무소속 의원 아홉 명의 대표로 원내 활동을 하면서 본격적으로 반체제·민주화 운동에 투신하였다. 그러다 청천벽력으로 김재규가 박정희 대통령을 시해한 사건이 일어났다. 다시 전국에 계엄령이 선포되고 혼란 속에 권력은 군부에 넘어갔으며 모든 것을 계엄 당국이 주도하였다. 학생들은 연일 시위를 이어갔고 민심은 날로 흉흉해질 뿐이었다. 그런 상황에서 여러 단체들이 시국선언에 참여하였습니다. 대학교수를 비롯한 지식인들도 시국선언에 동참하였다. 유 선생이 그 핵심 인물이라는 소식이 들려왔다.

1980년 5월 17일 저녁에 어떤 사람이 전화를 걸어 기관원들이 학생과 재야인사들을 마구 연행하고 있으니 빨리 피신하라고 하였다. 그러나 나는 미리 정해진 일정에 따라 부산에 갈 준비를 하고는 밤 11시 열차로 집사람과 함께 부산으로 향하였다. 오전 5시께 부산역에 도착하니 장정 10여 명이 나를 기다리고 있었다. 그들은 나를 김해공항에서 비행기를 태워 서울로 압송했는데 나는 어딘지도 모르는 건물에 수용되었다. 새하얀 실내에 백열등만 밝을 뿐, 주야의 분별이 안 되는 데서 군복 차림에 지휘봉을 든 놈에게 발길질을 수없이 당하고 몹쓸 욕을 들으면서도 진술을 거부하고 묵비권을 행사하다가 까무러 쳤다. 정신을 차려보니 그들도 다급했던지 의사와 간호사가 와 있었다.

그러던 어느 날 옆방에서 2주일여 함께 조사를 받은 함세웅 신부가 다른 곳으로 옮기고 유인호 선생이 수감된 것을 알게 되었다. 유 선생이 옮겨 온 후 옆방이 몹시 시끄러워졌고 나를 조사하던 요원이 가고 난 뒤에도 고함 소리와 비명이 내 방에 들릴 정도였다. 행인지 불행인지 옆방 조사를 담당하는 요원 중 한 사람이 나에게 자기가 내 고향에서 도서 대여업을 오래 했다며 이따금 말을 건네기도 하였는데, 유 선생이 개성이 강해서 순순히 조사를 받아들이지 않아 애를 먹는다고 털어놓았다.

유 선생의 경우 나름대로 지식인의 양심에 따라 애국 충정으로 시국선언 을 주도한 것인데 그것을 생전 면식이 없는 김대중과 관련지어 사건을 만들려 고 하니 불같은 성격에 고분고분 받아들일 수가 없었던 것이다. 조사하는 놈들 은 그 윗선의 성화로 화급히 날조해야 하는데 마음대로 안 되니까 모진 고문을 가해서 성과를 거두려고 한 것이다. 그러던 어느 아침 이감한다며 어디론가 끌 려갔다. 건물에서 나오자마자 낯익은 터널에 들어서면서 비로소 그곳이 악명 높은 남산 중앙정보부라는 것을 짐작할 수 있었다.

한참을 차로 달린 뒤 어느 건물에 들어섰다. 붙어 있는 간판을 보고 그곳 이 육군교도소라는 것을 알았다. 내가 들어간 방은 한 평이 안 되었는데 오줌 통, 책상, 책꽂이 하나씩에다 야전 군용 침대가 있고, 출입구 외에는 사방 한자 가 안 되는 아주 작은 창문이 하나 있을 뿐이었다. 한동안 하는 일 없이 밥만 먹고 시간을 보내자니 답답하기도 했지만 그해 들어 비가 잦아 매양 짜증스럽 고 구슬프기도 했다.

어느 날 검치를 받게 되어 행선지도 모르는 채 어디론가 실려 갈 때 이문

장을병 교수의 제자가 초대한 식사 자리에 함께 모였다. 유 교수를 비롯해 벌써 다섯 분이 고인이 되셨다. 필자는 오른쪽에 서 있고 그 아래가 유 교수다(1991년 3월).

영 교수와 함께 타고 가게 되었다. 연행된 뒤 처음으로 동지를 만난 것이다. 그것도 가장 친한 분과 함께하게 된 것은 살아 있다는 것을 새삼 느끼게 해주었다. 동승한 버스에 헌병이 가득 있으니까 눈치껏 이야기를 주고받을 수밖에 없었다. 그렇게 보낸 며칠간은 생애 가장 즐거운 한때였다.

유 선생은 볼 수가 없었다. 유 선생을 만나게 된 것은 법정에서였다. 어쩌면 그리 대범한지 젊은 시절 그 유인호가 손을 꼭 잡고 힘내자 할 때는 나도 모르게 벅찬 감격과 함께 큰 용기를 얻을 수 있었다.

1심이 끝나자 그간 서울구치소에 있던 동지들이 육군교도소로 이감되었다. 처음에는 만나지 못하다가 날이 갈수록 모진 옥살이가 조금씩 완화되어 일행이 목욕도 같이하고 운동도 함께할 수 있었다. 언제나 유 선생은 호방한 웃음과 장난기 있는 덕담으로 우리 동지들의 시름을 잠시라도 잊게 해주었다. 그러던 중 유 선생은 석방되었고, 나는 원주교도소로 이감되었다. 몹시 추울 뿐 아니라 습기가 많기로 유명한 그곳에서 꼬박 일 년여 모진 옥살이를 하다가 1983년 봄에 출감하였는데 그때 유 선생이 맹렬한 반체제 투사가 되어 활동하는 것을 볼 수 있었다. 그때부터 우리는 한 짝이 되다시피 하여 목요기도회에도 나가고 한빛교회에도 나가곤 했다. 때로는 구속자 가족들과 어울려 각종 시위에 앞장서기도 하였다. 특히 김대중내란음모 사건 관계자 분들과 그 가족을 자주 만나 서로 위로도 하고, 재야의 진로를 걱정하기도 하였다.

1983년 말에 김대중이 미국으로 나가고 옥중에 남아 있던 동지들이 모두 출감하자 재야 세력의 활동이 한층 활발해졌다. 그때는 그간 주축을 이루던 사람들도 더러 위축되어 행동을 망설이는 것을 볼 수 있었지만 유 선생은 언제나 벌어지는 일들에 앞장을 섰을 뿐 아니라 매사 과감한 의견을 내놓음으로써 우리를 놀라게 했다. 내가 여러 사람들과 의논 끝에 연구소 개설 의지를 천명했을 때도 유 선생이 찬동하여 분위기를 만들어주었고, 그 전후 우리 동지들이 모인 자리에서 신문 발행이 화제가 되자 유 선생이 힘이 되어 오늘의 《한겨레신문》이 발족하는 데 큰 역할을 하기도 했다. 6·10항쟁에 앞서 주요 인사들이 협의하여 조직을 띄우기 전에 시국선언을 하고, 얼마간 기독교회관에서 서명한 사람들이 농성을 한 적이 있다. 그런데 막상 농성장에 들어가 보니, 나이 탓이나 건강을 빙자하여 빠진 이들이 많았는데 유독 유 선생은 며칠이고 책임을 다하였다. 이 장면을 보고는 일행들이 하나같이 높이 평가하기도 했다.

뒷날 김대중이 돌아와서 수유리 안병무 선생 댁에서 재야 주요 인사들이 시국을 논한 일이 있었다. 그때 정치 활동이 재개되면 민주 세력이 하나로 단합하여 권력과 맞서야 할 텐데 양 김 씨 문제를 어떻게 하느냐 하는 것이 화제가 된 적이 있다. 그때 유 선생이 서슴없이 "그야 김영삼이 먼저 해야지요" 하고 말문을 열었고 좌중은 숙연해졌다. 사실 한완상 교수나 나는 김영삼이 양보할 사람이 아니기에 어른스럽게 김대중이 양보하여 김영삼을 내세움으로써 민주 세력이 분열되지 않는 길로 가야 한다는 생각을 평소 주고받은 일이 있었다. 하지만 아무도 감히 말문을 열지 못하는 상황에서 유 선생의 발언은 한편 놀랍기도 했지만 한편 통쾌하기도 한 것이었다. 그 무렵 우리들은 안 선생 댁을 자주 드나들고 있었다. 하루는 유 선생이 안 선생과 문동환 선생에게 화를 내는 일이 있었다. 내용인즉 한신대 소장 경제학자 둘이 두 분 때문에 해직당했으니 책임을 지라는 것이었다. 평소 지내온 정을 보더라도 심하지 않나 싶을 정도로 두 분을 몰아붙이는 것이었다. 사실 관계는 차치하고라도 남의 일에 대해 그렇게 자기 일처럼 나설 수 있다는 것은 정의감이 남달리 강하기 때문이 아닌가 하는 생각이 들었다.

그런 일이 있은 뒤 참으로 소중하고 귀한 희생을 대가로 간신히 대통령제 개헌이 이루어졌다. 그러나 막상 선거판에는 우리가 최악이라 생각한 사태, 즉 양 김 씨가 당을 양분하고 일부 민주 세력 또한 양분시키면서 각각 입후보하는 사태가 벌어졌다. 모처럼의 호기를 이 사람들의 야욕과 고집 때문에 놓치는 것을 보고만 있을 수 없어서 우리는 단일화국민협의회를 만들어서 단일화를 촉구키로 하였다. 그때도 유 선생이 선두에 나서서 큰 힘이 되었다. 비록 수포로 돌아가고 그들도 보기 좋게 패전하고 말았지만 유인호의 그 용기와 정의로움은 두고두고 화제가 되었다. 그 뒤 또다시 총선 때도 양 김 세력의 통합을 시도한 적이 있다. 그런 노력도 양측의 개성이 강한 몇 사람의 의견 충돌로 실패하고 말았는데 그때도 유인호 교수가 중재하느라 크게 고생하였다.

그 후 한동안 유 선생은 학업에 전념하는 것 같았고 나는 쉬면서 연구소 일에 몰두하였다. 어느 날 오랫동안 학생운동을 한 제정구, 원혜영, 유인태, 최열 등이 몰려와서 신당을 하자고 제의하였다. 때마침 단일화 운동을 한 조순형, 홍사덕, 장을병 등도 동조, 합세하여 힘이 형성되었다. 그러자 신당의 당위성에 대한 여론도 가세되기에 당세가 커지면 여세를 몰아 양 김을 압박하여 합작할 수도 있지 않을까 하는 요행을 바라면서 장 선생은 주로 합작에 주력을 하고 나는 동지 규합에 힘을 쏟았다. 그러나 양측 공히 자기편이 되는 것을 원하면서도 합칠 기세는 찾아볼 수가 없었다. 장 선생은 어느 한쪽하고라도 손을 잡았으면 했지만 합의를 눈앞에 두고 거절하고 말았다. 결국 한겨레민주당은 훌륭한 인재들이 상당수 입후보했음에도 총선에서 참패하고 말았다. 나는 책임을 절감하고 모든 일을 제정구에게 넘긴 뒤 정계에서 은퇴하였다.

그 뒤로 다시 유인호 선생과 어울리게 되었고 둘이 만나면 바둑으로 밤을 지새우기도 하였는데 그것도 잠시 어느 날 유 선생이 병원에 있다는 소식을 듣게 되었다. 곧바로 성모병원으로 문안을 갔더니 그는 활짝 웃으며 나를 반겼다. 부인이 검진받는 데 함께 왔다가 의사가 자기부터 급히 수술해야 한다기에 수술을 받았다는 것이다. 암 초기로 위장 주위 각 기관에 조금씩 자리한 것을 말끔하게 제거하였으며 조기 발견을 해서 다행이라고 하기에 빨리 퇴원하여 바둑이나 겨루자 하곤 돌아왔다. 그리고 며칠 뒤 퇴원했다고 하기에 곧바로 찾아가서 바둑을 한판 두고는 한참 내왕이 뜸했는데 어느 날 다시 입원했다는 소식을 들었다. 그날로 병원에 들려 한참 농을 주고받다가 돌아왔는데 얼마 지나지 않아 결국 부고를 받고 만다. 청천벽력으로 하늘이 무너지는 것을 느꼈다.

유인호 선생의 탁월한 식견과 따뜻한 인화력, 믿음직한 추진력과 인품이 그립다. 선생이 조금만 더 수를 누렸으면 얼마 후에 들어선 민주 정부에서 큰 역할을 했을 텐데 애석하기가 이루 말할 수 없다.

아쉬움과 그리움

❋

이해동(평화박물관건립추진위 이사장, 목사)

유인호 교수님을 회상하는 지금의 심정은 더도 덜도 아닌 '아쉬움과 그리움'
이다. 너무 일찍 돌아가셨다. 1929년생이시니 나보다는 겨우 다섯 살 위고, 지
금 살아계서도 고작 우리 나이로 여든 넷밖에 아니다. 만으로 따지면 여든 셋
에 불과하다. 요즘 90을 넘겨서도 건재하시는 분들이 허다한데 고작 예순 넷에
돌아가셨으니 참으로 아쉽고 애석하다.

　　20년, 강산이 두 번씩이나 변했을 시간이다. 만약 유인호 교수께서 살아계
셨다면 그동안 어떻게 사셨을까? 어떤 일을 하셨을까? 그리고 지금은 어떤 모
습으로 계실까? 모르긴 해도 틀림없이 우리 역사에서 정의롭고 평화로운 민주
발전과 사회 발전을 위해 많은 역할과 공헌을 하셨을 것이다. 그리고 지금 우
리가 어처구니없게도 겪고 있는 현실에 대하여는, 다시 말해서 역사를 거슬러
민주주의와 서민 경제와 남북 관계를 파탄 낸 이 이명박 정권에 분노와 질책을

멈추지 않고 계시리라.

유인호 교수님의 그 호방한 웃음소리가 그립다. 그분이 지니고 있던 그 정의감과 불굴의 패기와 지극히 인간적인 순수함과 정이 아쉽다. 지금 살아 계신다면 얼마나 좋을까? 얼마나 즐거울까? 아쉽다. 그립다.

내가 유인호 교수님을 처음 만나게 된 것은 1980년 이른바 '김대중내란음모 사건'의 군사 법정에서였다. 법정 진술에서 유인호 교수는 김대중 선생을 만난 건 군사 법정에서가 처음이었다고 밝힌다. '내란 음모'라는 어마어마한 일을 꾸민 사람들이 생면부지였다니 웃기는 일 아닌가. 젊은 학생들은 더 말할 것이 없다. 이해찬, 설훈, 이석표 등 젊은 동지들도 법정에서 비로소 얼굴을 보고 이름을 들었다. 이것만 놓고 보더라도 이른바 김대중내란음모 사건이라는 것이 얼마나 황당한 허구인가를 반증한다 할 것이다.

사람의 만남은 신비한 측면들이 있는 것 같다. 우리는 세상을 살면서 무수한 사람들을 만난다. 그 가운데는 의도적인 만남도 있지만 전혀 의도하지 않은 만남이 많다. 의도적인 만남보다는 도리어 전혀 의도한 바가 없는데 우연찮게 만나는 경우가 더 많지 않을까 싶다. 유인호 교수님과 나의 만남도 후자에 속한다.

불교에서는 사람의 모든 만남을 인연으로 여긴다. 오다가다 옷깃만 스쳐도 인연이라고까지 한다. 기독교에서는 인간관계를 하느님의 섭리로 여긴다. 결국 같은 뜻이다. 내가 유인호 교수님을 만나게 된 것은 하느님이 내게 베푸신 크나큰 은총이었다. 내가 유인호 교수님과 동지적 관계를 맺고 20여 년을 서로 반기며 살 수 있었던 것은 나처럼 변변찮은 사람으로서는 매우 즐거운 추억이요, 큰 행운이 아닐 수 없다.

인간의 삶은 만남에서 비롯되는 것이라고 할 수 있다. 사람은 홀로 사는 존재가 아니기 때문이다. 그런데 그 만남이 흔히 사적 이해관계로 얽혀 있다. 좋은 관계들을 유지하다가도 서로 이해관계가 없어지거나 상충되면 그 사이가 멀어지고 어긋나 원수같이 되기 일쑤다. 그런데 나와 유인호 교수님의 관계는 전혀 그런 관계가 아니어서 참 좋았다. 우리는 사적 이해관계로는 얽힐 일이 전혀 없는 사이였다. 다만 뜻으로 얽힌 사이였다. 우리의 관심사는 사익私益이 아니었다. 오로지 공익公益이었다. 나라와 민족의 자유와 정의 그리고 평화를 도모하고자 하는 그 공익 추구의 지점에서 우리는 만나게 되었다. 하느님이 당신의 역사 경영 가운데서 우리를 만날 수 있도록 해주셨다고 믿고 나는 하느님께 깊이 감사드린다.

함께 있으면 즐거운 사이가 있고, 반대로 함께 있는 것이 몹시 싫고 괴로운 사이도 있다. 나는 함께 있는 것이 너무나 싫고 힘겨웠던 경우를 경험한 바가 있다. 유인호 교수께서도 같은 경험을 하셨으리라.

나는 1980년 5월 17일 자정 무렵에 권총으로 무장한 괴한 네 명에게 불법으로 연행되어 그해 7월 14일까지 장장 두 달 동안(정확히는 59일 간)을 남산 중앙정보부(지금은 국가정보원) 지하 2층에서 혹독한 조사를 받았다. 두 달 내내 그들과 함께 지내며 그들에게 시달림당해야만 했다. 그들에게 고문당할 때만 아니라 그들과 줄곧 함께 지낸다는 것 자체가 고역이었다. 지옥이 따로 없었다. 지옥은 함께 있으면서 서로 증오하며 사는 것임을 나는 그때 깨달았다.

천국은 그 반대의 경우가 아닐까? 좋은 사람과 함께 있다는 것, 만나면 마냥 즐거운 사람이 있다는 것. 그것은 행운이요, 거기가 바로 천국이라고 나는 생각하고 있다.

생전에 유인호 교수님을 뵈면 나는 언제나 즐거웠다. 1980년 김대중내란음모 사건의 군사 법정, 그 고난의 현장에서 만난 후 돌아가실 때까지 10여 년 동안을 지내오면서 우리는 수없이 만났다. 공적 자리에서도, 사적 자리에서도 다 셀 수 없을 만큼 많이 만났다. 회상하건대 그 많은 만남에서 단 한 번도 좋지 않았던 경우가 기억에 없다. 우리는 만나면 늘 반갑고 즐거웠다.

마음에 들고 뜻이 맞는 사람과 함께 지낸다는 것, 사람살이에서 이보다 더 좋고 즐거운 일이 없을 것이다. 앞에서 나는 유인호 교수님과 나의 만남은 이해관계로 얽힌 만남이 아니었고 오직 공익 추구의 뜻으로 말미암은 만남이었음을 밝힌 바 있다. 그런 만남인 까닭에 또한 그런 만남으로 이어간 덕분에 우리는 20여 년 동안 변함없이 노상 즐거운 만남을 이어갈 수 있었다고 생각한다.

사람과 사람의 만남을 즐겁게 해주고 그 즐거움의 농도를 한층 더 짙게 해주는 요소가 또 하나 있다. 그것은 다름이 아닌 '고난' 이다. 흔히 이르는 말에 '고락을 같이한 사이' 라는 말이 있다. 그런데 사람 사이를 가장 밀접하게 해주는 것은 낙樂보다는 고苦인 것 같다. 고난의 현장에 함께했고, 같은 고난을 함께 겪은 사이는 그 어떤 관계보다 더 밀접해지고 더 견고해질 수밖에 없다. 군대 생활을 회상하면서 마냥 즐거워하는 남자들을 우리는 흔히 보고 경험한다. 그런데 감옥을 함께 산 동지들이 모여 그 진하고 힘겨웠던 감옥살이를 회상하는 즐거움은 남자들의 병영 생활에 비교할 바가 아니다. '고진감래苦盡甘來' 라는 말은 결코 빈 말이 아니다. 고난의 농도가 짙으면 짙을수록 그 고난을 함께 겪고, 함께 극복해낸 동지들 사이는 그 어떤 사이보다 가까워질 수밖에 없고, 그들이 만나는 시간과 자리는 즐거울 수밖에 없다. 유인호 교수님과 나는 혹독한 고문을 같이 겪고, 감옥살이를 함께한 동지였다. 그러니 우리의 만남이 어찌 즐겁지 않았겠는가?

나와 유인호 교수님의 사귐 가운데 우리들만이 간직한 즐거운 추억담 하나 공개하겠다. 정확히 말하면 유 교수님 내외분과 우리 내외, 넷이서 함께 즐

독일로 목회를 떠나기 전 유인호 교수 내외와 필자 내외가 함께 설악산 여행을 다녀왔다. 오른쪽 끝이 필자다(1984년 7월).

긴 추억담이다.

　1984년 한여름이었다. 정확한 날짜를 기억할 수는 없다. 아마도 7월 중순 께였으리라 짐작된다. 우리 넷이서 강원도 오대산과 강릉 경포대에서 함께 여름 바캉스를 즐긴 적이 있다. 이 나들이는 같이 여름을 즐기자는 흔한 나들이가 아니었다. 특별한 의미가 담긴 나들이였다. 그것은 우리 부부를 송별하는 뜻이 담겨 있는 것이었다. 당시 내 신변에는 평소에 내가 예상했거나 적극적으로 의도한 바가 아닌 큰 변화가 발생했다. 그것은 내가 독일에서 일하게 된 것이었다. 이 일은 순전히 이미 고인이 되신 고 안병무 박사께서 주선한 것으로서 이 일 역시 우리 가족에 대한 안병무 박사의 특별한 배려가 깃든 사건이었다. 아무튼 우리 가족 다섯 식구는 1984년 8월 중순에 독일 프랑크푸르트로 이주하기로 결정되어 있었다.

　유인호 교수님 내외분과 우리 내외의 동해안 나들이는 이렇듯 따뜻한 정과 뜻이 담긴 즐겁고 소중한 나들이였다. 그때만 해도 지금처럼 자가용이 흔하지 않던 때였다. 그런데 유 교수님이 승용차를 가지고 계셨고 두 내외분이 다 운전을 하실 수 있어서 우리 내외는 뒷좌석에 타고 평안히 여행을 즐기게 되었다.

첫날 우리는 오대산 유원지로 갔다. 서울에서 오전 일찍 출발하여 오대산에 이르니 이미 저녁이었다. 그런데 문제가 생겼다. 한창 붐비는 휴가철이어서 도무지 방을 구할 수가 없는 것이었다. 천신만고 끝에 민박집 방 하나를 가까스로 구하게 되었다. 방 두 개가 필요한데 하나밖에 없으니 난감한 일이 아닐 수 없었다. 할 수 없이 넷이서 한 방에 혼숙하기로 했다. 산골 시골 방이 클리 없다. 좁은 시골 방에서 남편들이 가운데 눕고 양 옆으로 마누라들을 눕히고 무더운 여름밤을 혼숙으로 지냈다. 이 혼숙 경험은 내게 전무후무한 일이었다. 그렇지만 유 교수님 내외분과 함께 지내는 것이 참 즐거웠다.

다음 날 오후에 우리는 강릉 경포대로 나왔다. 호텔에 방을 잡아보려고 노력해보았으나, 도저히 불가능했다. 어제 오대산에서와 마찬가지로 역시 난감했다. 대책이 서지 않았다. 이런저런 궁리를 하다가 문득 아는 사람 하나가 내 머리에 떠올랐다. 문 아무개라는 장성이었다. 그는 당시 강릉에 있는 동해위수사령부 사령관이었다. 그분과 나는 사실 매우 난처한 관계였다. 친구도 아니요, 평소에 오래 알고 지내던 지인도 아니었다. 당시 전두환 신군부 정권이 비판적인 재야인사들을 관리하고 회유하기 위해 연고지에 따른 장성들을 각각 배치했는데 나와 동향인 그 문 장군이 바로 나를 담당하는 분이었다. 궁벽한 우리 집에까지 찾아오곤 했으나 달갑게 대하지도 않은 처지였다. 내게서 문 장군의 이야기를 들으신 유 교수께서 그 사람을 한 번 활용해보자고 하셨다. 이 목사가 앞으로 줄곧 한국에 있을 것도 아니고 곧 떠날 텐데 도움을 조금 받는다고 해서 짐 될 것이 아니라는 말씀이었다. 나도 그리 생각했다. 그래서 우리는 문 장군의 도움을 받아보기로 했다.

그러나 문제가 또 있었다. 연락을 취할 방법이 없었던 것이다. 지금처럼 휴대전화가 있었던 때도 아니다. 내가 아는 것이라고는 관등 성명과 동해위수사령관이라는 직함이 전부였다. 이리저리 궁리하다가 우리는 강릉경찰서를 찾아갔다. 이름과 계급 직함을 대고 연락할 수 있는 방법을 물었다. 뜻밖에도 너무나 쉽게 일이 풀렸다. 경찰서에서 즉시 직접 전화를 연결해주는 것이 아닌가. 아마도 비상 연결망이 있었던 것 같았다. 문 장군은 반겨주었다. 자신은 일 때문에 지금 당장 나가지 못하나 부관을 즉시 내보낼 테니 거기서 기다리라고 했다. 이내 부관이 와서 경포대 해수욕장 근처 호텔을 잡아주었다. 그것도 방 두 개를. 덕분에 평안하게 휴식을 즐길 수 있었다. 문 장군은 호텔로 우리를 찾아오기도 하고, 떠나는 날에는 거기 특산물인 건어물 꾸러미를 선물로 주는 등 우리를 후대했다. 관폐를 끼친 셈이다. 어쩌면 지금까지 내가 살아오면서 유일한 경험이 아닌가 싶다. 아무튼 돌이켜보면 유 교수님 내외분과 떠난 이 여행은 우리 내외에게는 매우 즐거운 추억으로 자리하고 있다.

유인호 교수님과 즐겁게 보낸 시간을 회상할 때 프랑크푸르트 '해동여인숙'에서 있었던 추억을 빼놓을 수 없다. 앞에서 말한 바와 같이 우리 가정은 1984년 8월에 독일 프랑크푸르트로 이주했다. 나는 독일의 헤센 주 교회 동역자의 신분으로, 급여는 독일 교회에서 받았지만 한인 교회를 섬기게 되었다. 교회 구성원들은 주로 광부 또는 간호사로 왔다가 정착한 분들이었다. 우리 식구가 사는 주택은 독일 교회가 마련해준 것으로서, 방이 일곱 개나 되는 3층 저택이었다. 프랑크푸르트 국제공항에서 승용차로 불과 15분 거리에 위치한 곳이었다. 인근에 마인 강이 흐르고 숲이 우거진 '백조의 마을'이란 조용하고 예쁜 마을이었다.

그때만 해도 지금처럼 해외여행이 흔하지 않은 때여서 해외에 나오는 분들이 여행하는 길목에 혹 아는 사람이 살고 있으면 그 집에 들러서 편의를 도모하는 일이 당연하던 때였다. 프랑크푸르트 국제공항은 유럽의 관문이라고 할 수 있다. 유럽에 나오시는 분들은 거의가 프랑크푸르트 공항을 거치게 된다. 그래서 나는 많은 분들을 우리 집에 모실 수 있는 행운을 누렸다. 우리 집을 근거지로 잡아놓고 유럽 여러 곳을 여행하기도 하고, 우리 집을 거쳐서 다른 곳으로 이동하기도 했다. 이런 까닭으로 해서 해동여인숙이라는 칭호가 생기게 된 것이다. 아래 한 층은 오시는 분들이 한국을 느낄 수 있도록 아예 보료를 깔아놓고 손님방으로 꾸며서 내놓았다. 여행하는 한국인들이 가장 갈급해하는 것은 김치, 된장이다. 우리 집에 오면 그 김치와 된장을 실컷 드실 수 있게 항상 마련해놓았다. 될 수 있으면 한국 맛이 더 풍기도록 된장찌개는 뚝배기에 담아냈다. 아내는 이 일을 사명처럼 여기고 즐겁게 감당했다. 그래서 우리 집, 즉 해동여인숙은 유럽 속의 한국이라고도 불렸다.

우리 가족이 독일에서 생활한 만 4년 동안 이 해동여인숙을 거쳐 간 사람들은 헤아릴 수 없이 많다. 웬만해서는 모시기 힘든 귀빈들도 적지 않았다. 이를테면 안병무 박사, 리영희 선생, 이국선 목사, 전경연 박사, 김천배 선생 등 고인이 되신 어른들을 비롯하여 한승헌 변호사, 박경서 박사, 박상증 목사, 염무웅 교수, 입담 좋기로 유명한 황석영 작가, 소리꾼 임진택 선생, 김영동 교수에, 유럽에 거주하거나 거기서 유학하던 동지들도 여러 번 해동여인숙을 드나들며 모임을 갖는 등 만남을 즐겼다. 그 가운데는 지금도 왕성하게 활동하는 분들이 많다. 예를 들면 서울대 김세균 교수, 부산대 황한식 교수, 경동교회 박종화 목사, 한신대 총장 채수일 목사, 연세대 박명철 목사, 연세대 원주 캠퍼스 박정진 목사, 서울신대 유석성 목사, 부산신대 김명수 박사 그리고 손학규 전의원, 정범구 의원 등이다.

유인호 교수님 또한 이 해동여인숙의 귀빈 중 귀빈이었다. 여러 날 우리 집에 머무시면서 낮이면 이곳저곳 돌아보시기도 하고 사람들도 만나셨다. 밤이면 나와 함께 즐겁게 보내셨다. 유인호 교수님은 자타가 공인하는 애주가셨다. 그분은 우리에게 당신은 늘 기생 넷을 앉혀놓고 술을 즐긴다고 자주 자랑하곤 하셨다. 기생 넷이란 다름 아닌 사모님과 슬하에 둔 세 따님을 이르는 재담이었다. 독일은 좋은 맥주가 많고, 거의 음료수처럼 마시는 고장이다. 나는 유 교수님과 맥주잔을 기울이며 깊은 정을 나눌 수 있었다. 유 교수님의 젊은 시절의 속 깊은 이야기도 들을 수 있었다. 김대중내란음모 사건 법정에서 어쩐지 초범 같지 않게 당당한 모습이었는데 역시나 젊은 시절에 신념 때문에 감옥을 산 경험도 있었다. 평생을 바른 뜻을 지니고 곧고 바르게 그리고 당당하게 살아오신 유 교수님이 참 좋았고 부러웠다.

유인호 교수님을 회상하면 회상할수록 그 어른의 부재가 너무 아쉽고 그리워진다. 뜻밖인 암 진단과 수술을 받으시고 강남성모병원에 계실 적에 병실에 찾아가 뵙고 함께 간절히 기도드렸던 일이 엊그제 같은데 어느새 20년이란 세월이 흘렀으니 참으로 무상하다. 내 나이 벌써 팔순이 턱에 걸려 있다. 유 교수님보다 무려 15년이나 더 살고 있다. 유 교수님이 계신다면 나의 노년이 지금보다 훨씬 더 즐거웠을 것만 같다. 다행스러운 것은 김정완 사모님과 우리 아내 이종옥이 5·17 가족 모임을 통해 자주 만나며 다정하게 지낸다는 것이다. 참 좋다. 나도 가끔 아내와 함께 유 교수님을 뵙듯 김정완 사모님을 뵙고 있다. 지금 유 교수님이 살아 계셔서 부부 동반으로 동해안을 다시 여행한다면 얼마나 즐거울까? 아! 정말 그리워진다. 아쉽다.

스승을 잃은 슬픔

✿

한승헌(전 감사원장, 변호사)

해박하고 지조 있는 경제학자, 많은 제자를 길러낸 대학교수, 반독재·민주화 운동에 헌신한 재야인사, 터무니없는 조작으로 옥고를 치른 '피고인'. 유인호 교수님의 공생활公生活은 이렇게 다면적이다. 그래서 그분을 잘 알고 존경하는 사람이 참으로 많다보니, 이 추모집에서도 서로 겹치는 내용이 나올 법도 하여 나는 다른 분들의 글과 중복되지 않을 이야기를 골라 써보기로 한다.

나는 1980년 봄, 이른바 '김대중내란음모 사건'으로 유 교수님과 함께 군법회의 법정에 끌려 나갔다. 1979년의 10·26사태로 유신 통치의 장본인인 박정희가 암살되자 국민은 불원 민주 정부가 수립되는 줄 알고 설레는 마음으로 '서울의 봄'을 기대하고 있었다. 그러나 그 과도기의 혼돈을 틈타서 전두환 소장 일파의 군부가 정권 찬탈의 야욕을 품고, 저들의 내란·집권에 방해가 되는 김대중 선생을 사형 판결로 제거하기 위하여 가공할 재판 놀음을 시작한 것이다.

그네들은 김대중 선생을 비롯한 많은 재야인사와 젊은이들을 계엄사 합동수사본부(당시 "남산"이라 불리던 중앙정보부)로 연행, 온갖 수모와 고문을 가한 끝에 스물네 명을 한 건으로 묶어서 기소하였다. 그 사건 '피고인'들의 공통점은 모두가 유신 통치에 반대하고 민주화 운동을 하다가 투옥되었거나 해직된 전력이 있다는 사실이었다.

유 교수님의 올바른 행보는 역설적으로 공소장과 판결문에 잘 나타나 있다. 가로되, "피고인 유인호는 1972년 유신 후 인권 문제, 경제정책 등에 불만을 품고 의사가 상통하는 상 피고인 서남동, 동 이문영 등과 접촉하는 과정에서 동 김대중의 정치 노선에 호응하여 오다가, 10 · 26사태가 발생하고 학원가의 동요가 있자 이에 동조하여 반정부 활동을 하여 오던 중"이라고 되어 있다. 요컨대 유신 정권의 인권 탄압과 경제정책에 비판적 입장을 갖고 반정부 활동을 계속해왔다는 것이었다. 그리고 송건호, 서남동, 장을병, 백낙청 등과 합의하여 '계엄령의 조속한 해제, 언론의 독립 및 자유 보장, 긴급조치 등에 의하여 희생된 인사의 석방 · 사면 · 복권 · 복직' 등을 요구하는 '지식인 선언'을 발표하였고 그 과정에서 '허가 없이 정치적 집회를 하였다'는 점이 범죄라는 것이었다. 의인에 대한 불의한 올가미였다.

서울구치소에서 우리는 독방에 갇혀 교도관과 헌병의 이중 감시를 받았다. 유 교수님 방은 내 방 건너편에 있어서 서로 마주 보며 손을 흔들어 보이기도 했다. 유 교수님은 방을 청소하고 정돈하는 데 열심이셨으며 표정도 밝으셨다. 구치소 내의 '구매'로 산 과자 봉지에서 나온 은박지를 가지고 전등갓을 만들어 감방 천정에 매달린 희미한 전구의 밝기를 높이는 기발한 발명도 하셔서 화제가 되기도 했다. 내친 김에 내 방의 것도 하나 만들어주셔서 독서에 도움이 되었던 기억이 난다.

대한변호사협회 연수회에서 강연을 마친 유인호 교수와 저녁을 먹고 유 교수 내외와 필자
내외가 사진을 찍었다. 오른쪽 둘째가 필자, 셋째가 유 교수다(1985년 1월 제주도).

유 교수님은 대학교수로 계실 적부터 전국을 무대로 강연을 많이 다니신
분이다. 기독교계의 요청으로 이런저런 집회나 예배에서도 명연사 노릇을 하
셨다. 경제학자답게 주로 박 정권의 경제 분야의 실정을 비판하는 내용이어서
정부의 미움을 샀다.

1991년 봄에 이른바 '김귀정 양 사건'이 터졌다. 각계의 잇따른 반정부 집
회에 공권력 투입이라는 극한 처방으로 경찰이 무차별 폭력 진압을 하던 시절
이었다. 그런 살벌한 분위기 속에서 성균관대 여학생 김귀정이 경찰의 폭력 진
압 과정에서 사망하는 참사가 발생하였다. 이어서 김 양의 시신 부검 문제로
경찰과 가족·학생들 간의 정면 대결이 극한 상황으로 치달았다.

당시 성균관대 장을병 총장이 나한테 급히 도와달라고 전화를 했다. 유혈
충돌을 막아달라는 요청을 받고 나는 김 양의 시신이 안치된 백병원으로 달려
갔다. 박형규 목사님과 유인호 교수님도 나오셨다. 현장 상황은 살벌했다. 백

병원 둘레를 경찰 병력이 포위하고 진입 명령만 기다리고 있는가 하면, 이에 맞서 학생들은 병원 정문과 담장 아래에 엄청나게 많은 화염병을 쌓아놓고 결전 태세를 보이고 있었다. 문자 그대로 일촉즉발의 위기가 숨이 막히도록 절박감을 주었다.

우리 네 사람은 영안실로 가서 대책위원회 인사들을 만나, 김 양의 장례를 연기하고 부검에 응하는 것이 좋겠다는 의견을 말했다. 간곡한 설득에도 펄쩍 뛰던 그들을 가까스로 설득해 회의를 다시 열어 논의해보겠다는 말을 받아낸 다음 우리는 중부경찰서로 향했다. 마침 서장실에서는 진압 작전을 위한 마지막 대책 회의가 열리고 있었다. 우리는 성급하게 병력을 투입해서는 안 된다고 거듭 역설했다. 만일 진압 작전 중에 사상자가 발생한다면 어떻게 되겠느냐며 역공도 했다. 묵묵히 듣고 있던 서장은 우선 진압 작전을 보류하고 기다려주겠다고 했다.

그러나 대책위의 일부 위원과 재야인사 중에 강경론이 만만치 않아서 난관에 부딪혔다. 성대 총학생회 쪽도 물러설 수 없다고 했다. 마침내 큰소리까지 오갔다. 우리는 유혈 사태가 가져올 참상, 특히 학생들의 피해를 상기시키면서 간곡한 설득을 계속했다. 우여곡절 끝에 힘들게 가닥이 잡힌 결론은 김 양 어머니의 뜻을 따르자는 것이었다.

우리 네 사람은 김 양 어머니가 계시는 방으로 건너갔다. 입을 떼기가 여간 조심스럽지가 않았다. 그러나 완곡하게 '부검 수용'을 권고했다. 이미 그런 비극을 겪은 다른 학생의 가족들도 거들었다. 마침내 김 양의 어머니 입에서 "내 딸의 부검에 동의해서 많은 학생들의 희생을 막을 수만 있다면……" 이란 말씀이 떨어졌다. 이렇게 해서 경찰과 학생 간의 유혈 충돌을 앞둔 대치 상태는 작전 개시 일보 직전에 해소되었다.

부검 반대를 관철하려다가 빚어질 학생들의 희생을 생각해야 했고, 한편 3,000개가 넘는 화염병에 다칠 전경들도 적지 않았을 것이다. 그처럼 양측이 모두 물러설 수 없다고 버티는 절박한 상황에서 '평화적 해결'로 인명 피해를 막는 데는 박 목사님과 유 교수님의 재야 원로다운 말씀이 크게 주효했다. 앞서의 유가족과 대책위 설득에서 유 교수님은 매우 간곡하면서도 적극적이셨다. 그런가 하면 중부 서장 등 경찰과의 대면에서는 어른다운 어조로 상대를 훈계하셨다. 유 교수님의 그런 양면이 사태 해결에 크게 도움이 되었다.

　　밤늦게 병원을 나와 전철역 쪽으로 걸어가는데, 학생들이 전경들을 향해 무언가 큰소리로 계속 구호를 외치고 있었다. 그 소리를 들으며 "부검에 응한다면 항복이나 마찬가지 아닌가?" "지금까지 싸운 것이 모두 허사가 아닌가?" "깨질 때 깨지더라도 물러서지 말자" 이렇게 분개하던 목청들이 내 머리를 스쳐갔다. 그러나 우리는 이심전심으로 말했다 "아니다. 그래도 잘된 일이다. 제2, 제3의 강경대 군과 김귀정 양이 나와서야 되겠는가?"

　　지하철역에서 산 이튿날 조간신문에는 〈백병원, 오늘 공권력 투입〉이란 머리기사가 눈길을 끌었다. '내일 아침 배달 판에는 저 제목이 바뀌겠지' 하는 생각을 하면서 심야의 한적한 지하철에 올랐다.

　　유 교수님은 정이 많으시고 남에게 베풀기를 좋아하셨다. 지금부터 22년 전인 1990년, 유 교수님이 영국 런던 생활을 마칠 무렵, 우리 집사람과 구속자 가족 한 분이 교수님 댁에 열흘이나 묵으면서 런던 일원을 구경했을 뿐 아니라 교수님 가족과 함께 한 달 동안 유럽 여행을 한 적이 있다. 집사람이 로마에서 여권과 유레일패스가 든 핸드백을 날치기당해서 유 교수님을 몹시 힘들게 만든 불상사도 있었다. 여간해서 하기 어려운 40일 간의 유럽 여행에서 인솔자이자 가이드 역을 자청하시어 갖은 노고를 다해주신 유 교수님의 후덕한 인정을 잊을 수가 없다.

유 교수님은 술도 즐겨 하시고 또 성품도 호탕하셨다. 노소동락도 좋아하셨다. 유신 판국에서 쫓겨난 해직 교수 등 재야의 '실업자'들과 자주 어울려서 세상을 비판하고 개탄하면서 한 잔을 기울이는 그 기품은 암울했던 한 시절에 우뚝 선 의연한 선비다웠다.

양평에 있는 농장으로 우리 구속자 가족들을 대거 초대하여 화끈하게 하루를 즐기게 해주신 적도 있다. 그때 자리와 시간과 뜻을 함께했던 분들 중에서 유 교수님이 먼저 이 세상을 하직하셨다. 그리고 그분과 같은 길을 걷던 리영희, 장을병, 박현채 등 한 시대를 이끌던 쟁쟁한 학자요, 논객이자 선비들이 뒤이어 우리 곁을 떠났다. 스승도 없고 선배도 없는 세상은 이렇게 쓸쓸하고 황량하고 허전하다. 벌써 20년이 지난 유 교수님의 타계他界를 다시금 아파하면서 간절한 그리움과 추모의 마음을 반추해본다.

1957년에 시작된 인연

김낙중(한반도평화통일시민단체협의회 상임고문)

내가 유인호 교수님을 맨 처음으로 뵌 것은 1957년으로, 내가 고려대학교 경제학과 3학년 학생일 때다. 유 교수님이 경제학 특강 시간에 강사로 오셨다. 내가 워낙 우여곡절을 거쳐 늦게 고려대에 편입한 까닭에, 내 나이 27세였는데 유인호 교수님은 나보다 두 살 더 많은 형님뻘이었다. 일본에서 공부를 마치시고 한국에 나와 막 강사 자리를 맡으신 처지라 말씀도 경상도 말투 그대로였다. 그리고 유 교수님이 영어 특강을 하셨는데 영어의 이해는 정확했으나, 그 발음은 어색했다. 나는 전쟁 통에 미군 부대에서 3년 넘게 일을 했기 때문에 영어 회화가 상당히 자유로웠다.

나는 1960년에 고려대를 졸업하고 고려대 대학원에 진학했다. 그러나 취직해서 학비를 벌어야 할 처지였기 때문에, 취직 시험을 봐서 한국상업은행에 입행했다. 나는 직장인 한국상업은행에서 대구 지점으로 발령이 나는 바람에

할 수 없이 대학원을 쉬고, 대구로 내려가야 했다. 나는 대학원에서 공부를 더 하고 싶은 생각이 간절한 터였다. 유인호 교수님은 대학원 공부를 하고 싶어 하는 내 사정, 내 심정을 잘 아시는 터였다. 왜냐하면 유인호 교수님은 내 과거 사정을 조동필 교수님을 통해서 들었기 때문이다.

내가 고려대 경제학과에서 '후진국경제론'이라는 조동필 교수님의 강의를 들었는데, 조동필 교수님은 나를 불러 서울대 사회학과에 입학해서 다니던 사람이 왜 다시 1957년에 고려대 경제학과로 편입하게 되었느냐고 그 사유를 물으셨다. 나는 그 이유를 조동필 교수님에게 대답하지 않을 수 없었다.

나는 우리 민족의 평화통일을 위해 이승만 대통령에게 평화통일을 해야 한다는 청원서를 제출했으나 남한 정부는 북이 아직도 전쟁 준비에 여념이 없는데 어떻게 평화통일이 가능하냐며 나를 미친놈 취급을 했다. 그래서 북쪽에 갈 결심을 했다. 한국전쟁에서 동포 수백만 명이 죽었는데도 북쪽에서 진짜 전쟁으로 통일을 하려는 것인지 아니면 라디오 매체들을 통해서 주장하듯이 평화통일을 진심으로 원하고 있는지 그것을 확인해야만 했기 때문이다.

그래서 나는 고향인 파주에서 임진강을 건너 북에 갔다. 그러나 북에 가서는 남쪽에서 보낸 간첩이라는 의심만 받고 돌아올 수밖에 없었다. 북은 남북 군인들과 지뢰, 철조망이 있는 휴전선을 전문가의 안내를 받지 않고 어떻게 대학생인 내가 무사히 넘어왔느냐며 의심을 풀지 않았기 때문이다. 나는 그런 과거 이야기를 조동필 교수님께 말한 일이 있는데, 유인호 교수님은 그 이야기를 조동필 교수님에게 들어 알고 있었던 것이다.

그런데 유인호 교수님은 일본에서 경제학을 공부하실 때 마르크스주의를 배우셨고, 마르크스주의 나라인 북에 대한 관심이 많으셨기 때문에 조동필 교수님에게 내 이야기를 들으시고 나에 대한 관심이 더 많아지셨던 것 같다. 왜냐하면 유 교수님이 제2차 세계대전 직후 일본에서 공부하실 때는 비판적 경제학의 주류가 마르크스주의였기 때문이다. 유인호 교수님은 거기서 마르크스주의에 대해 많은 것을 배우셨고, 그것을 이해하고, 좋아하셨던 것으로 보인다. 그래서 유인호 교수님은 마르크스주의를 기반으로 나라를 이끌어가는 북조선에 관심이 퍽 크셨고, 북을 다녀온 나에게도 관심이 남다르셨던 듯하다.

그래서 조동필 교수님과 유인호 교수님이 나를 한국농업문제연구회 주석균 선생님에게 소개했고, 평안도가 고향인 주석균 선생님도 나를 좋게 보셔서 한국농업문제연구회 연구원으로 받아주셨다. 그래서 나는 직장을 옮겨 서울로 올라와서 한국농업문제연구회 연구원으로 취업했고 덕분에 나는 다시 대학원에 나갈 수 있게 되었다.

한국농업문제연구회에서 나는 유인호 교수님과도 다시 깊은 인연을 맺었다. 내가 서울로 와서 한국농업문제연구회 연구원으로 근무할 당시, 한국농업문제연구회에서는 매주 금요토론회가 있었다. 덕분에 나는 여러 경제학자들을 만날 수 있었다. 그중에는 조동필, 박근창, 김병태, 이창렬, 박희범, 변형윤과 그 밖에도 농업경제학 또는 경제학을 전공하시는 학자들이 많이 나오셨는데, 대학원생들도 이 금요토론회에 많이 참석해서 토론은 무척 진지하게 전개했다.

당시 농업은 우리나라 인구의 80퍼센트 이상이 종사하는 주요 산업이었기 때문에 농업 문제에 대한 진지한 토론은 경제학을 연구하는 사람들의 필수였다고 할 수 있다. 그런데 그 당시로서는 이렇게 진지하고 전문적인 경제학에 관한 토론의 장은 한국에서 금요토론회가 유일했다. 이 금요토론회가 계속 유지될 수 있었던 이유는 회장인 주석균 선생님의 열성이 대단했기 때문이다. 게다가 주석균 선생님은 조봉암 선생이 대한민국 초대 농림부 장관을 할 때 차관으로 일한 경력도 있었다.

광주 국립 5·18민주묘지에서 유인호 교수의 이장을 마치고 소회를 말하고 있는 필자(2006년 6월).

한국농업문제연구회는 사무실이 을지로입구 무교동에 있어서 서울에 있는 대학교수들이나 대학원생들이 참가하기에 교통이 매우 편리했다. 토론 내용이 좋아서 출석율도 높았다. 그 후 한국농업문제연구회의 금요토론회에 참석한 교수와 대학원생들은 거의 모두 한국 경제학계에서 많은 활동을 했다. 박현채, 이우재, 주종환, 오병철, 안병직, 황건, 김진균, 김준기 등이 모두 이 금요토론회에 대학원생으로 참석한 사람들로 기억된다. 이 금요토론회에서 재미있었던 것은 유인호, 김병태, 박현채 세 사람들의 끝없는 논쟁이었다. 세 분은 모두 진보적인 마르크스경제학의 입장에 있었다. 그런데도 어찌된 일인지 세 분은 자주 입장 차이를 보이며 논쟁이 뜨거워지곤 했다.

그러나 5·16 후에 한국농업문제연구회 회장 주석균 씨가 구속되고, 한국농업문제연구회는 폐쇄되었다. 왜냐하면 한국농업문제연구회가 공화당 정부 당국의 미움을 샀기 때문이다. 미움을 산 이유는 회장과 회원들이 공화당 정부의 미국 잉여농산물 도입을 가장 맹렬히 반대했기 때문이다. 한국농업문제연구회가 폐쇄되고 도서 자료들은 모두 김병태 씨가 교수로 근무하는 건국대학교의 건국대학교 부설 한국농업문제종합연구소에 기증됐다. 그리고 이우재 씨는 그 뒤로 한국농어촌사회연구소를 맡게 되었는데 유인호 교수님은 이우재 씨를 도와서 그 이사장직을 맡아주셨다. 그리고 그 한국농어촌사회연구소는 최근까지도 한국 사회에서 소외된 농민의 아픔을 대변하며 학문적 연구를 하는 유일한 기관으로 남아 있다.

그런데 내가 한국농업문제연구회 연구원으로 일하던 1961년께, 나는 갈현동에 있는 유인호 교수님 댁을 방문할 일이 있었다. 유인호 교수님은 내가 대구에서 은행에 다니고 있는 동안에 결혼하신 모양이었다. 내가 유 교수님 댁을 찾아가니 앳되고 아리따운 아가씨가 나와서 나를 맞았는데 유 교수님은 부인이라고 소개했다. 나는 나이 서른이 넘은 총각이었기 때문인지, 난생처음으로 질투심 같은 것을 느끼기도 했다.

그 후 나는 한국농업문제연구회 연구원 자리를 빼앗기고 1961년 군사정부의 눈치를 피해 친구 집 하숙방에 숨어 대학원 공부를 하다 1963년에 군대 징집영장이 나와서 입대하게 되었다. 26사단 76연대에서 행정병으로 근무하던 1965년 어느 날, 조선호텔 맞은편에 있는 육군 특무대로 연행되었다. 당시의 군사정권은 내가 과거에 평화통일을 위해 북한에 다녀온 사건을 들추어 간첩 사건을 조작했다. 내가 북에 가서는 남한에서 보낸 간첩 취급만 받고 온 것을 마치 북에 가서 1년간 대남 간첩 교육을 받고 온 것처럼 조작한 것이다. 군사재판에서는 사형이 구형되고 무기징역이 선고되었다. 그러나 고등법원에서 간첩이라는 혐의는 무죄이나 반국가 단체인 북한의 교육·의료 등에 관해서 북한에 좋은 점도 있다고 친구들에게 말한 것은 반공법 위반이라며 3년 6개월

징역형을 받았다. 그러나 다행이 1965년 5월 가석방으로 출옥하여 12월에 지금의 아내와 결혼할 수 있었다.

그런데 생계가 막막했다. 그래서 《학원》이라는, 학생들을 대상으로 하는 월간 잡지사 기자로 근무하다가 김윤환 교수님의 배려로 1966년 고려대학교 노동문제연구소 연구원으로 근무하면서 무사히 대학원 과정을 마치고 석사 학위를 받을 수 있었다. 이때 석사 학위를 받은 나를 맨 처음 대학 강단에 서게 해주신 분이 바로 유인호 교수님이다. 유인호 교수님은 나를 명지대학교에 경제학 영어 특강 강사로 소개해주셨던 것이다. 유인호 교수님은 내가 영어를 잘하는 줄 아셨기 때문이다. 그 뒤에 나는 고려대학교에서 '한국 노동운동사' 와 '노동경제학' 을 강의할 수 있었다.

1972년 10월 유신 후 유신 정부는 내가 1년간 간첩 교육을 받고 고려대학교에 침투하여 학생들에게 대한민국의 체제를 전복하려는 내란을 모의했다고 죄를 뒤집어씌웠다. 1심에서 무기를 언도받고 2심에서 7년 형이 확정되어 7년간 징역살이를 해야만 했다. 당시 고려대 학생 몇몇이 〈민우지〉라는 유인물을 돌린 일이 있었는데 그것이 10월 유신을 반대하는 운동의 효시였다. 유신 정권은 "10월 유신을 반대하는 것은 북측의 간첩이 하는 짓이며 선동이다" 며 그 학생들을 구속하기 위해, 학생들에게 공포심을 심어주려는 의도로 과거 북에 다녀온 경력이 있는 나를 간첩으로 다시 우려먹은 것이다.

나를 간첩이라고 떠들었지만 결국 간첩죄는 무죄가 되었으면서도 '내란 선동' 이라는 죄명을 붙여 7년간이나 감옥에 갇혀 있어야 했고, 1989년에 출옥한 다음 시골에서 상당히 오랫동안 휴양을 하지 않을 수 없었다. 그러는 동안에 나는 좀처럼 유인호 교수님을 찾아뵐 기회를 못 잡았다. 1992년에는 남북 쌍방 당국 간에 '남북기본합의서' 가 채택되는 등 한반도 남북 당국은 서로를 인정, 존중하면서 평화통일을 추구해야 된다는 오랜 내 주장이 현실 속에서 점차 서광이 보이기 시작하여 나는 민족통일촉진회로, 국회로 매우 바쁜 일정을 보내고 있었다.

그런데 1992년 유인호 교수님이 몸이 안 좋아 강남성모병원에 입원하셨다는 소식을 듣고 부랴부랴 찾아뵈웠다. 내가 병원에 도착하니 유인호 교수님은 이미 수술을 마치고 치료 중이셨다. 그래서 내가 "아니, 어디를 수술하셨어요?" 하고 물으니 유 교수님은 아무렇지도 않은 듯이 "쓸개를 절제했어"라고 하신다. 그래서 내가 "그러면 선생님 쓸개 없는 사람이시네요" 했다. 유 교수님 말씀이 "그래, 쓸개가 없는 사람이 됐어"라고 하셨다. "선생님은 쓸개 빠진 사람이니 앞으로 사모님 말씀은 무조건 순종하시겠네요" 하니 유 교수님은 빙그레 웃으셨다. 그것이 내가 마지막으로 뵌 유 교수님이었다.

그 후 나는 다시 사형을 구형받은 무기수가 되었고, 유 교수님은 별세하셔서 딴 세상으로 가셨다. 나는 유 교수님 결혼식에도 못 갔듯이 장례식에도 못 갔다. 그 후 김대중 대통령이 나를 형 집행정지로 출옥시켜준 덕분으로 그 후로는 하루하루의 건강을 보살피며 살고 있다. 유인호 교수님에 대한 생각이 날 때면 나는 양평군 개군면에 있는 유 교수님 댁을 찾아 사모님을 뵈옵곤 했다. 사모님은 한강이 내려다보이는 남한강변의 양지 바른 조용한 시골집에서 혼자 외로이 지내고 계셨다. 내가 할 수 있는 부탁은 "강변으로 열심히 걸으셔서 유 교수님 몫까지 장수하셔야 됩니다"라고 말씀드리는 것뿐이었다.

최근에 일곡기념사업회를 만들어 열심히 노력하고 있다니 고맙기 그지없다. 유인호 교수님의 영혼이 사모님의 노력을 알고 얼마나 고마워할까 생각하며, 유 교수님의 명복과 사모님의 건강을 간절히 기원할 뿐이다.

만약에 박정희가……

이호철(소설가)

나에게 일곡 유인호 선생은 경제학자로서, 여덟 살 위 선배다. 그리고 나는 경제학과는 애당초에 거리가 먼 소설가다. 따라서 평소에 가까운 사이는 아니었다. 그저 그이가 중앙대학교 경제학 교수라는 것만 대강 알고 있었고, 해방 직후 일찍이 일본으로 건너가 교토에서 주로 경제학을 공부했다는 것, 그 저간의 사정은 잘 모르겠지만 그 무렵 이 남쪽의 정치적 격동 속에서 그렇게 일본으로 가게 되지 않았을까 나대로 짐작했을 뿐이었다.

더구나 그런 불초不肖 나라는 사람은 1950년 12월에 북에서 피난민으로 월남해 나왔으니, 피차간에 이미 세상을 보고 생각하는 양태는 처음부터 거리가 만만치 않게 컸을 것이다.

한데 1980년대 그 무렵 한때, '지식인 134인 시국선언'이라는 것을 유 교수께서 주관하여 수고하실 때 내가 문학인으로서 주위 문학인 몇몇의 서명을 받는 일을 한 터여서, 비로소 처음으로 직접 상면하게 되었고, 그 무렵 그이가 살았던 홍제동 댁에도 들러 술 한 잔 곁들여 저녁 한 끼를 실례하기도 했다.

더구나 그 지식인 성명이 빌미가 되어, 소위 '김대중내란음모 사건'에 스물네 명이 육군본부에서 군사재판을 받게 되는 때에도 함께 공범자로 연루되어 당시의 서울구치소에 수감되었는데 나는 37방에, 유교수께서는 바로 옆방인 36방에 들어 4개월가량을 같이 지내기도 했다. 그러니 나와 유 교수는 앞에서도 밝혔듯이 전공 분야부터 천리만리였지만, 피차에 추억거리 같은 것은 몇 가지 없을 수는 없었다.

하지만 그이의 그 우람한 생김생김이나 매사에 뜨겁고 치열한 성격은 처음부터 매우 인상적으로 느껴졌는데, 구치소 독방살이 속에서도 어느 한 구석 흐트러짐이 없는, 사동舍棟 안에서의 그 알뜰한 방안 정리를 접하면서는, 몇십 년 징역살이를 하래도 끄떡없으시겠다고 본인께 우스갯소리 한마디까지 했을 정도로 허물없이 지낼 수는 있었다.

이런 내가 이미 20년 전에 고인이 되신 그 유인호라는 사람을 허심탄회하게 떠올리라면, 우선은 저 먼 조선조 초기, 단종 사화史禍 때의 사육신死六臣 가운데 한 사람인 유응부兪應孚라는 사람과 연결이 되곤 하였다. 조금 어이없고 웃기는 이야기로도 들리겠지만, 내가 아주아주 어릴 때 어쩌다가 한번 읽은 이광수의 역사소설《단종애사》속의 정인지며, 신숙주며, 성삼문이며, 박팽년 등의 인물들 속에서 그 당대 수양대군의 권력과 죽음으로 맞섰던 유응부라는 지사志士 말이다. 유인호라는 사람의 근본 생김새부터 성격까지 그 유응부라는 사람과 닮아 있어 보였다. 물론 이 점, 나 스스로도 어처구니가 없지만, 도대체 이게 무슨 조화 속인지는 나 자신도 도대체 이해가 안 된다.

그리고 보니까 또 한 사람이 있는데, 바로 내가 1960년대 한때 매일 같이 어울리다시피 했지만 지금은 미국 시애틀에 이민 가서 살고 있는 방송인 유병희 여사. 똑같은 유 씨인데다 매사에 엄청 뜨겁고 치열하고 철저했던 열덩어리였다는 점이 매우 비슷하다. 그이는 1961년엔가 초기 MBC 방송국이 인사동에 있을 때 내 단편소설 《판문점》을 몇 회에 걸쳐 연속 낭독한 일이 피차 알게 된 계기였다.

그나저나 웃기는 이야기가 아닌가? 도대체 유인호 이야기에 저 옛날 몇백 년 전 사육신인 유응부며, 1960년대와 1970년대의 방송인 유병희 씨가 어떻게 연결될 수가 있다는 말인가? 그야말로 지금 저승에 계실 유인호 선생부터 펄펄 뛸 이야기다. 하지만 나로서는 솔직히 이렇다. 그 옛날의 유응부와 유인호와 유병희가 같은 유전자였던 것으로 우선 나에게는 다가드는 것이다. 그 실제 여부를 증명할 길은 물론 나에게 없다. 하지만 누가 뭐래도 나는 내 이 느낌만은 저버릴 생각이 없다.

이번에 이 글 몇 장을 청탁하려고 유 선생의 막내딸이 모처럼 우리 집에 찾아왔을 때는 나도 적이 놀랐다. 그렇게도 우람한 유 선생과는 또 너무너무 다르게 애리애리했던 것이다. 내가 이렇게 느끼는 이 느낌도, 이런 점이야말로 바로 문학의 눈으로 보는 세계이며 그리고 바로 이 점이야말로 경제학과 문학이라는 것의 각기 다른 실체일 것이기도 하리라는 생각이다.

게다가 사람 살아가는 모든 것은 궁극에 이르면 시간이고 세월이다. 시간 따라 세월 따라 달려져가는 것이 바로 사람 사는 세상이다.

그렇게 1980년대 한때 '지식인 134인 시국선언'을 내면서 그 주요한 역할을 하신, 체격이 우람하고 열렬하게 뜨거웠던 그이 그리고 그것이 빌미가 되어 몇 달간, 독립문 곁 서울구치소 9사동 벽돌 건물에서 바로 옆방으로 옥살이를 같이 했던 그이 그리고 우리네 '거시기산우회'에 몇 차례 나오셨던 그이가 내

'김대중내란음모 사건' 관련자 중에서 '지식인 134인 시국선언'으로 사건에 연루된 세명. 왼쪽부터 송건호, 유인호, 필자. 유인호 교수의 양평농장에 가는 길(1981년 5월).

가 살아생전의 그이를 접했던 전부였는데, 그러고 보니까 그때 그 '지식인 선언'을 주관하셨던 그이는 그 무렵 십년 여 동안의 재야 민주화 운동에 처음으로 동참했던 것으로 나 같은 사람에게는 기억된다.

　하지만 그 지식인들 속에는 종교계며, 법조계며, 학계며, 언론계며, 몇 년째 이런 운동에 나선 분들이 많았음에도 유인호 그이는 그런 따위에 처음부터 전혀 구애받고 매이지를 않으셨다. 말씀도 가장 많이 하시고, 아예 모든 것을 자기 혼자 떠맡듯이 열을 내었다. 그리고 바로 그러는 그 점이 그이에게는 매

우 어울려 보였다

　대체로 그런 자리에 나오는 사람들은, 열 명에 아홉은 우물쭈물하기 쉽고 몇몇 주동자에게 대강 일을 떠맡기며 자기는 그저 사람 숫자나 채우는 데 도움이 됐으면 한다는 그런 모양새가 되기 쉬운데, 그이는 처음부터 그게 아니었다. 아주아주 치열하고 적극적이고 이 일로 하여 후환이 생긴다면, 그것도 흔쾌히 혼자서 떠맡겠다는 각오까지 완전히 서 있는 태세였다. 그렇게 거의 독차지하듯이 말씀부터 많으셨다. 그런 여럿이 모인 자리에서 말씀이 많은 것은 리영희 씨도 비슷했다. 종교인이나 변호사들처럼 주로 입놀림이 생업인 쪽보다도 한 술 더 뜨는 격이었다.

　하지만 실제로 나 같은 사람은 나이는 어렸지만, 민주화 운동에의 동참으로 말한다면 훨씬 연조도 오래고 선배 격이었다. 1971년 4월부터 재야 운동의 효시嚆矢였던 민주수호국민협의회의 문학인을 대표한 운영위원으로, 당시 원주의 장일순 씨며 지학순 주교며 같이 동참, 대표위원으로 김재준 목사와 이병린 변호사, 천관우 선생 세 분을 모시고 출범할 때는 법정 스님과 내가 1932년생, 동갑내기로 가장 어렸다.

　그 무렵 1973년 11월 5일에 박정희 유신 독재를 반대하는 첫 시민단체 성명을 우리 민수협 이름으로 내고, 곧장 종로경찰서로 연행되었을 때도 김재준, 함석헌(확대 개편 때 대표위원으로 보충), 이병린, 천관우, 지학순, 천안의 김숭경 의사 그리고 가장 나이 어렸던 사람이 법정과 불초 나였다. 그렇게 종로경찰서에서 비빔밥으로 점심 한 그릇씩 얻어먹고 해 질 녘에 "훈방訓放" 조치로 풀려나올 때도, 법정은 오늘을 기념해서 책이라도 한 권 사겠다며 바로 안국동 로터리에 있는 책 가게로 들어가 문고본 한 권을 샀다. 그 모습을 보고 나는 꼭 "여학생 같다"고 느꼈던 그 느낌은 지금도 기억이 역력하다.

그리고 1970년대와 1980년대에 한창 벌인 그 지식인들의 재야 민주화 운동. 그건 늘 다분히 삼엄하고 무거웠던 모임 자리에서 말이 없기로는 송건호도 매한가지였다. 다만 예사 보통 사람들은 슬금슬금 회피하려고 했던 그런 자리에, 그이만은 그 자그마한 체구에 두루마기 차림으로 꼭 빠지지 않고 매번 나오곤 하였지만, 그이도 불초 나와 비슷하게 언제 어느 때나 딱 부러지게 자기 의견을 내놓는 일은 거의 없었다. 저런 사람이 어떻게 신문사의 편집국장을 하고 있을까 싶을 정도로, 언제 어느 자리에서나 거의 말이 없이 과묵하였다.

그이는 그런 자리에서만 그런 것이 아니라, 신년 초나 추석 때 같은 때는 어김없이 언론계 선배이기도 한 천관우 댁에 인사차 찾아오곤 하여 바로 그 이웃에 살았던 나도 기별을 받고 그 댁의 조촐한 술자리 같은 데에 껴들어보아도, 송건호는 술 한 잔만 앞에 받아놓은 채 마치 초등학생처럼 얌전하게 앉아서 술에 대취하신 천관우 선생의 소리소리 지르는 것을 가만히 듣고만 있을 뿐이지, 딱히 대답 한마디 하질 않았다.

그렇게 전혀 말이 없던 송건호는 어쩌다 나와 단 둘이 있을 때는 조곤조곤 말을 하기도 했는데, 언젠가는 나더러 "이 형이 신문사 기자를 했다면 명기자가 됐을걸" 하고 지나가는 소리로 한마디 했던 것은 나는 지금까지도 묘하게 기억해두고 있는데, 언젠가는 슬쩍 이런 말 한마디도 털어놓는 것이었다.

그 무렵 남북 적십자회담인가 열려서 그 자문 위원인가로 뽑혀서 김준엽 씨랑 평양으로 처음 들어가게 됐을 때, 그 준비 모임인 저녁 먹는 자리에 나갔다가 어찌어찌 화장실엘 들어가게 되었는데, 마침 박정희 대통령도 똑같이 화장실엘 들어오더란다. 그렇게 둘은 바로 나란히 서서 오줌을 누었다. 그때 대통령은 그이를 돌아보면서 지나가는 말로 한마디 하듯이 가만히 말하더란다.

"어때요? 송건호 씨, 문화부 장관 한번 해주시지 않겠습니까?"

하여 송건호도 즉각 사양을 하였노라는데, 그 뒤 나로서 무척 궁금했다. 그때 그러니까 정확하게 송건호 씨는 뭐라고 대답했을까? 그냥 "싫습니다"라고 했을까? "아니요, 제가 그런 자격이 있겠습니까요?"라고 했을까? 또는 "저는 그런 거 못 합니다"라고 했을까?

아무튼 그때 박정희의 비위를 상하게 하지는 않았을 것이라는 점은 분명히 짐작되는데, 정확히 뭐라고 대답을 했는지 못 물어보았던 것은 지금도 나로서는 썩 아쉬움으로 남아 있다.

만일 이런 경우에 닥쳤다면 일곡 유인호라는 사람이면 어떻게 반응했을까? 물론 박정희라는 사람부터가 그 유인호라는 사람에게는 애당초에 그런 청을 하지도 않았을 것이지만. 바로 사람들 간의 이런 차이는 그 흔한 누가 옳다, 누가 그르다라는 경지 같은 것을 몇 차원 넘어 각기 사람마다의 운명이나 천성天性과 관계될 것이다.

그리고 보면 일곡 유 선생 추모 자리에서 이런 잡소리만 몇 마디 한 것 같아 미안한 생각도 없지는 않다. 그렇지만 그이는 그런 쪽 일, 이를테면 당대 권력에 맞서서 대항하는 일 같은 것에는 어느 누구도 엄두를 낼 수 없을 정도로 치열하였고 뜨거운 분이었음을 새삼 상기시키고 싶다.

아무튼 나에게 일곡 유인호라는 사람은 저 옛날 그 사육신 중 한 사람인 유응부라는 사람과 우선 연결되곤 한다. 그리고 그이 세상 떠난 지 20년이라는 세월이 지나 지금 이 자리에서 거듭 곰곰 생각해보아도, 우리네 사람들 사는 세상은 국내는 물론이고 이 지구촌 단위로도 엄청 변해온 것은 틀림없지만, 여직 그이가 살았다면 지난 20년 동안에 그이 특유의 그 뜨거움과 지혜로써 크게 감당하셨을 몫이 분명히 있었을 것이고, 그 자취도 그이 체격에 아울리게 큼지막하지 않았을까 싶어지며, 일말의 아쉬움을 안 느낄 수 없다.

그 온화함과 강인함

이이화(역사학자)

유 선생의 평소 이미지

나의 40대는 장년의 나이로 안정을 얻었다기보다 정신적 혼란 속에서 방황했다. 바로 유신 정권이 들어서서, 독재로 언론을 통제하고 인권을 유린하는 현실에서 술자리에서라도 눈치를 슬슬 보며 대화를 나눌 지경이었다. 자기 검열에 걸려 정신쇠약증에 걸렸다고 해도 지나치지 않을 것이다. 이런 시기, 나는 가끔 유인호 선생의 글을 잡지를 통해 읽었다. 당시 신문 잡지는 끊임없이 감시받고 게재되는 글의 내용을 트집 잡아 담당 기자와 필자는 중앙정보부에 끌려가서 조사를 받는 사태가 여기저기에서 다반사처럼 벌어졌다. 나는 월간 《신동아》에서 근무하면서, 〈한소국경문제〉와 같은 아무렇지도 않은 글을 트집 잡아 김상만 사장을 불러가고 주필 천관우 선생을 잡아가서 호되게 신문하는 꼴을 보며 독재 정권이 막간다고 분노했다.

이런 현실에서 때때로 유인호 선생의 글이 그나마 신선함을 주었다. 그 글에는 민주 경제·민족경제·민중경제라는 용어들이 자주 보인 것으로 기억되지만 박정희 정권 경제정책을 정면으로 비판하는 내용은 아니었던 것으로 기억한다. 나는 인문학도로 실물경제니 통계의 수치니 하는 경제 이론 같은 딱딱한 학문을 극도로 싫어했다. 나는 유 선생의 글을 경제 이론으로 읽은 게 아니라 유신 정권 타도의 수단으로 읽었다. 거듭 말해 나는 경제학도가 아니어서 상식적 수준에서 유 선생의 글을 이해하는 수준이었지만 유인호 선생의 글은 그 밑바닥에 무언지 깔려 있음을 눈치 챌 수 있었다. 특히 가톨릭에서 발행하는 월간 잡지 《창조》는 다른 매체보다 그 무렵 강한 분위기를 지니고 있었다. 그 잡지 편집장인 문학평론가 구중서는 나와 친구 사이였는데 어느 때에 구한말 국채보상운동에 대한 글을 써달라고 부탁해 내가 〈국채보상운동과 나라빚 갚기운동〉이라는 글을 투고했다. 이 특집에 유인호 선생의 글이 실렸는데 천주교에서 경영하는 매체가 아니면 유인호 선생의 글을 싣는 이런 특집을 꾸릴 용기도 없었을 것이다. 구중서는 나에게 거물과 나란히 글을 실었으니 술 한 잔 사라는 농담을 했다. 사실 어설픈 신진인 나로서는 영광이었다.

늘 부드러운 모습

정작 선생을 만나 뵌 시기는 훨씬 뒤였다. 선생은 1980년에 대학교수직에서 해직되었다. 유신 시기에는 용케 넘어갔다가 기어코 걸렸다고 해야 할까? 이 무렵 많은 교수들이 강제 해직되었는데 유인호 교수는 그들 속에서 일급 인물에 해당되었던 것이다. 나는 유인호가 해직 교수였다는 사실만으로도 평생 존경하는 선배가 되었다고 말할 수 있을 것이다.

유 선생은 이런 압제 속에서도 붓이 꺾어지지 않았고 오히려 왕성해졌다고 볼 수 있다. 박정희의 중화학공업 정책과 매판자본을 때때로 비판하는 글을 《신동아》 등 월간지에 게재하기도 했으나 어쩌면 망중한忙中閑이었는지도 모른다. 일침으로 핵심을 찌르려는 모색 기간이었다고 판단된다.

유 선생은 뜻 맞는 친구들과 자주 어울려 술자리를 갖고 대화를 나누기도 하고 이곳저곳 모임에 참석했던 것 같다. 그분은 나나 고은이나 박현채처럼 마구잡이로 노는 사람이 아니었다. 어디까지나 침착했다. 이 무렵 나는 선생을 직접 만나 뵐 수 있었다.

1980년 첫 무렵 한길사에서 무슨 행사인지, 인사동에서 행사를 하고 나서 뒤풀이를 하는 자리였다. 첫 자리는 아무 탈 없이 넘어가는 것 같은데 그다음 자리는 시끄러웠다. 2차 자리는 인사동 입구(안국동 사거리 밑) 2층 맥줏집이었다. 송건호, 리영희, 장을병, 고은, 박현채 등 당시 일급 '불평객'들이 자리를 잡았다. 너도 잘나 나도 잘나, 백가쟁명百家爭鳴으로 와자지껄 떠들어대고 있었다. 나도 술에 취해 끝자락에 앉아 언성을 높여 대화에 끼어들었다.

리영희, 장을병 두 분이 따로 앉아 심각하게 대화를 나누면서 언성이 높아졌다. 나는 취한 김에 두 분 자리로 가서 중재하려고 했는데 장을병 선생이 나를 가라고 소리를 질러서 나도 반말로 맞소리를 지르고 다시 내 자리로 돌아왔다. 그러자 어느 누가 "선배한테 반말을 하면 되느냐"고 꾸짖었다. 마침 옆자리에 유 선생이 앉아 계셨다. 유 선생은 빙그레 웃으면서 아무 말이 없었다. 이때 나는 유 선생이 술을 마시는 자리에서도 술 취한 모습을 별로 보이지 않고 말수가 적은 품성임을 알았다.

내 경제 이론은 박정희 반대

그 뒤 나는 그분을 여러 모임에서 자주 만날 수 있었다. 1986년 역사문제연구소가 발족되었고 이슈가 있을 때마다 발표회를 열었는데 그때마다 흔쾌히 참석해주셨다. 우리 역사문제연구소 임헌영 부소장과 반병율과 같은 젊은 연구자들은 원로 몇 분을 찾아 세배를 다녔다. 유인호 선생의 자택도 들렀다. 그의 집은 너무나도 검소하면서 따뜻했다.

유 선생은 군사정권 아래에서 진보적인 연구 단체를 꾸려가기가 힘들 것이라는 염려를 아끼지 않으면서 격려를 해주었다. 또 연구소가 역사를 중심으로 학술 활동을 하되, 인접 분야와 연결 짓는 게 좋겠다는 조언도 해주셨다. 해마다 역사문제연구소 사무실에서 신년하례회를 열었다. 이 자리에는 많은 명사들이 자리를 같이하고 대화를 나누었다. 송건호, 유인호, 이효재, 리영희, 이우성, 성대경, 강만길, 김진균 등 원로 교수이면서 군부와 정보기관의 주목을 받는 인사들이었다. 역사문제연구소 건물 아래에 있는 필동파출소에서는 늘 우리 동정을 살폈다. 뒤에 들은 얘기지만 이분들이 우리 연구소에 드나드는 사실도 잘 알고 있었다.

이 자리에서도 대화는 열띠게 벌어졌다. 유 선생은 박정희 비판에 앞장섰다가 서울대에서 해직된 김진균 교수와 대화를 자주 나누었다. 김 교수가 "선생은 박정희 경제정책이 파탄이 난다고 자주 말씀하시었는데 어찌된 일인지 현재까지는 꼭 그렇게 되지 않네요?"라고 말하자, 유 선생은 평소에 하던 대로 웃으면서 "내 경제 진단이 꼭 맞는 게 아니라 박정희 독재를 힐난하는 데 초점이 맞추어져 있다네"라고 대답했다. 그러더니 "박정희가 망하고 말았으니 내 말이 맞지 않나"라고 대꾸했다. 두 분은 동병상련이었으니 시국관의 견해가 다를 수 없었을 것이다. 좌중이 한바탕 웃었다.

유 선생은 이 무렵 중앙대학교에 복직해서 강의를 맡았는데 청강생이 1,300여 명씩 몰렸다. 한편으로는 즐거워했지만 한편으로는 혼란스러워했다. 새로이 '민주경제론'을 강의하고 있다고 말했다. "즐거운 비명도 비명이다"고 하면서 시험지를 채점할 때에는 한 장도 소홀하게 다루지 않고 일일이 손수 살펴본다고 말했다. 나는 이 말을 듣고 제자를 아끼는 진솔한 마음을 알아들었다. 하지만 민족경제론에서 다음 단계로 조금 이론을 바꾸는 게 아닌가 생각했다.

나의 경제학—수난과 영광

유 선생은 1991년 저서인 《나의 경제학–수난과 영광》을 펴낸 적이 있다. 나는 그분의 많은 저서들 속에서 이 책만은 통독했다. 유 선생은 당신이 민주 인사라는 이유로 해직되고 민주 인사들이 투옥되는 현실을 보고 무척 가슴이 아파했다. 자신이 감옥에서 시달림을 받지 않았으니 죄책감마저 들으신 것 같았다. 그래서 "험난한 우리의 역사 과정, 결코 올바른 자세를 지녀야 하며 오늘 우리의 활동은 새로운 역사 창조의 과정이다"고 했다. 과감한 발언이었다.

그리고 조국 해방 투쟁을 하면서 잡힌 어느 늙은 혁명가의 시를 인용했다. 이를 소개하면 이렇다.

몸은 옥중에 있고 集體在獄中

마음은 옥 밖에 있다 精神在獄外

큰 사업을 이루고자 한다면 欲成人事業

마음 또한 크게 가져야 精神更要大

이 구절이 바로 '일곡 선생'의 참 모습일 것이다. 유 선생의 굳은 의지와 타협 없는 자세가 이런 정신과 상통한다고 평가할 수 있을 것이다.

흐트러짐 없는 마지막 모습

아무튼 어느 때에는 광화문에 있는 술집에서 유인호, 송건호, 박현채, 장을병 등 몇 분이 모이는 자리에 나도 끼었다. 다변이면서 정열적인 박현채 선생이 유인호 선생의 경제 이론을 두고 반론을 펼쳤다. 박현채 선생의 언성이 높아도 유 선생은 평소와 다름없이 차분하게 대꾸하거나 때로는 웃음으로 대신했다. 그날 술값은 유 선생이 부담했다.

어느 날 유 선생이 담낭암으로 성모병원에 입원했다는 소식을 들었다. 우리 역사문제연구소에서 일 보는 몇 사람이 문병을 갔다. 유 선생은 병자답지 않게 밝게 우리를 맞이했다. 그러고는 "이 선생, 내가 할 일이 많은데 이러고 누워 있어요. 초기에 발견해서 다행이지만……. 《역사비평》에 글 쓸 약속도 있는데……"라고 말씀하셨다. 나는 안타까웠지만 무슨 말로 대답해야할지 몰라 머뭇거리다가 겨우 "쾌차하셔야지요"라고 말하는 정도로 그쳤다. 퇴원한 뒤에도 가끔 역사문제연구소의 행사에 나와서 대화를 나누기도 했다.

탑골승방의 49재

나는 유 선생의 장례에 참석하지 못했다. 작고하셨을 때 마침 나는 중국 역사 기행을 하고 있었다. 돌아와서 유 선생이 작고하심을 알고 장례식에 참석하지 못한 죄송한 마음으로 탑골승방(보문사)에서 올리는 49재에 참석했다. 사모님

김정완 선생을 뵈옵고 몇 마디 위로의 말을 건네고 돌아왔다.

이 49재에 대해 내가 하고 싶은 말이 있다. 신상에 위협을 느끼면서 늘 불안에 떨던 여느 민주 인사들은 자기 신앙과 관련되는 문제이기는 하겠지만 거의 천주교나 기독교에 드나들고 있었다. 노무현 전 대통령도 한두 번 성당에 다녔지만 신자는 아니었다고 밝힌 적이 있다. 이는 아마도 군부에 맞설 때 요긴한 보호 장치 중 하나라고 볼 수도 있을 것이다.

그런데 유 선생은 가정 신앙의 전통을 이으려고 했는지, 본인의 신념 탓인지 불교 의식을 지키고 있었다고 여긴 것이다. 아니면 가족들이 별 생각 없이 불교 의식을 치렀는지도 모르지만……. 이 말을 하는 뜻은 종교적 신앙을 말하기 위함이 아니라 삶의 자세를 얘기하기 위함이다. 잗달게 이 눈치 저 눈치 살피지 않고 자기 신념대로 사는 진지한 자세를 말하려는 것이다.

마지막 마무리를 지으면 지금 부인과 자녀들은 일곡기념사업회를 발족하고서 후학들에게 장학금을 지급하고 학술상을 수여하고 있다. 유 선생의 유지를 받드는 사업일 것이다. 지금 유 선생의 20주기를 맞는 시점에서도 이런 사업을 꾸준하게 펼치고 있으니 황천에서도 유 선생은 즐거워하실 것이다.

나는 유 선생에게 딱 한 가지 작은 보답을 해드렸다. 부인 김정완 선생과 따님 유선진 님이 찾아와서 '일곡기념사업회'의 제자題字를 부탁해서 서툰 글씨나마 유 선생을 기리는 마음으로 썼다. 그리움의 한 표현일 것이다.

보잘것없는 후학이 가벼운 얘기만 늘어놓아 못마땅하실지 모르지만 유 선생은 황천에서 너그럽게 빙그레 웃어주실 것이다. 오늘날 이런 의인을 자주 만날 수 있을까?

사진 한 장과 책 한 권

송두율(독일 뮌스터대학 교수)

일곡 유인호 선생님과의 인연을 생각하며 여기저기 흩어져 있는 자료들을 찾아보았다. 우선 고인과 필자가 함께 서 있는 모습이 보이는 근 30년 전 사진 한 장과 고인이 직접 필자에게 헌정한다는 글귀가 들어 있는 책《한일경제 100년의 현장》을 발견했다. 이 책은 일월서각이 1984년 4월에 간행한 책이고, 책갈피 속에는 1984년 6월 17일자《한국일보》에 실린 고인의 칼럼 〈해직 4년, 얻은 것과 잃은 것〉을 복사한 종이도 들어 있었다. 이 칼럼 속에서 고인은 "《한일경제 100년의 현장》은 (해직) 4년간에 남긴 몇 권의 책에서 두고두고 간직하고 싶은 나의 한恨의 일부분이다" 라고 적고 있다.

　　고인과 필자가 함께 찍은 사진은 언제 찍은 건지 곧 확인할 수 있었다. 서울에 있는《한보》라는 사진 현상소에서 1983년 7월에 현상한 것으로 되어 있는데 사진 배경이 어딘지 처음에는 언뜻 알아보기 힘들었다. 밤에 찍은 사진이

베를린을 방문한 유인호 교수와 함께한 필자(1983년 5월).

라 배경도 어두웠다. 조형물에 새겨진 독일어 'FREIHEIT, RECHT, FRIEDE(자유, 권리, 평화)'는 낙서로 지저분하게 되었지만 쉽게 판독할 수 있었다. 자세히 들여다보니 조형물 위에 있는 불꽃도 희미하게 보인다. 그렇다면 배경은 서독 초대 대통령 테오도어 호이스의 이름을 딴 로터리의 가운데에 여전히 서 있는 그 기념물이 아닌가. 윤이상 선생님 댁을 방문하고 돌아오는 길에 촬영한 사진이라는 것도 분명해진다. 왜냐하면 윤 선생님 댁을 방문하려면 우리는 이 로터리를 지나야만 한다. 그런데 왜 우리가 하필이면 밤에 이 조형물 앞에서 기념사진을 찍었는가 하는 물음이 연이어 떠올랐다.

　이 조형물은 제2차 세계대전에서 나치 독일이 패망하자 주로 폴란드나 체코 등지에 거주하던 독일인들이 강제로 추방되어 졸지에 생활 터전을 잃고 동서독과 오스트리아의 여러 지역에 난민으로 분산, 수용된 역사적 사건을 기억하자는 취지에서 이들의 조직체인 '고향에서 추방된 자들의 연합'이 1955년 9

월에 세운 것이다. 조형물 왼쪽에 새겨진 비문에는 "이 불꽃은 독일 통일과 고향을 찾을 권리가 실현될 때까지 타오를 것이다"라는 글귀까지 적혀 있다. 고향을 되찾을 권리는 아직도 실현되지 못해서 그런지 독일 통일이 이루어진 이후에도 불꽃은 어두운 밤하늘 아래 여전히 타오르고 있다.

사진을 자세히 들여다보면 '자유, 권리, 평화'라는 독일어 앞에 이들의 의미를 정반대로 부정하는-반反 또는 비非를 의미하는-독일어 접두어接頭語 'UN'을 덧칠한 흔적이 보인다. 즉, '자유' 대신에 '비자유', '권리' 대신에 '불법', '평화' 대신에 '비평화'라는 뜻을 전달하게 만들었다. '통일'과 '실지失地 회복'을 외치는 반공 우파의 슬로건을 조롱하고 비판하는 세력의 낙서임이 틀림없다. 조형물이 세워진 1955년은 냉전 시기의 첫 열전이었던 한국전쟁과 함께 몰아친 반공의 소용돌이 속에서 서독이 나토에 가입했다. 이런 분위기 속에서 '실지 회복'을 내세운 우파들의 원한 서린 목소리를 이 기념비는 전달해주고 있다. 독일과 폴란드의 국경선인 오데르 나이세 강을 더 이상 변경시킬 수 없는 양국 간의 국경선이라고 못 박은, 1949년 가을에 출범한 동독 정부의 결정을 서독의 우파들은 조국에 대한 배신이라고 격렬하게 비난하였다.

1970년 12월 7일 음산하게 내리는 비를 맞으며 브란트 총리는 바르샤바에 서 있는 영웅 기념비 앞에 무릎을 꿇고 나치 독일이 저지른 반인륜적 범죄를 진정으로 참회하고 속죄를 빌었다. 서독이 오데르 나이세 강의 동쪽인 폴란드의 땅에 대해서는 더 이상의 영토적 요구를 하지 않을 것임을 분명히 한 바르샤바조약에도 서명했다. 이런 상황임에도 계속 '고향'을 되찾겠다는 우파들이 내세우는 자유, 권리 그리고 평화는 순전히 그 반대의 결과를 보여줄 것이라는 경고를 1980년대 초반에 남긴 이 낙서들은 보여준다.

유인호 선생님과 함께 찍은 이 오래된 사진 한 장은 한반도의 오늘날의 현실과 겹치면서 나로 하여금 몇 가지 생각을 떠올리게 한다. 먼저 서독의 브란 트 총리가 나치 독일이 폴란드에 저지른 과거의 반인류적인 범죄에 대해서 사 죄하는 모습에서 일본의 역대 총리는 무엇을 느끼고 배웠을까? 이른바 '정신 대'에 끌려간 그 숱한 젊은 여성들의 한 맺힌 삶에 대하여 진정으로 사죄하고 보상한 적이라도 있는가? 아직도 국가가 자행한 범죄가 아니라 개인 포주들이 저지른 범죄 행위였다거나 또는 본인이 자발적으로 나선 매춘 행위 정도로 보 는 것이 이 문제에 대한 그들의 일반적인 이해 수준이 아닌가? 독도 영유권을 둘러싼 분쟁도 여전하고 '동해'나 '일본해'냐를 둘러싼 논쟁과 갈등도 여전 하다. 이러한 상황 속에서도 최근 이명박 정부가 추진한 한일군사정보협정 해 프닝은 한일 관계의 뒤틀린 현주소를 분명하게 보여준다. 서독의 우파가 냉전 을 빌미로 반공을 앞세우고 통일과 실지 회복을 내세운 것처럼 일본은 '유사 시'에 '한반도에 거주하는 자국민의 구출'을 위한다는 명목으로 '자위대'의 한반도 진출을 염두에 둔 전략을 적어도 1980년대 초부터는 기정사실화해왔 다. 최근에는 중국의 급속한 국제정치적 영향력의 신장을 견제하려는 미국의 대외 정책에 편승하고 북한의 위협과 불안정까지 빌미 삼아 노골적으로 이른 바 미일한 '삼각동맹' 구축에 일본은 앞장서고 있다.

'북한의 급변 사태 대비'와 '북한의 핵이나 미사일 위협'에 대한 한일간 의 정보와 첩보를 공유하자는 한일군사정보협정은 한일간의 문제가 아니라 아시아 · 태평양 지역에서 이미 미국과 중국이 본격적으로 시작한 각축전에 일본과 남한도 적극 가세한다는 신호탄이라고 생각한다. 아시아 · 태평양 지 역에서 중국을 포위하려는 미국의 전략에 가세하면서, 과거 청산을 비롯한 숱 한 과제를 슬쩍 넘어가려는 일본에 맞장구치면서 한일군사정보협정을 밀실에 서 처리하려던 이명박 정부가 들끓는 국민 여론에 놀라 우선 한 걸음 물러섰지만 이 같은 일은 앞으로도 반복해서 일어날 수 있다.

반일反日보다는 지일知日과 극일효日을 해야 한다는 논리도 있고, 친일보다 친북이나 종북은 더 나쁘다는 주장도 있고, 지구화 시대에 어두운 과거에만 집착하지 말고 밝은 미래를 생각하는 한일 관계를 모색해야 한다는 설득도 있다. 그러나 이 모든 논리와 주장의 핵심은 비정상적인 한일 관계를 되돌아보고 반성하는 과정을 아예 생략하려는 논거를 정당화하려는 데 있다. 위에서 이야기한 고인이 남긴 저서 《한일경제 100년의 현장》의 머리말은 "우리가 근세 1백년사를 올바르게 파악해야 된다는 것은 그 역사의 흐름에서 우리를 억압하고 수탈하고 지배하고 괴롭힌 사람들을 찾아내어 그들을 미워하고 응징하고 복수하고자 함이 아니다. 그러한 사건들이 두 번 다시 일어나지 않게 하기 위하여 서로가 서로를 냉혹하게 비판하고 반성함으로써 제자리를 다시금 확인코자 하는 것이다. 이웃끼리는 물론이고 세계의 인류가 '유무상통' 해야 되는 것이 인류 본래의 모습이라고 할 때 우리를 괴롭힌 사람이나 괴롭힘을 당한 우리나 다 같이 지난 역사를 반성하고 앞으로의 역사를 주어진 조건에서 서로가 협조하면서 창조해나가야 한다"고 강조한다. 고인이 남긴 이 말은 여전히 제 길을 찾지 못하고 과거의 잘못을 오늘도 반복하는 한일 관계를 질타하고 있다.

유 선생님은 해직 교수 시절, 손수 재배해서 말린 표고버섯을 보내주시기도 했다. 1987년 6월항쟁이 승리의 고비를 넘겼던 7월에 다시 독일을 방문하였고, 베를린장벽이 붕괴한 직후인 1990년 봄에는 사모님과 함께 마지막으로 베를린을 방문하였다. 필자가 2003년 가을 37년 만에 어렵게 서울을 찾았지만 선생님은 안타깝게도 이미 유명을 달리했고, 사모님만 민주화운동기념사업회가 주관한 만찬장에서 잠깐 뵐 수 있었다. 필자는 광기와 야만의 소용돌이에 휩쓸려 귀국 후 꼭 한 달 만에 구속되었고 이어서 전개된 만 9개월에 걸친 지루한 법정 투쟁 끝에야 자유의 몸이 될 수 있었다. 사모님은 자주 공판정에서 당시 외롭게 투쟁하는 아내를 격려하고 용기를 북돋아주었다고 아직도 그 어려운 때를 생각하며 아내는 감사한다.

1983년 여름에 서베를린에서 고인과 함께 찍은 사진 한 장 그리고 그다음 해 고인이 필자에게 보내준 《한일경제 100년의 현장》은 과거에 있었던 인연에서 비롯된 개인적인, 단순한 기억이나 기록물이 아니라 고인이 타계한 지 20년이 지난 오늘에도 이 시대를 살아가는 많은 사람들에게 "민족과 역사라는 거울"(위에서 말한 고인의 칼럼 〈해직 4년, 얻은 것과 잃은 것〉에서 인용) 앞에 자신들을 항상 다시 비추어 보게 만드는 분명한 경고다.

유인호와 한국 경제의 미래

최열(환경재단 대표)

내가 유인호 교수님을 처음 만난 곳은 1971년 홍사단 대성빌딩에서 열린 민주수호국민협의회 주최 강연장이다. 1971년은 박정희 대통령과 김대중 대통령 후보가 대통령 선거에서 맞붙고 대학 내 군사 교육 반대 시위, 법관의 사법부 독립 선언 등으로 그야말로 정국이 시끄러운 때였다.

"박정희 정권의 개발 경제는 개발독재로 나아가고 있고, 저임금을 기반으로 한 수출 위주 경제개발을 극복하기 위해서는 민족경제가 필요하다."

당시 유인호 교수님은 강연에서 이렇게 강조했다. 왜 '예속경제'가 아닌 '민족경제'가 필요한가에 대한 열강이 지금도 생생하게 기억난다.

홍사단 아카데미 출신인 녹색병원 양길승 원장도 서울의대 재학 시절 유 교수님 열강에 감명을 받았다고 한다. 양 원장은 그 후 유신 반대 운동 등으로 의대에서 두 차례나 제적당하고 수감 생활도 했다. 수배 중에는 존경하는 유 교수님의 이름을 가명으로 쓰고 다녔다고 해서 한바탕 웃은 적이 있다.

그 후 10여 년 동안 유 교수님은 줄기차게 한국 경제의 개발독재형 모델을 비판하였다. 일본을 비롯한 선진국의 공해산업과 사양산업을 도입해 발생한 우리나라의 공해 문제를 국내 학자로서는 처음으로 다루었다.

유 교수님은 1980년 5월에 '지식인 134인 시국선언'을 주도하였고, 곧 김대중내란음모 사건에 연루되어 교수직에서 해직되었다. 나는 1979년 박정희 대통령 사망 이후, 대통령을 통일주체국민회의에서 선출하는 것을 반대하는 '명동 YWCA 위장 결혼 사건'으로 또다시 구속되어 옥중에서 공해 공부를 계속하고 있었다. 그 후 1981년 3월 석방되어 환경 단체를 만들기로 결심하고, 많은 분들을 만났다. 상당수 인사들은 "전두환 정권이 공해 추방 단체를 가만두지 않을 것"이라고 우려했다. 그때 서울 홍제동에 살고 계신 유 교수님을 찾아 뵈었더니 너무나 반갑게도 "앞으로 공해가 중요한 문제로 부각될 것인데, 환경 단체가 만들어지는 것은 굉장히 의미 있다"고 말씀하셨다.

"지난 20여 년간 고도의 압축적인 경제성장이 추진된 결과, 성장률은 높아졌지만 환경 파괴와 공해가 심해졌다. 공해 현상도 전 국토로 확산되고, 전 국민에게 피해를 주고 있기 때문에 이러한 문제를 해결할 수 있는 환경 단체가 필요하다."

유 교수님은 이렇게 말씀하시며 적극적으로 참여하시겠다고 약속해주어 자신감이 생겼다. 유 교수님 말씀은 지금에야 모든 사람이 동의하는 말이지만, 그 당시에는 선구적인 것이었다. 교수님은 민주화 운동에도 적극 참여하셨지만, 환경 문제에 대해 누구보다도 관심이 많은 분이셨다.

"우리 인류가 살아남기 위해서는 두 가지 운동을 해야 한다. 하나는 '핵'의 공포로부터 해방되기 위한 반핵 운동이고, 다른 하나는 '공해'의 공포로부터 해방되기 위한 반공해 운동이다. 이 두 가지 운동은 인류를 지키기 위한 운동이고, 인류가 살고 있는 지구를 지키기 위한 운동이다. 그러므로 개인 운동이 아니고 시민운동이라야 하며, 나아가서는 국제적인 운동으로 이어져야 한다. 이러한 운동은 어떤 이유에서도 막아서는 안 되며 또 막을 수도 없다."

30여 년이 지나 교수님의 말씀을 회상해보니, 유 교수님은 미래를 예측하는 능력이 있는 어른이셨다.

1982년 5월 서울 혜화동 여섯 평짜리 공간에 정문화, 김태현 두 명과 함께 한국 최초의 환경 운동 단체인 '공해문제연구소'를 만들었다. 역시나 교수님 말씀대로 감시와 탄압이 심했다. 전두환 정권에서 처음으로 만든 단체이기 때문에 많은 어른이 참여를 고사하였다. 그 당시 해직 교수였던 유인호·성내운·김병걸 교수님과 이돈명·한승헌·홍성우 변호사, 함세웅·김승훈 신부, 권호경·조화순 목사 그리고 임채정 선배 등이 이사로 참여한 기억이 난다.

당시 한국공해문제연구소는 공해 현장 조사 활동과 피해 지역 주민 대책 활동, 공해 강좌 등을 벌였다. 유 교수님은 1982년 말 이사회 모임에서 "공해문제연구소가 사후 대책에 치중하고 있는데, 앞으로는 사전 대책도 세워야 한다"는 말씀을 강조하셨다. 그리고 1983년부터 시작한 공해 강좌에 첫 강사로 참여하여 '공해란 무엇인가'라는 주제로 특강을 하셨다. 기독교회관에 200여 명이 참석하였는데, 경찰이 삼엄하게 경비하고 사복형사들이 분주히 뛰어다닌 게 기억난다.

당시 특강에서도 유 교수님은 미래를 내다보는 혜안을 보여주셨다.

"지금 우리들 앞에 나타나고 있는 갖가지 공해 현상은 너무나 심각하고 무서운 모습이다. 공단에서 나온 산업 폐수 때문에 '애꾸눈이 된 송어, 허리가 비뚤어진 장어' 등 각종 기형어가 나타나고 신생아의 탯줄에서도 예외 없이 중금속이 검출되는 세상이 되었다. 그런데 우리나라의 경제성장은 경제의 양적인 성장이지 복지와 민주주의와는 거리가 멀다. 도리어 공해가 심해지면 물을 사 먹게 되고, 세탁을 자주 하게 되고, 호흡기 질환이 늘어나 세제 업자나 약사, 의사의 수입이 늘어나게 된다. 따라서 정부는 삶의 질을 우선시하는 경제정책을 세우고 공해 발생 기업이 공해 방지 투자를 하도록 입법화해야 한다."

강연 후 언젠가 "경찰이 집에 찾아와 불온한 행사에서 강연을 하지 말라"는 압력을 받았다는 말씀도 해주었다.

당시 공해문제연구소에서는 서울 중랑천, 안양천 오염 조사, 북한산 케이블카 반대 긴급 공청회를 개최하고, 1983년에는 전남 목포시 상수원인 영산호에 진로 주정 공장이 들어서는 것을 막는 '영산호 지키기 운동'에 참여하였다. 네 차례 영산호 현장을 방문하고 주민 의견도 들었다. 1983년 당시 목포는 급수난에 허덕여 격일제 급수를 하고 저지대에는 하루 10시간, 고지대에는 3시간씩 물을 공급하고 있었다. 73킬로미터나 되는 장거리 송수에 따라 전국에서 가장 비싼 물값을 지급하고 있었다. 이러한 상태에서 목포 시민에게 대중 강연을 제안하고 당시 공해 문제에 가장 적극적인 교수님 두 분을 추천했다. 한 분이 유 교수님이고, 다른 한 분은 연세대 서남동 교수님이었다. 서남동 교수님은 생태신학을 연구한 석학이셨다.

7월 24일 기독교장로회가 주최하고 시민 800여 명이 참여한 가운데 유 교수님은 '공해는 추방할 수 있다'는 주제로 열강을 하셨다.

"모든 생물에게 필요한 두 가지가 있다. 물과 공기다. 옷이나 주택은 좋고 나쁠 수 있으나 물과 공기는 차별할 수 없다. 그 물을 얻기 위한 목포 시민의 결의는 당연하다. 그런데 담수호인 영산호 상류에 진로 주정 공장을 건설하면 영산호는 죽는다. 기업의 이윤도 좋고 권력 유지도 좋지만, 우리의 후손이 최소한으로 물과 공기만이라도 마음 놓고 마실 수 있어야 한다. 목포 시민의 '영산호 지키기 운동'은 반드시 승리할 것이다."

영산호 싸움을 처음부터 끝까지 이끈 서한태 박사는 "외로운 싸움이었는데, 서남동 교수와 유 교수의 지원 강연이 큰 힘이 됐다"고 최근 회고했다. 결국 진로 측은 주정 공장을 영산호에 세우려는 계획을 철회했다.

유 교수님은 공해문제연구소 이사회에 연세대 성내운 교수님과 함께 항상 가장 먼저 오는 분이셨다. 연구소 활성화를 위해서는 각계 인사들을 지도위원, 자문 위원으로 위촉해야 하고, 김수환 추기경님도 모셔야 한다고 제안하셨다. 그 후 김수환 추기경님을 찾아가 고문으로 위촉한 기억도 난다.

나는 같이 민주화 운동을 했던 동료와 해마다 설날이 되면 유 교수님을 비롯한 어른들에게 세배를 갔다. 세배를 받은 교수님과 사모님은 언제나 설 음식과 술상을 차려주셨다. 한참 말씀하시다가 "이러다가 한국 경제는 곧 망한다"고 걱정을 많이 하셨다. 교수님은 "잘산다는 것과 성장은 다르다. 복지가 파괴되어도 경제성장은 계속된다. 민중이 원하는 것은 복지의 증대인데 정부와 기업이 원하는 것은 경제성장이다. 여기에 근본 원인이 있다. 성장의 마술에 빠진 한국 경제는 곧 망한다"고 열변을 토하셨다.

1992년 교수님께서는 세상을 떠났고, 그로부터 5년 후 우리나라는 국가 부도라는 초유의 IMF사태를 맞이하였다. 교수님 예언대로 한국 경제는 망할 뻔했고 많은 사람이 직장에서 해고되었지만, 국민의 금 모으기 운동 등 적극적인 노력을 통해 위기를 극복할 수 있었다. 미국의 부동산 폭락에 이은 금융 위기, 그리스와 스페인의 국가 부도 위기 등 세계적인 경제 위기가 심화되고 있는 지금, 유 교수님의 통찰력과 진지함이 새삼 그리워진다.

우연을 가장한 필연

이석표((주)문화유통북스 대표)

공범

1980년 6월 나는 중앙정보부 요원에게 연행되어 40여 일간 조사를 받고 8월 초 공소장을 받았다. 1979년에 '통일주체국민회의에 의한 대통령 선출 저지 국민 대회(속칭 YWCA 위장 결혼 사건)'에 관여하다 이미 포고령 위반 등으로 수배되어 온 상황인지라 조사 기간 중에도 별로 고민할 것도 없었다. 먼저 구속된 동료들의 진술만 확인하면 될 일이었기에 큰 고민 없이 조사에 임하고 있었다. 그런데 얼마 뒤부터 조사 방향이 바뀐 것 같다는 느낌이 들더니만, 내가 '김대 중내란음모 사건'으로 조사받는다는 것이었다. 이미 6월 중순께 계엄사는 내란음모의 수사 중간 발표를 했고 그 내용은 이미 다 공개되어 있어 중언부언할 필요는 없을 것이나, 그들이 발표한 내용 어디에도 내가 이 내란음모에 가담했다는 내용은 없었다. 어려서 아버지를 여읜 불우한 가정환경, 긴급조치 위반전과 등으로 볼 때 정상적인 사회생활이 불가능하다는 점과 사회 혼란을 틈타 김대중을 대통령으로 옹립할 것을 결의하고 학생들을 선동, 내란을 음모하였다는 게 내 공소장의 주요 내용이었다. 그런데 뜻밖에도 공범들의 면면을 보니 평소에 늘 뵙고 싶은 분들로 채워져 있었다. 계엄령하의 재판이란 요식 행위에 불과한 과정이었기에 시나리오대로 일사천리로 진행되었다.

휴일을 제외한 매일 매일 유 교수님을 재판정에서 만나, 검찰과 싸우고 재판장과 다투며, 국선변호인들과 다툼을 벌이면서 교수님과의 관계는 동지적 결합으로 다져졌다. 특히 민간인인 우리는 군 교도소 특별사에서 수감 생활을 했는데, 이것이 더욱 연대감을 다지는 계기가 되었던 것 같다. 이렇게 특별하게 취급된 감옥 안 사람들과 마찬가지로 바깥에 있는 가족들의 연대감도 더욱 커진 것 같다.

필연적인 만남이 우연을 가장하여 일어난 격이랄까? 당시 학생운동의 불모지 같았던 중앙대학교에서 학생들로부터도 존경받고, 의식 있는 몇몇 교수들로부터도 좋은 평판을 얻고 계셨던 유인호 교수님은 내게는 어떻게든 만나 뵙고 가르침을 받아야 하는 소중한 분이셨다. 이런 나에게는 영광스러운 만남이었다.

1982년 석방된 후 나는 서른이라는 나이에서 오는 세 가지 과제, 즉 생활인으로서 가정을 책임져야 된다는 명제와 아직도 수감 중인 동료들의 석방 문제, 더불어 망가진 청년 운동권의 복원 등이 풀어야 할 과제였다. 다행스럽게도 생활인으로서의 문제는 출판사를 차려 해결했고, 동료들의 석방 문제도 몇 달 뒤 다 석방되어 청년 운동권의 복원 문제를 함께 논의할 수 있었다. 다행히 아무 면식 없던 '어른들'(우리는 재야 원로 인사를 통칭 이렇게 불렀다)과의 관계를 저들이 만들어준 수감 생활을 통해 자연스럽게 엮어놓았기에 자연스럽게 내가 어른들과 의사소통하는 임무를 맡게 되었다. 당시 '청년'으로 통칭되던 우리는 '민주화운동청년연합'을 1983년에 발족하여 5공으로 통칭되는 전두환 정권하에서 첫 공개 운동 단체를 결성한다.

제자

1984년 유화 국면으로 전환되면서 제적생들이 복학할 수 있었다. 당시 사회 분위기는 복학을 반대하는 상황이었다. 그러나 나는 1980년 여러 가지 우여곡절로 복학을 못하면서 중앙대학교의 비민주적인 학사 행정에 넌더리가 난 바 있어, 이번 기회에 학교 운영 원칙을 바꿔보겠다는 야심찬 의욕을 품고 복학하게 되었다.

1975년에 제적되어 근 10년 만에 학생 신분으로 돌아왔고, 같은 사정으로 복직된 교수님을 제자의 입장에서 강의를 신청하고 열심히 들었던 기억이 새롭게 난다. 《한국경제의 재평가》, 《한국경제의 실상과 허상》이라는 책이 보여주듯 교수님의 강의는 현실적으로 궁금한 문제들을 선지자적 입장에서, 이론에 바탕을 두고 구체적인 사례를 들어가면서 차근차근 꼼꼼하게 설명해주셨던 것으로 기억한다.

중앙대학교 운동권

교수님은 이론과 실천을 겸비하셨듯이 제자들도 두 그룹으로 나뉘어 있었다. 우선, 학문 모임으로서의 제자들 그룹 스키안이 있었다. 이들은 풍문으로만 들어 자세한 내막을 잘 몰랐는데 이번 기회에 교수님의 기념사업회 홈페이지를 방문하여 많은 것을 알게 되었다.

다음으로는 대부분 1970년대 초반 학번으로 구성된 멤버들이 있다. 긴급조치 관련자, 강제징집 관련자 등이다. 교수님은 이 그룹에서 유일하게 모두의 존경을 받는 정신적 지주셨다. 교수님이 결혼식 주례를 단골로 맡아주셨는데, 그러다 보니 모이면 어김없이 교수님 이야기가 나온다.

에피소드지만 당시 5공 정권은 YWCA 사건 때문에 '의례준칙법'이란 것을 만들어 주례사를 금하고 격려사라는 것으로 대신하게 했다고 한다. 이 당시에 결혼한 친구들, 이상, 안정배, 백상태 등 민주화 운동 동지들은 주례사가 아닌 격려사 동지들이었던 셈이다. 단지 나는 가톨릭식으로 혼인을 치렀기에 이중요 동지 모임에 참여하지 못하는 한을 품게 되었다.

더불어 우리 선배들로 구성된 스키안 동문들과는 어떤 형식으로든 만남을 가졌어야 했는데, 그렇게 하지 못한 것이 후회스럽다.

밥상머리 교육

자식은 부모의 꿈이며 미래의 희망이라고 한다. 하루 20분 가족의 식사가 자식의 미래를 결정한다는 말이 있듯이 교수님께서는 이를 그대로 실천하신 분이었다. 가끔 교수님 댁을 방문하면 대개 저녁 식사를 함께하게 됐는데, 그 기억이 인상 깊게 남아 있다. 특히 반주는 식전에 드는 것이라며 기분이 좋아질 만큼 약주를 드시면서 참으로 많은 이야기를 들려주신 것으로 기억한다. 교수님께서는 경제학자답게 경제 이론을 현실에 접목해 실물경제의 여러 지표를 제시하며 경제 전망과 정권의 미래까지도 말씀하셨다. 그렇듯 교수님과의 자리는 형식에 구애됨이 없이 강의실처럼 유익했고, 정치, 경제, 사회, 종교 문제까

유인호 교수님이 중앙대학교 사학과 졸업생 이상의 주례를 서고 함께 기념 촬영을 했다. 필자는 오른쪽에서 셋째(1983년 1월).

지 영역을 넘나드는 폭과 깊이가 있었다.

1980년에 재판받을 당시 나는 교수님이 한완상 교수님과 자녀 교육 이야기를 하시는 것을 엿들은 적이 있다. 반주를 곁들인 저녁 자리에서 자녀들과 격의 없이 가정교육, 세상 교육을 한다는 말씀을 하셨는데, 한 교수님이 부러운 눈초리로 바라보던 모습이 눈에 선하다.

자존심

대개 우리는 정상적인 사회생활을 하기보다는 출판사나 잡지사 등에서 일했다. 대학 졸업장을 구비 못해도 취업할 수 있었던 곳이 아마 이런 곳이었을 것이다. 당시에는 매체도 많지 않았고, 필자 입장에서는 원고료보다는 청탁을 받느냐가 중요한 관심사였던 것 같다. 그런 가운데서도 유 교수님은 독특하셨다. 원고를 청탁받으면 "원고료가 얼마요?"라는 질문을 던지신다는 것이다. 늘 하듯이 "매당 얼마입니다" 하고 답변하는데, 당신 기대치보다 못하면 절대 글을 안 쓰시는 것으로 정평이 나 있었다. 대개 매체에 글을 싣는다는 게 지금이나 그때나 쉽지 않은 일이다. 그럼에도 유 교수님은 안 쓸 것은 안 쓰는 당당함이 있었다는 것이다.

교수님이 돌아가시기 반년쯤 전에 무슨 일인지 기억은 없으나 교수님 댁을 방문해서 제 대부인 황인철 변호사님의 근황을 전해드렸던 기억이 난다. 그때 교수님께서는 "나는 건강한데, 집사람 때문에 건강검진 예약을 해놓았다"고 말씀하셨다. 그 후 문제가 있을 거란 사모님은 괜찮고 오히려 교수님에게 조그만 암세포가 발견됐다면서 수술도 잘되었다고 말씀하셨다. 5월 초에는 "난 쓸개가 없는 놈이야"라고 농담하실 만큼 수술 결과를 낙관하셨다. 경과가 좋아 의사가 맥주 한 잔쯤은 마셔도 된다고 했다면서 술을 드시기도 하셨다. 그러나 그 몇 달 후 교수님은 별세하셨다. 그래서 나는 지금껏 교수님께 마음의 빚을 지고 살아가고 있다.

그 후의 이야기

교수님 떠나신 지도 벌써 20년이 흘렀다. 그사이 정권은 노태우로부터 이명박 정권에 이르기까지 수평적 정권 교체가 이루어지는 등 절차적인 민주주의는 나아졌다고 하지만, 우리 사회의 근본적인 모순, 평화적 통일, 신자유주의에 따른 양극화의 심화, 부의 편중 등은 여전히 해결되지 않고 있다. 그럼에도 무능한 우리는 부질없는 내부 싸움으로 허송세월하고, 민중은 절박한 심정으로 하루하루를 견디며 살아가고 있다.

　세월은 덧없이 흘러 우리도 30대에서 60대 초반으로 접어들어 작금의 현실에 대해 책임을 져야 하는 세대가 되어버렸다. 패배감에 젖어든 요즘이 교수님의 호랑이처럼 준엄한 꾸짖음이 필요한 시점이 아닌지……

　삶에 찌들고 생활고에 허덕이다보니 우리 동년배들의 모임도 뜸해지고 있다. 교수님 핑계 대고 회포나 푸는 자리를 마련해야겠다. '역사는 발전한다'는 보편적 진리가 새삼 그리워지는 요즘, 교수님의 혜안이 더욱 그립다.

속되지 않은 삶

✿

백상태(소설가, 전 동아건설 상무)

유인호 교수님의 이름을 처음 들은 것은 1973년 봄 중앙대 기숙사 4호실에서 한 선배의 입을 통해서였다. 당시 4호실 방을 같이 쓰던 기숙사 선배 중에 박 아무개라는 경제학과 선배가 있었다. 그는 유 교수님이 지도 교수로 있던 '스키안S-Kian' 이란 학술 동아리 멤버였다. 'S-Kian' 은 애덤 스미스Adam Smith에서 'S' 자를, 케인스Keynes에서 'K' 자를 딴 것으로, 말하자면 경제학의 알파와 오메가를 공부하는 동아리였다.

　그때 들은 말들 중에 기억에 남는 것이 몇 가지 있다. 첫째, 유 교수님이 박사가 아니라는 점. 둘째, 유 교수님이 경부고속도로 대신 경부운하를 먼저 뚫어야 한다고 주장했다는 점. 셋째, 유 교수님이 한국 경제, 특히 농촌경제를 살리기 위해서는 협업協業 농업이 대안이라고 주장했다는 점 그리고 그 주장을 뒷받침하는 지식과 안목 등이 해박했다는 점인 것 같다.

우선 유 교수님은 왜 박사가 아닐까? 그 선배의 전언으로는 박사 학위를 받으려면 박사 학위 논문의 심사를 받아야 하고 심사료를 내야 하는데, 유 교수님이 그 돈을 내지 않았기 때문이다. 지금 생각해보면 유 교수님의 도저한 자부심이 그 원인일 법했다. 박사를 가르치는 사람에게 박사 학위 논문을 심사받으라니? 어쨌든 유인호 그분은 석사 학위만으로 중앙대학교 경제학과 교수를 지내다 정년 퇴임하셨다.

유 교수님의 경부운하 굴착 주장에 대해서는 나중에도 그리 알려지지 않았는데 그 선배에게 들은 당시의 내용은 대충 이러했다. 5·16으로 등장한 군사정부가 경부고속도로 건설을 추진하던 시점에 유 교수님은 고속도로보다 운하를 먼저 개통해야 한다고 주장했다는 것이다. 그것도 무슨 군인들 작전처럼 속도전으로 할 것이 아니라 환경을 고려하면서 늦어도 좋으니 순전히 우리 기술과 우리 장비, 우리 손으로 만들자는 것이었다. 이렇게 운하를 만들면 좋은 효과가 많다는 것이었다. 첫째, 실업 문제 해결. 둘째, 물류 문제 해결. 셋째, 홍수와 농업용수 문제 해결. 넷째, 관광자원 확보. 다섯째, 토목기술 축적. 여섯째, 경제 활성화였다.

그러나 군사정부는 가시적 성과를 내야 한다는 절박감 때문인지 고속도로 건설을 서둘렀다. 제2차 경제개발5개년계획 기간인 1968년 2월에 착공, 그야말로 속도전을 펼친 끝에 1970년 7월에 경부고속도로를 완공했다. 그런데 경부고속도로를 건설하면서 장비에서부터 기술, 심지어 빗자루나 고속도로 주변에 심는 잔디까지 수입해다 썼다는 소문이 파다했다. 속도전에 익숙한 사람들에게 유 교수님의 친환경 경부운하 건설 주장은 완전히 '미친 x의 주장'으로 치부되었다고 한다.

경부운하 건설 주장은 그 후 세종대 전 이사장인 주 아무개의 창작처럼 알

이상의 결혼식 때 주례를 서기 위해 오신 유인호 교수님과 함께 필자가 예식이 시작되기를 기다리고 있다. 필자는 왼쪽에서 첫째(1983년 1월).

려지다가 마침내 2007년 이명박 후보의 대선 주요 공약으로 채택되었다. 물론 작금의 경부운하 건설 주장과 유 교수님의 주장 사이에는 거리가 있겠다. 우선 시대적으로 1960년대와 2000년대라는 차이 외에도 접근 방식 역시 그렇다고 할 것이다. 아무튼 나는 대한민국에서 친환경적인 경부운하 건설을 맨 처음 주창한 사람은 유인호 교수님이라고 믿는다.

그리고 한국의 농촌경제를 살릴 수 있는 대안은 협업 농업이라는 유 교수님의 주장에 대해서는 그분이 마르크스경제학에 이해가 깊은 농업경제학자라는 점에서 수긍이 가는 대목이기도 하다. 오늘날 우리 농촌이 처한 현실을 보노라면 그리고 비교적 최근에 나온 김병태 건국대 명예교수 같은 분의 '협업만이 죽음으로 내몰린 농촌을 살리는 길'이라는 주장(《한국농정신문》 2007년 9월 26일자) 등을 보자면 '협업은 사회주의적'이라는 오해와 레드 콤플렉스가 가득하던 시절에 '감히' 협업 농업을 주장한 유인호란 분은 참 혜안이 있는 양반

이구나 싶다.

유 교수님에 대한 이런 기억들 때문에 1970년대 중반, 당시 어느 조그만 잡지사에 다닐 때, 그분에게 원고를 청탁한 적이 있다. 물론 그분은 내가 중앙대학교를 다니다가 제적된 학생이라는 것을 알지 못하셨다. 청탁 내용이 무엇이었는지는 기억이 나지 않지만 아마 그분 전공과 관계된 것이거나 아니면 에세이류類였는지도 모르겠다. 아무튼 전화를 받으시자 마자 교수님은 "원고료가 얼마요?" 하고 물으셨다. 그래서 "매당 얼마입니다"라고 답했다. 그러자 그분은 거두절미하고 "그 원고 못 쓰겠습니다"라고 딱 잘라 거절하셨다. 아마 원고료가 당신 기대치보다 너무 적었기 때문일 것이다. 당시만 해도 신문이나 잡지 등 매체가 많지 않았기 때문에 원고를 '실어준다'라고 할 정도로 공급이 흔하던 때였다. 원고료 안 받고 쓰겠다는 분들도 아마 있었을 것이다. 그럼에도 유 교수님은 당당하게 거절하셨다. 원고 청탁은 딱지를 맞았지만 그 당당함이 오히려 마음에 들어 기분 나쁘지 않게 전화를 끊었다.

나는 유 교수님에 대한 이런저런 기억들을 가지고 1980년 봄에 복학했다. 아마 경제학과에 개설된 '한국 경제론'이란 과목을 교수님이 강의했을 텐데 나는 그때 처음으로 유인호 교수님을 직접 뵈었다. 그리고 가끔은 당시 정경대학 건물 앞을 걸으시는 교수님을 뵙기도 했다. 이웃집 아저씨 같은 넉넉한 웃음을 얼굴에 담고 어떤 자신감 같은 것이 어깨에 흐르던 그 모습을 나는 기억한다.

학교 안팎은 연일 시위로 시끄러웠지만 나는 웬만하면 '한국 경제론'만큼은 빠지지 않고 들었다. 당시 권력을 잡아가던 신군부의 언론 플레이 때문인지 허다한 매체들이 "계속되는 시위로 노점상들의 생계가 심각한 타격을 받고 있다"라는 기사를 올리곤 했다. 그러한 기사는 청년 지식인들의 시위를 이른바

'기층 민중들의 생존을 외면하는' 행위로 매도하는 뉘앙스를 풍기고 있었고, 데모를 해서는 안 된다는 분위기까지 만들어냈다. 아마 '한국 경제론' 강의 시간이었을 것이다. 바로 그 노점상들의 생계 문제와 학생들의 시위를 어떻게 양립시키는가 하는 문제로 학생들끼리 시끄러웠던 것 같다. 그때 유 교수님이 하셨던 한마디는 지금도 기억에 남아 있다.

"노점상의 생계 문제도 물론 중요하지. 하지만 지금 청년 학생들의 시위는 역사를 바꾸느냐, 마느냐 하는 문제 아닌가. 이것 역시 중요하지."

우리 같은 부류部類들이야 유 교수님의 말씀이 있건 없건 기회만 있으면 시위에 참가했지만 아마 교수님의 이 한마디 때문에 '이해관계 따지기 좋아하고 영악한' 학생들 중에도 많은 수가 시위에 참가했을 것이다.

5·18 이후 교수님은 모처에 끌려가 갖은 곤욕을 치르시고 학교에서도 해직되는 일을 맞았다. 나 역시 제적되고 수배되고 도망 다니느라 교수님의 근황을 알지 못하다가 이태 후에야 뵐 수가 있었다. 교수님이나 나나 실업자가 된 뒤에야 다시 만날 수 있었으니 안타까운 인연이라고나 할까? 어쨌든 당시 홍제동 자택에 갔을 때 특유의 넉넉한 웃음과 경상도 억양의 걸걸한 목소리로 우리를 맞으시던 그 모습(아마 한복을 입으셨던 모습이 기억나는 걸로 봐서 설날이 아니었나 싶다)이 생각난다. 그 후로 몇 번 뵐 때마다 넉넉한 웃음과 걸걸한 목소리는 변하지 않으셨다.

유 교수님에 대한 마지막 기억이라고는 1992년 가을, 강남성모병원 건물 밖 한 귀퉁이에서 설훈 씨와 같이 담배를 피우며 나누었던 대화다. 담낭암이란 좀 생소한 질병에 관해서였을 것이다. 가을볕이 쨍하게 내리쬐던 기억은 나는데 교수님이 담낭암 병중에 있을 때였는지, 아니면 그 병환으로 돌아가신 뒤의 일인지는 자세하지 않다. 아무튼 그렇게 유 교수님을 보내고 내가 기껏 할 수 있었던 것은 신문마다 보도된 〈유인호 교수 별세〉 기사를 빠짐없이 모아 하드 보드지에 붙여서 사모님께 드린 일이었다. 내가 미안할 정도로 사모님이 고마워하셨던 것 같다. '인생은 외롭지도 않고 그저 잡지의 표지처럼 통속' 하다는 시가 있지만, 유인호 그분은 60여 년을 참 속되지 않게 살다 가셨다.

그 후, 5 · 18 묘역으로 이장移葬한 일이나 교수님을 기리는 '15주기 학술 심포지엄' 등이 있었다는 걸 일곡기념사업회 홈페이지를 보고서야 나중에 알았다. 지금 생각해도 한참 못난 제자란 자괴감이 든다. 마음이 아리다.

사람은 왜, 나이 들어 갈수록 오래전 일보다 가까운 어제 일을 더 쉽게 잊어먹을까? 써놓고 보니 유 교수님에 대한 40년 전 기억은 또렷한데 20년 전 기억은 오히려 가물거린다. 아! 그만큼 세월이 흘렀고 우리의 청춘도 흘렀기 때문일까?

아버지의 밥상머리 강의

유권(한국생명과학연구원 책임연구원)

아버지가 돌아가신 지 15년이 지난 2007년 6월에 나는 여동생 선진과 함께 아버지 생전에 말씀하셨던 '아버지의 일기'를 받으러 교토를 방문하였다. 다행히도 아버지의 리쓰메이칸立命館대학 친구인 모토오카 선생님과 미리 연락이 닿아 1955년에 아버지가 맡겨놓은 일기를 돌려받을 수 있었다. 2005년에는 어머니가 여동생과 함께 교토를 방문했지만 모토오카 선생님을 만날 수 없었다. 모토오카 선생님이 만나주지 않은 것이다. 아마도 아버지께서 일본을 떠난 지 30여 년 만인 1983년에 다시 교토를 방문하여 모토오카 선생님을 만나 "훗날 아들이 그 일기를 찾으러 올 것이다"고 말씀하였는데, 아들은 오지 않고 부인과 딸이 와서 그랬을까? 이해하기 힘들었다.

아침부터 비가 추적추적 내리는 습한 날씨에 초조하게 호텔 로비에서 기다리고 있는데 여든이 넘으신 모토오카 선생님이 얼굴에 웃음을 띠고 들어오셨다. 반갑게 인사를 나누고 손에 들린 꾸러미를 내미셨다. 종이 노끈으로 꽁 꽁 묶어놓은, 10여 권이나 되는 일기 뭉치였다. 아버지의 일기는 50여 년이 지 나 누렇게 바래 있었다. 하지만 예상했던 것보다 상태는 좋아 보였다. 노끈 자 국이 선명하게 나 있긴 했지만 몇십 년을 건드리지 않고 그대로 보관해준 모토 오카 선생님의 의리가 감격스러웠다.

받고 나서 대학 시절의 아버지에 관해서 여러 가지를 물었으나 통역을 통 해 대화를 주고받아서인지 또는 아버지의 젊은 시절 사상 활동에 대한 언급이 부담되셨는지, 고생하며 살았다는 말 이외에는 상세한 말씀이 없으셨다. 나 또 한 일본 사람들의 정서를 전혀 모르니 모토오카 선생님의 태도를 추측하기 힘 들었다. 그나마 다행인 것은 리쓰메이칸대학에 같이 다니셨던 조선인 선배님 을 만나서 아버지에 관한 얘기를 자세히 들을 수 있었다는 것이다.

'아버지는 젊었을 때 일기장에 뭐라고 쓰셨을까?'

한글이나 영어였으면 바로 읽어보았을 텐데 일본어를 모르니 답답한 마 음뿐이었다. 그러나 어렸을 때 밥상머리에서 듣던 아버지의 말씀 속 조각들을 조합해보면 추측은 가능하였다. 술을 좋아하시던 아버지는 반주를 하시며 말 씀하시느라 늘 2시간 넘게 저녁을 드셨다. 올망졸망한 4남매가 이해를 하건 못 하건 본인의 생각과 생활에 관해서 또는 청탁을 받아서 쓰신 원고와 평론들에 대하여 항상 말씀하였기 때문에 아버지가 겪으셨던 일, 하시는 일, 생각하시는 관점을 막연하게나마 이해할 수 있었다. 그러나 구체적인 내용은 일본에서 공 부한 아버지의 제자 조용래 박사가 집필한 《유인호 평전》을 읽고 나서야 알 수 있었다. 한국의 슬픈 현대사와 겹치고 불행한 가정사와 엮인 아버지의 어린 시 절과 열악한 환경을 뛰어넘으려 애쓴 기록들, 힘들게 고학한 일본 유학 시절과 정신적인 방황, 사상의 정립 등 지금 다시 생각하니 어렸을 때 들었던 많은 이

모처럼 바람을 쐬러 아버지와 자연농원에 나들이 갔다(1979
년 5월).

야기를 통해 어슴푸레하게
이해한 내용이 《유인호 평
전》에 구체화되어 있다.

　나는 부모님의 신혼집
인 갈현동에서 맏이로 태어
나서 다섯 살 때 현저동 한
옥 집으로 이사를 왔다. 2년
후 아버지와 어머니는 낡은
한옥을 허물고 2층 양옥집
을 지으셨다. 현저동 집, 독
립문 빌딩, 홍제동 집은 아
버지와 어머니가 직접 지으
신 건물들이었다. 현저동

집은 영천시장과 무악재 중간쯤에 있는 서쪽 길을 따라 한참을 올라가다 보면
서울구치소 건너 언덕 위에 있는 2층 벽돌집으로, 1층 바깥 쪽은 어머니가 약
국(도성약국)을 하셨고 1층 안쪽은 방 세 개짜리 살림집이 있었고 2층은 아버지
의 서재와 응접실로 쓰였다. 지하는 연탄보일러와 아버지의 술독들(봄에는 딸
기술, 가을에는 포도주)이 있었다. 술독은 홍제동 집으로 오면서 양평 농장에서
수확한 오미자술로 대체된다.

　아버지는 서재에서 손수 만드신 널찍한 책상에서 양반다리를 하고 앉아
글을 쓰시거나 책을 보셨다. 아버지는 몸집이 크셨고 목소리도 우렁찼지만 머
리가 벗겨졌기 때문인지 실제 연세에 비해 더 들어 보이셨고 더구나 집에서는
늘 한복을 입으셨기 때문에 더욱 연세가 들어 보이셨다. 그래서 막내 여동생을

손녀로 오해하는 경우가 종종 있었다. 반면에 일곱 살 차이가 나는 어머니는 연세보다 젊어 보여서 동네에서 작은 부인으로 오해를 한 일도 있었다. 집으로 방문하시는 손님들도 많아 2층 응접실은 늘 북적였다. 이 시절이 아버지의 일생 중 처음으로 맞이한 여유로운 시기여서인지 마도로스 파이프를 물고 담배를 피우곤 하셨다. 2층 서재 앞 베란다에는 꽤 많은 화분들이 놓여 있는 화단과 커다란 물탱크가 있었다. 몇 년 동안은 화분들을 작은 높이 선반에 받쳐놓고 아래 공간에 잉어와 큰 금붕어들을 키우셨다. 집에 공급되는 물은 커다란 물탱크에 저장했다가 쓰는데 주기적으로 들어가서 청소하셨고 이때 나에게 조수 노릇을 시키셨다. 외아들인 나를 데리고 일하실 때는 무척 만족하고 기쁜 표정이셨다.

2층 베란다에서 철제 계단을 따라 올라가면 옥상으로 연결되었다. 난간으로 둘러싸인 옥상의 뒤쪽으로는 인왕산이 보였고 앞쪽으로는 서울구치소가 내려다보였다. 이곳 옥상은 어린 4남매의 놀이터였다. 당시 아버지와 술을 드시고 같이 집에 자주 오시던 《동아일보》 논설위원 김성두 선생님이 한번은 술이 잔뜩 취해서 옥상에 올라가 한밤중에 서울구치소를 바라보고 "낙중아"(그때 수감되어 있었던 김낙중 선생님) 하고 소리쳐 동네를 시끄럽게 했다고 어머니는 말씀하시곤 했다.

자식을 사랑하는 평범한 부모의 마음으로 아버지는 나를 자연과학 분야로 자연스럽게 관심을 유도하셨다. 내가 초등학교 5학년이 되자 아버지는 나를 남산 어린이회관에서 열리는 과학교실에 등록시켜주셨다. 학교 수업이 끝나는 오후에 늦지 않게 가라고 처음으로 손목시계도 사 주셨다. 당시 작성한 실험 노트를 보니 그곳에서 2년 동안 기초적인 화학 실험과 현미경을 이용한 관찰을 했다. 아버지는 아들이 장차 커서 사회과학을 공부하는 것을 원치 않으셨다. 말씀하시길 사회과학을 공부하려면 보는 시각을 정해야 하는데 그 결과로 인생에 많은 어려움이 생기는 것을 바라지 않으신다고 하셨다. 당신의 삶을 돌아보면서 그런 고난은 물려주기 싫으셨던 것 같다.

밥상머리 강의에서 아직도 생각나는 것은 아버지께서 말씀하신 소련의 오파린이라는 과학자가 행한 지구 생명의 탄생에 관한 연구다. 이후에 생물학을 공부하며 발견한 사실은 오파린이 원시대기에서 천둥과 번개가 생명의 기본 성분을 구성하는 유기물을 생성시킨다는 '생명의 기원' 학설을 주장하였고, 다른 과학자들이 이 학설을 실험으로 증명하였다는 것이다. 초등학교 시절 아버지의 바람대로 나는 분자유전학을 전공하여 신경호르몬에 의한 생리현상 조절을 연구하는 과학자로 살고 있다.

아프리카 어느 부족은 돌아가신 분을 기억하는 사람들이 모두 죽었을 때야 비로소 그분이 돌아가셨다고 한다. 아버지는 평균수명보다도 일찍 돌아가셔서 벌써 20주기가 되었지만 아프리카 어느 부족의 기준에 의하면 아직도 생생히 살아계신 셈이다.

이 글을 쓰면서 아버지를 떠올리면 "권아!" 부르시며 서재에서 나오실 것만 같다. 쩌렁쩌렁 울리던 그 목소리는 영원히 나의 가슴을 울릴 것이다.

그립습니다, 아버지!

2부

부족함은 있어도 부끄러움은 없었다

일곡의 애제자들

❀

남창희(선교사, 전 제일은행 LA지점장)

일곡 유인호 교수님. 아직도 그 자상하신 모습이 눈에 선한데 우리 곁을 떠나신 지 벌써 20년이라니……. 강산도 변한다는 그 세월이 벌써 두 겹이 흘러갔건만 그렇게 제자들을 사랑하시던 그분의 마음은 갈수록 우리 곁에 따스함으로 다가온다.

최호진 교수님 등 한국 경제학계의 거성들이 중앙대를 떠난 후 입학한 우리 64학번들에게 사실 중대 경제학과는 더 이상 명문이라는 자부심을 갖기 어려운 상황이었다. 물론 P교수, R교수, J교수 등 쟁쟁한 교수님들이 있긴 했지만 과거의 영화(?)를 되찾기엔 미흡하여 우리에겐 남모를 갈망이 있었던 것이 사실이다. 그런 우리의 필요를 채워주고 경제학도로서 자부심을 느끼게 해준 분이 유인호 교수님이었다. 명성이나 평판에 구애받지 않고 학문에 대한 갈증을 풀어주면서 학생들 각자에게 흔쾌히 멘토가 되어준 분, 그분이 우리의 스승 유인호 교수님이다.

유 교수님의 강의는 처음엔 좀 딱딱하고, 흥미가 아니라 긴장을 느끼게 하는 면이 있었지만, 강의를 들으면 들을수록 학문적 깊이와 탄탄한 논리로 학생들의 마음을 끌어당기는 매력이 있었다.

우리는 유 교수님에게 '농업경제'와 '한국 경제' 강의를 들었는데 처음 강의를 들을 때는 '고집불통 학자'라는 인상을 받게 되지만 첫 강의가 다 끝나기도 전에 그분의 탁월한 논리 전개에 매료된 자신을 발견하였다. 아무도 흉내낼 수 없는 통찰력으로 한국 자본주의의 구조적 문제를 명쾌하게 파헤치고 비판과 함께 실천적인 대안을 제시하는 유인호 교수, 때로는 정책적 관점에서, 때로는 현실적 감각에서 접근하여 매번 구체적인 결론을 이끌어내시는 그 매력에 우리는 어느새 유 교수님 강의를 기다리는 팬들이 되고 말았던 것 같다.

그런데 갈수록 우리를 유 교수님에게 끌리도록 만든 것은 강의보다 유 교수님의 인간적인 체취였던 것도 사실이다. 특히 논문 지도를 받게 되면 그분과 가까워지지 않으려야 않을 수 없게 된다. 때로는 추상 같은 엄격함이, 때로는 어머니 같은 인자함이 유 교수님에게 공존했기에 우리는 그분에게서 어느 교수님보다도 친밀함을 느낄 수 있었으리라.

아무튼 간단히 말해 요샛말로 유인호 교수님의 팬클럽 중 하나가 석우회石友會라는 모임인데, 석우회 멤버들은 유 교수님의 수제자들이기보다는 애제자愛弟子들이라고 불리는 것이 더 나을 것 같다. 왜냐하면 석우회가 그분의 학문적 지도를 받으며 학계에서 크게 성장한 제자들의 모임이 아니고, 유 교수님을 누구보다 따르면서 4반세기에 걸쳐 사제 간의 정을 깊게 나누어온 제자들의 모임이기 때문이다. 중앙대 경제학과 64학번 동기들이라는 변할 수 없는 관계에 더하여 석우회원들의 회한한 공통점이 하나 있는데 그것은 모두 결혼식 주례로 유인호 교수님을 모셨다는 점이다.

　나의 경우, 당시 나는 새도 떨어뜨린다는 공화당 실세 의원(평소 나를 많이 아껴준 고향 선배였다)이 늘 "남 아무개 주례는 내가 해야 돼"라고 입버릇처럼 말씀하던 걸 굳이 사양하고 내 인생의 멘토이신 유인호 교수님을 주례로 모신 것이 얼마나 잘한 일이었는지……. 후일 석우회와 유 교수님 사이의 오래 지속된 사제의 정과, 이제 70줄로 들어서는 석우회원들 간의 긴 세월 끈질긴 우정을 보며 나의 주례 선택에 선견지명(?)이 있었음을 자부하게 된다.

　1974년 겨울, '흑석'의 이름을 풀어 "검은 돌"이라고 할까 하다가 '돌 석石 자'만 따서 석우회로 모임 이름을 정한 우리는 첫 모임 때부터 유인호 교수님이 결혼식을 주례해준 제자들이라는 독특한 정체성을 가지고 출발하여 이후 내내 유인호 교수님을 중심으로, 사랑하는 스승과 제자의 관계성 속에서 강한 일체감을 유지하여왔다.

　우리가 모일 때는 유 교수님이 그 자리에 계시든 안 계시든 언제나 그분이 화제의 중심이었다. 정초나 스승의 날 또는 교수님 생신날이 되면 모두 부부 동반으로 교수님 댁을 찾아 따스한 방에서 교수님 내외분이 내놓으시는 과일 주를 기울이며 부부 사랑, 자녀 사랑을 배우고 또 배웠다. 우리가 얼마나 유 교수님과 그 가족을 좋아했는지는 서로 "나도 교수님처럼 1남 3녀를 낳을 거다" 또는 "나는 딸 하나 덜해서 1남 2녀로 할까?" 등 자녀 수까지도 유 교수님을 기준으로 농담 섞인 희망을 이야기한 것을 보면 알 수 있다.

　모일 때마다 유 교수님은 정치, 경제, 사회 모든 면에 걸쳐서 그리고 인생과 철학에 대하여 폭넓은 지식과 지혜를 들려주었고, 장을병 교수나 박형규 목사 같은 분들과 교제하며 행동하는 지식인의 모습을 유감없이 보여주기도 했다.

　하얀 모시 한복을 입고 인자한 미소로 제자들을 바라보시던 유 교수님이 지금도 눈에 선하다. 그 앞에서 우리는 주장을 펴다가도 그분의 통찰력 있는 식견에 무릎을 꿇고 말 때가 얼마나 많았는지……. 대학 시절에는 그분의 진지한 강의에 압도되었고 졸업 후에는 그분의 탁견과 고매한 인품에 감동한 우리들이었다. 흔히들 유인호 교수를 마르크스경제학자라고 부르는데, 우리에게 그분은 마르크스 이론을 펼치는 냉철한 학자이기에 앞서 그냥 넉넉한 사랑으로 품어주는 인생의 멘토였던 것이다.

그러던 유 교수님이 우리를 무력감 속에 헤매게 만든 일이 생겼다. 1980년 5월, '지식인 134인 시국선언'을 주도한 유 교수님은 시국선언 이틀 후 터진 광주민주화운동으로 온 국민이 긴장해 있을 때, 신군부가 조작한 소위 '김대중내란음모 사건'에 휘말려 억울한 옥살이를 6개월간 하고 나오신 일이 있다. 6월 26일에 영문도 모르고 잡혀가서 그해 12월 11일에 풀려나기까지 김정완 사모님과 자녀들은 물론이고 우리 모두 얼마나 애를 태웠던가! 한 번 만난 적도 없던 김대중과 관계자의 수첩에 농림부 장관 임명 대상자로 이름이 올라 있다 하여 모진 고문을 당하면서도 전혀 소신을 굽히지 않고 자기 할 말을 다하셨던 유 교수님은 서울구치소에서 육군교도소로 이감되어 고통 받으면서도 오히려 그 고난 속에서 더 깊이 사유하며 숭고한 가족 사랑을 담은 옥중 편지를 써 보내셨는데, 우리는 그 편지를 함께 읽으며 얼마나 감동했던가!

지금도 우리는 그때를 잊지 못한다. "교수님이 잡혀가셨어요." 전화로 들려오는 김정완 사모님의 침착하면서도 떨리는 목소리를 들었을 때의 그 당혹감을 잊지 못하고, 그날부터 남한산성에서 나오시던 날까지 아무 힘도 못돼 드리고 권력의 위력 앞에 무력한 자들로 발만 구를 수밖에 없었던 그 절망감을 잊지 못한다. 그럼에도 유 교수님은 당신이 풀려나시자 찾아간 석우회 제자들에게 술을 한잔씩 따르면서 웃음으로 오히려 우리를 위로하는 것이었다. 의지

석우회 회원들과 함께 자리를 하신 유인호 교수(왼쪽에서 넷째). 필자는 왼쪽에서 둘째(1988년 10월).

로 고난을 이겨내고 무력한 제자들을 무력하기에 더 사랑했던 분, 그분이 유인호 교수님이다.

그 후 1984년 6월까지 유인호 교수님은 4년간 해직 교수로 힘든 시간을 보내셨지만 한 번도 힘든 내색을 하지 않으셨다. 오히려 더 호방한 모습으로 우리를 맞아주셨고 더 깊이 있는 토론으로 제자들에게 국가의 나아갈 길을 설파해주시곤 하셨다. 이후에도 유 교수님은 계속해서 장을병, 리영희 교수와 박형규, 이해동 목사 같은 분들과 깊이 교제하면서 민주 사회 건설의 비전을 나누던 중 1989년에는 '민족자주평화통일 중앙회의' 공동 의장을 맡기도 하였는데, 우리에게 중요한 것은 유 교수님이 중요한 분들과 나눈 비전을 다시 우리들에게 나누어주시는 자상한 스승이었다는 사실이다. 아무튼 제자들이라면 당신 안에 있는 것들을 다 나누어주고 싶어 한 분, 고통당해도 내색 않고 오히려 호방함으로 제자들을 격려해주신 분이 유인호 교수님이었다.

1992년 63회 생신 때였던가? 유 교수님은 1차 간 수술을 받고 의외로 빨리 회복되었다고 하실 때였다. 이날 찾아온 제자들에게 건강하게 살자고 매실주를 따라주시더니, 만류하는 제자들에게 "괜찮아, 이젠 괜찮네" 하면서 당신도 매실주를 한 잔 따르고는 건배하셨다. 그날 껄껄 웃으시던 그 호방한 모습은 아마 오래도록 잊히지 않을 것이다.

지금도 내 머리 속에 강렬하게 남아 있는 유 교수님 사진에 대한 이야기를 끝으로 이 글을 마치려 한다. 이 사진은 유인호 교수님이 1989년 여름에 안식년으로 1년간 영국 런던대학교 연구 교수로 가 계실 때 찍은 사진이다. 1990년 여름 영국에서 돌아오신 유 교수님 내외분을 환영하러 간 우리 석우회 회원들에게 보여준 이 사진 한 장은 내가 지금까지 보아온 두 분의 모습 중 가장 행복해 보이는 사진이었다. 어느 화원에선가 유 교수님 내외분이 꽃보다도 더 환한 미소를 띠고 다정하게 찍은 사진, 이 사진이야말로 나이 들수록 더 필요하고 더 사랑하게 되는 존재가 바로 부부인 것을 우리에게 깨우쳐준 참 귀한 시각 교재였다. 석우회 제자들은 그 사진을 보며 각자 마음속으로 어떤 생각을 했을까? 아마 대부분은 그랬을 것이다. '우리 부부도 저렇게 갈수록 더 사랑하고 갈수록 더 행복했으면…….'

이렇게 우리 인생에 사랑과 행복을 가르쳐준 분이 유인호 교수님이시라. 유 교수님의 애제자인 우리 석우회 친구들은 교수님이 유명을 달리하신 지 20년이 되는 오늘까지도 그분에 대한 기억과 감사하는 마음이 전혀 퇴색되지 않은 채로 여전히 그분을 사랑하고 존경하고 또 우리 스스로도 서로 사랑하면서 이제 70고개까지 이르고 있는 것이 아닐까?

뜻깊은 일곱 유인호 교수님의 20주기에 교수님이 남겨두신 유족과 제자들과 모든 귀중한 일들에 위로부터 부어주시는 위로와 평강이 가득하기를 빈다.

어제 같은 옛날 이야기

정석희(수필가, 전 한일은행 지점장)

"정군, 지금 바로 우리 집으로 좀 오게."

퇴근하여 집에 도착하자마자 교수님에게서 전화가 왔다. 평소 이렇게 느닷없이 명령조로 말씀하신 적이 없었으니 나로선 의아할 수밖에.

"혹시 급한 일이라도 있으십니까?"

"아, 그런 건 아니고……. 일단 와서 이야기하세."

나 못지않게 의아해하면서 양복 윗저고리를 다시 건네주는 아내와 내 곁으로 올망졸망 모여들던 아이들을 뒤로 하고, 나는 화곡동에서 홍제동까지 택시를 타고 내달렸다.

초인종을 누르기가 무섭게 문이 열렸다. 만면에 웃음을 띤 교수님 뒤에는 친구 Y도 있었다. 숨을 몰아쉴 짬도 주지 않고 교수님은 서두르셨다.

"자네 둘 다 이리 좀 와보게" 하시고는 부엌을 지나서 뒷문을 열고 장독대가 있는 곳으로 우리를 안내하셨다. 장독대를 오르는 계단 아래의 연탄 화덕과 그 위에 올린 약탕기가 눈에 들어왔다.

"내가 오늘 기가 막힌 발명품을 하나 내놓았지." 바로 그 약탕기를 가리키면서 하시는 말씀이었다. 예의 그 연탄 화덕에는 불을 줄일 때 쓰는 동그란 철판이 올라 있었고, 그 위 약탕기는 따뜻한 기운을 내뿜는 것으로 보아 한약을 달이고 있는 듯하였다. 약탕기에 뚜껑처럼 얹혀 있는 흰 사기대접에는 물이 담겨 있었다. 머리를 숙이고 더 다가가서 보니 그 대접 속에는 작은 돌멩이에 묶인 링거 주사용 관 두 개가 위아래로 연결되어 있었다.

"이게 뭔 줄 알겠나?"

Y와 나는 잠시 동안 서로 망연하게 눈빛을 교환했다.

교수님은 우리의 대답을 더 기다리지 않고 설명을 빠르게 이어나가셨다.

"약탕기 위의 사기그릇에 연결된 위쪽 관은 저기 높은 장독대의 수도꼭지 아래에 있는 세수 대야에 고인 물이 흘러내리는 길이고, 아래쪽으로 이어지는 관은 그 물을 땅바닥으로 뽑아내는 장치라네."

"그런데, 이런 게 왜 필요한데요?"

"아, 자네들은 아직 이걸 모르는구먼. 한약을 약탕기에서 달일 때에는 절대로 센 불로 끓여서는 안 되네. 약한 불로 은근히 달이는 건데, 그래도 김이 생겨서 밖으로 새어 나가거든. 그러면 약효가 떨어지지. 그럴 때 찬 사기그릇으로 입구를 막으면 그 바닥 표면에 김이 서려서 물방울이 되고 다시 끓는 약물 속으로 들어가지. 한약은 이렇게 정성으로 달여야 하는 거라네. 내가 어릴 때 우리 할머니는 뽕나무 장작으로 하루 밤낮을 지키고 앉아서 약을 달이시는데, 김이 새지 않도록 약탕기 위 대접의 물을 국자로 연신 퍼내고 채우기를 반복하시면서 애를 쓰셨어. 지금 자네들이 보고 있는 이 기막힌 발명품은 바로 자동 냉각장치인 셈이야. 이 얼마나 편리하겠나."

Y와 나는 피식 터져 나오는 웃음을 억지로 참을 수밖에 없었다. 고작 이런 것을 자랑하신다고 퇴근하는 제자들을 그토록 화급하게 부르신 것이냐고 핀 잔을 드리고 싶었다. 하지만 교수님의 분위기가 하도 진지하고 한껏 신이 나 있으셨으니 명색이 제자인 우리로서는 그 분위기에 찬물을 끼얹을 수는 없었 으니, 감탄하는 척을 하며 장단을 맞추고 말았다.

밥도 못 먹고 달려온 제자들이 안타까워 사모님은 서둘러 저녁상을 차려 주셨다. 저녁상에 반주를 곁들이면서 교수님의 말씀은 계속 이어졌다.

"저 한약은 우리 아이들 먹이려는 보약일세. 보약이란 그냥 우르륵 끓여 서 먹이는 것보다는 이렇게 정성을 다하는 모습을 보인다는 것이 중요하다고 생각해. 자네들도 벌써 아이들을 각각 셋씩이나 두었으니, 직접 보고 참고하라 고 내 부른 걸세."

비로소 교수님의 깊은 뜻에 고개가 끄덕여졌다. 그 옛날 할머니의 정성스 러운 모습을 교수님이 기억하고 또 그렇게 각인된 정성을 다시 아이들에게 쏟 고 계신 것이다. 우리에게도 그 정성을 직접 보여주고 깨닫게 하고 싶으셨던 것이다. 교수님의 할머니가 밤새도록 정성스럽게 약을 달이시던 모습은 장독 대 아래 그 기발한 발명품을 통해서 재현되고 있었다. 살면서 셀 수 없이 많은 순간들이 이어지지만, 일상적인 모습들은 대체로 세월에 묻혀 모두 잊히기 마 련이다. 그러나 굳이 사진을 찍어두지 않아도 어떤 광경들은 사진보다 더 생생 하게 기억 속에 남는다.

교수님은 할머니가 약 달이시는 모습을 하나의 특별한 사건으로 마음에 품고 계셨다. 할머니는 그 모습을 통해 어린 손자에게 한없이 중요한 존재라는 자존감을 안겨주셨던 것 같다. 비록 햇빛이 고마우나 매일 매순간 내리쬐는 햇

빛을 다 헤아리고 기록할 수가 없다. 내리사랑이 아무리 크더라도 일일이 기억하기 어렵다. 하지만 몇몇 특별한 순간들, 그런 특별한 기억들이란 마치 볼록 렌즈를 통과한 햇빛처럼 삶의 밋밋한 궤적 안에 선명하게 빛나는 점들로 남는 것 같다.

1978년 어느 가을 저녁, 학교를 졸업한 지도 7년이 지난 때였다. 지금으로부터는 벌써 34년이 흐른 옛날 이야기이지만, 소위 '약탕기 사건'은 내게도 오랜 여운을 남기는 아주 특별한 기억으로 남아 있다.

이듬해인 1979년 여름은 교수님 댁과 우리 가족의 인연을 더욱 깊게 한 해였다. 초등학교 2학년이던 맏이가 방학 동안 교수님 댁에 일주일이나 가 있었던 것이다. 아이를 넷이나 둔 대가족에 꼬맹이 하나를 덧붙인다는 것이 얼마나 성가신 일이었을까? 감히 생각지도 못할 일이었으나, 어쩌다 식사 자리에서 나온 우리 부부의 푸념을 흘려듣지 않으신 교수님 내외의 자상함 덕분이었다.

"이 녀석이 다 똑똑한데 아직 젓가락질을 제대로 할 줄 모르네요. 요즘 애들 젓가락질 가르치는 것도 일인데요. 이거 어떻게 하죠?"라고 말씀드렸더니, 교수님은 대뜸 "허허, 그 녀석 우리 집에 며칠만 맡기면 우리가 젓가락질은 확실히 가르쳐주겠네. 아예 좀 보내놓게" 하셨던 것이다. 그래서 맏이는 처음으로 혼자 집을 떠나 일주일 동안 소위 '젓가락질 위탁 교육'을 가게 된 것이다.

나는 내심 반기지 않을 수 없었다. 그해 봄에 우리 막내가 태어나서 아이들이 넷이 된 지 얼마 되지 않았을 때라, 맏이에게도 질서정연하면서도 화기애애한 교수님 댁의 분위기를 느끼고 배우게 해주고 싶었다. 교수님 댁 아이들은 같이 아이를 키우는 입장에서 보아도 탐이 날 만큼 싱싱하고 반듯했다. 역시 교수님 제자인 집사람도 그 댁 아이들이 부러웠던지 늘 우리 아이들에게 "유 교수님 댁 언니들은 말이야" 하고 예를 들어 훈계하곤 했다. 요즘 '엄친아' 니

교수님이 열정을 쏟은 양평농장에서. 제자들과 함께 산을 돌며 머지않아 큰 수확을 거둘 것이라고 확언하시곤 했다. 석우회 회원 양영길과 함께. 왼쪽 끝이 필자다(1976년 11월).

'엄친딸'이니 하는 말들이 있지만, 그때 우리 집에서는 교수님 댁 아이들이 그런 존재였던 셈이다.

아무튼 교수님의 농장이 있던 양평에까지 다녀오는 아주 특별한 일주일을 보내고 집에 돌아왔을 때, 맏이는 평계가 되었던 젓가락질을 아주 제대로 익혔음은 물론이고, 사려 깊고 다정한 언니들 틈에서 지내느라 한층 의젓해져 있었다. 맏이도 모처럼 막내로 지내면서 귀염을 받는 기회를 가져본 덕분이 아닐까 생각했다. 어느덧 40대에 접어든 맏이는 지금도 가끔 그때의 일을 즐겁게 얘기한다. 교수님도, 사모님도 그 후로 종종 맏이가 젓가락질 배우고 간 얘기를 흐뭇하게 하시곤 했다. 역시 사랑과 배려는 준 쪽에서도 받은 쪽에서도 사라지지 않는구나 하고 깨닫게 되는 사건이었다.

다시 이듬해인 1980년 봄에는 가장 기 막힌 사건 당일을 교수님과 함께 했다. 바로 5월 18일, 화창한 일요일이었다. 교수님 댁 가족들과 제자 가족들이 어울려 서오릉으로 야유회를 갔다. 모두 교수님이 직접 주례를 서주셨던 우리 동기 10여 가족이었다. 아이들은 종일 풀밭에서 게임을 하며 뛰어노느라 여념이 없었고, 모두 같이 떠들썩하게 나무 그늘 아래서 점심 식사를 하며 즐거운 한때를 보냈다. 그런데 공교롭게도 바로 그날 교수님을 평온한 교단과 연구실에서 끌어내 권력의 분탕질에 맞서는 격랑의 시기로 접어들게 하는 사건이 벌어지고 있었던 것이다. 하지만 당시에는 아무도 그날 광주에서 일어난 피의 항쟁에 대해서, 이후 빚어질 사태의 심각성에 대해서 전혀 짐작조차 하지 못했다. 전날 자정을 기해 신군부가 권력을 장악하고 비상계엄령을 전국으로 확대한 상황이었다. 이른바 김대중내란음모 사건이라는 이름으로 많은 지식인과 민주 인사들을 엮어 탄압할 준비에 착수했던 것이다. 시절이 참으로 수상했으나 서오릉 야유회는 미리부터 약속되어 있었고, 교수님은 뭔가 불안한 기운을 감지하셨지만 제자들을 실망시키지 않기 위해 야유회에 참석하겠다는 약속을 지키셨다.

그날 교수님은 전에 없이 심각한 표정을 지으시며 때때로 생각에 잠기곤 하셨다. 그래도 "괜찮을까요?"라고 걱정스럽게 묻는 제자들에게 "별 일 없을 거야" 하며 안위시키느라 애쓰셨다. 그날 이후 완전히 바뀐 교수님의 삶, 그날 이후 교수님과 교수님의 가족들이 겪은 기막힌 세월에 대해서는 안타까운 마음을 금할 수 없다. 나는 그저 무력한 제자들 중 하나였을 뿐이고, 모진 일을 겪으시는 교수님께 아무런 힘이 되지 못하였다.

그 엄혹한 세월의 와중에서도 오로지 변치 않은 것은 교수님의 한결같은 제자 사랑이었다. 우리는 교수님의 투옥 기간만을 제외하고는 해마다 교수님 댁에서 연초 세배 모임을 함께했고, 그 모임이 언젠가는 끝날 수 있다는 생각은 차마 해보지 못했다. 그러나 세상 많은 것들이 그렇듯이 끝은 갑작스럽게, 또 너무 빨리 찾아왔다. 교수님을 그렇게 아깝게 보내드리고 나서도, 몇몇 제자들은 교수님의 기일이면 모이곤 했다. 더 이상 몇 잔 반주에 얼큰히 취하신 교수님과의 흥겨운 토론은 이어나갈 수 없었지만, 교수님의 성정을 그대로 빼닮은 사모님을 교수님 뵙는 듯 모시는 것으로 마음을 달래왔다. 우리들로서는 교수님 생전에 가장 잘하신 일이 사모님과 결혼하신 것이라는 얘기를 종종 했는데, 교수님을 너무 일찍 여읜 제자들에게는 사모님이야말로 큰 위안이 되는 존재이셨다.

제자들과의 사적인 자리에서 교수님은 참으로 자상하고 정이 넘치는 분이셨지만, 교단의 교수님에게서 상상하기 어려운 모습이었다. 교단에서 교수님은 철두철미한 원칙주의자였다. 대충이 없고 요령을 용납하지 않으셨다. 학문적으로 원대한 사상 체계를 바탕으로 정책의 테크닉이나 번다한 이론들을 감기약 처방전쯤으로 여기셨다. 공정한 생산과 분배의 틀을 강조하고 빛과 그림자의 대립이 몰고 올 갈등을 고민하는 담대한 구조론자였다. 누구나 교실에서의 그런 교수님을 매우 존경했지만, 우리가 교수님을 그토록 오래도록 기억하고 그리워하는 것은 교수님의 한없는 온화함과 너그러움 때문인 것 같다. 무엇보다 교수님은 제자들의 어떤 엉뚱하고 장황한 얘기에도 끝까지 귀를 기울여주셨다. 나는 이제껏 살아오면서 교수님처럼 진정으로 경청하는 사람을 다시 보지 못했다.

교수님께 배우고, 교수님과 토론하고, 밤새도록 술잔을 기울이고, 아이들을 식구들처럼 함께 어울리게 하던 그 세월보다 더 많은 세월이 흘렀다. 그리고 나도 어느새 교수님의 마지막 모습보다 더 나이를 먹었다. 하지만 그처럼 세월이 흘렀어도 바로 어제같이 느껴지는 순간들이 여전히 남아 있다는 것이 과연 기쁜 일인지 또는 슬픈 일인지 모르겠다. 분명한 것은 함께한 그 순간들이 왈칵 그리워지는 일이 잦다는 것이며, 교수님이 직접 말씀만이 아니라 행동으로 보여주신 사랑과 정성의 기억들이 교수님이 의도했던 대로 내게는 깊이 각인되어 있다는 것이다.

주례와 애프터서비스

정도경((주)실버스타 공동대표)

남편 김운영(중앙대학교 경제학과 73학번)의 스승이신 유인호 교수님과의 인연은 대학 시절로 거슬러 올라간다. 인문사회 계열로 학과 선택 없이 대학에 진학한 나는 3학년 때부터 전공 학과에 대한 탐색 과목으로 사회복지학 개론을 들으며, 사회문제를 해결(?)해주는 적극적인 학문이라는 매력과 취업이 보장된다는 장점 때문에 전공을 거의 사회사업학으로 정해놓고 전공과 관련된 책들을 많이 읽었다. 그중 유인호 교수님의 《한국경제의 허상과 실상》이라는 책도 포함되어 있었는데, 평민사에서 출판된 조금 작고 얇은 책으로, 값도 저렴하여 그 당시 대학생들의 필독서였다.

나는 당시 서울로 유학 온 춘천 출신 남녀 대학생들의 모임인 서클 '봄내' 활동도 열심히 하고 있었다(봄내는 춘천春川의 순수 한글 이름이다). 원래는 친목 모임이었는데 범생이들이 많아 독서 모임으로 성격이 바뀌었다. 한 달에 한 번씩 모일 때마다 미리 선정해준 책을 읽고 내용에 대해서 서로 진지하게 토론하고 밥도 먹고 헤어지는 식이었다. 그때 나는 이미 《한국경제의 허상과 실상》을 읽고, 내용이 너무 훌륭하여 요즘 말로 강추(강력 추천)했고, 우리 봄내에서 한 달 후에 독서 토론의 열띤 분위기가 연출되었다. 그 당시에는 이 책의 저자가 나중에 중매로 만난 남편의 스승이고 결혼식 주례까지 서실 분이란 걸 상상이나 할 수 있었을까?

나는 일찍이 유 교수님께서 경제성장에 따른 '환경비용'을 간과하는 최고 위정자들의 어리석은 생각을 질타하시는 모습이 너무 멋지고 선구자적으로 보여 그분을 마음속으로 우상시하며 유 교수님 같은 분이 대한민국에 많을수록 우리나라의 미래는 밝을 것이라 확신했다. 2011년 8월 울산에서 열린 '세계 한민족 여성 네트워크'에 참석했는데, 환경 비용을 아끼지 않고 투자한 결과 공업 지역이 다른 지역보다 숲이 더 울창하고 공기와 강이 더 맑은 것을 눈으로 확인하며, 35년 전에 GNP 숫자만 보지 말고 환경 파괴에 따른 복구 비용도 경제성장의 수치에 포함시켜야 한다고 역설하신 유 교수님의 글이 생각났다.

우리 부부는 1983년 11월 6일 천도교 수운회관에서 유인호 교수님의 주례사를 들으며 결혼식을 올렸다. 솔직히 그때는 정신이 없어서 주례사로 무슨 말씀을 하셨는지 구체적으로 기억이 안 난다. 그런데 아직도 미스터리인 사건이 그날 일어났다. 나보다 3살 어린 이종사촌 남동생이 결혼식에 참석하러 왔다가 안기부에 잡혔다. 서울대 재학생이었는데, 데모 주동자로 수배 대상이었다. 잘도 숨어 다녔는데 하필 유 교수님이 계신 곳에서 잡혀갔다. '김대중내란 음모 사건'에 억울하게 연루되어 수감되셨다가 풀려나오신 걸로만 알고 있었지, 계속 감시하며 따라다니는 사람들이 있을 것이라는 생각은 못했다. 그 정체불명의 사람들이 그곳까지 와 있어서 그랬는지, 아니면 다른 이유로 붙잡혔는지 지금도 풀리지 않는 미제 사건이다.

　결혼해도 아내가 하고 싶은 일은 뭐든지 협조하겠다는 달콤한(?) 약속 때문에 여섯 번 만나고 두 달 만에 서둘러 결혼한 나는 남편의 직장을 따라 싱가포르를 거쳐 홍콩에 거주하게 되었다. 근무한 지 1년도 안 되어 다시 본사로 발령이 나자, 남편은 기회의 도시 홍콩에서 자수성가하겠다는 원대한 꿈을 품고 회사에 사표를 내고 개인 사업을 시작했다. 지금과 달리 1980년대의 홍콩은 자본이 없어도 본인만 똑똑하고 성실하면 누구나 성공할 수 있는 그런 무대였다. 남편은 홍콩에 도착하자마자 나와 같이 홍콩중문대학교 중국어 집중 과정에 등록하여 비싼 학비를 투자하며 매일 학교에 다녔다. 그 당시 유원건설 최효석 회장님께서 허락하셔서 낮에는 학교 공부, 밤에는 회사 일을 하며 젊음을 불사르는 남편의 모습이 자랑스럽기까지 했다.

　사실 장점이 많은 남편이 1986년 당시에는 단점이 더 크게 보여 너무 힘든 시기였다. 우리 부부는 홍콩에서 서민들이 모여 사는 아파트에 정착했다. 서민 아파트라도 잘 고르면 같은 가격에 남향에다 깔끔하게 내부가 수리된 집도 많을 텐데, 남편은 아내 허락(?)도 없이 혼자만 보고 털컥 계약해버렸다. 그냥 '잠만 자는 곳' 이라 생각했다는 것이다. 해약하고 싶었지만 그렇게 하면 금전적인 손실이 많아 회사에 피해가 가기 때문에 그냥 살 수밖에 없었다. 로컬 시장 한복판에 있어 시궁창 냄새가 나고 북향이라 볕도 안 들고 베란다도 없고, 부엌은 싱크대가 빈민 아파트처럼 시멘트로 만들어졌고⋯⋯.

　1986년 1월 유 교수님과 사모님이 홍콩에 오셨을 때는 마침 겨울 방학이라 우리 부부가 두 분을 모시고 시내 관광도 할 수 있었다. 결혼 생활에 적응못해 힘들어 하는 신혼부부 제자 집을 멀리서 일부러 찾아주시고 호텔 대신 누추한 집에 머무시면서도 조금도 불편한 내색을 않으실 뿐 아니라 우리 부부에

홍콩의 누추한 필자 집에서 즐겁게 머물다 가셨다. 유 교수님이 딸 보람이를 안고 계신다 (1986년 2월).

게 유익한 말씀을 많이 들려주셨다. 평소에 서민의 삶의 질 향상에 관심이 많으셔서 글로써 위정자들을 훈계하시는 분답게 언행이 일치하는 삶을 사신 분이었다는 걸 새삼 느끼게 된다.

남편과 나는 유 교수님 내외분이 검소하시고 소탈하셔서 나름대로 정성을 다해 모은 돈으로 교수님의 오래된 손목시계를 새것으로 바꾸어 드렸다. 처음에는 거절하셨지만 애제자 내외의 고집(?)을 꺾을 수가 없어서 결국 마음을 받으셨다. 한국에 돌아가셔서 만나는 지인들께 "제자가 사 줬다"라고 자랑하셨다는 이야기를 남편 선배님을 통해 전해 듣고 우리 부부는 너무 기뻤다.

유 교수님 내외분이 누추한 제자 집에서 편안히(?) 머무시고 돌아가시는 날, 아내인 날 위해서 제자인 남편에게 사모님이 한 말씀하셨다. "다음에 살 집은 햇볕이 잘 들고 주변 환경이 깨끗한 집으로 골라요. 그래야 보람 엄마가 아이들 키우는 데 덜 힘이 들죠. 집은 잠만 자는 곳이 아니라 가족이 일터나 학교에서 돌아와 편안히 쉬어야 하는 공간이니까요." 열심히 듣고 있던 남편은 "네, 명심하겠습니다"라고 공손히 대답했다. 하지만 워낙 뿌리 깊이 박힌 관념은 그 후로도 쉽게 없어지지 않았다.

아무리 집에 대해서 불만을 이야기해도 "미안하다"는 말 대신 "잠만 잘 수 있으면 감사하라"며 앞뒤가 꽉꽉 막힌 남편과 평생을 같이 살아야 한다고 생각하니 앞이 캄캄하여 더욱 이를 악물고 중국어 공부에 올인 했다. 항상 우울해 있는 엄마를 보고 자라는 것보다는 같이 놀아주진 않지만 학구적인 엄마의 모습을 보고 자라는 아이들이 정서적으로 더 안정적일 것 같았다. 증명이라도 하듯 반듯이 잘 자라준 보람이와 광범이한테 고마울 따름이다. 지금은 토인비의 '도전과 응전'의 역사 법칙을 인생에 잘 적용해 작게나마 내가 성공할 수 있게 해준 남편에게도 감사한다.

'애프터서비스'라는 말은 우리 가족이 다니는 홍콩 한국 선교 교회에서 아들 광범이의 중고등부 주일학교 교사를 몇 년 동안 맡으셨던 이정헌 교수님의 신앙 용어에서 시작되었다. 하지만 더 거슬러 올라가면 유 교수님이 먼저인 것 같다. 정말이지 유 교수님 내외분은 결혼식 주례에 이어 우리 부부가 잘 살고 있는지 수시로 안부를 물으시고 애프터서비스를 계속해주셨다. 방학 때 한국에 아이들이 가면, 사모님은 바쁜 시간을 쪼개서 놀이공원에도 데리고 가시고, 아이들이 좋아하는 음식도 사 주곤 하셨다. 지금 미국 동부 브라운대학병원에서 레지던트로 일하고 있는 딸 보람이는 할머니와 처음 가본 롯데월드에서 재미있게 놀았던 기억을 떠올리며 감사해한다. 그리고 사모님은 항상 내게 보람 아빠의 좋은 점에 대해서 상기시켜주시고 내 고충도 친정엄마같이 잘 들어주셨다. 지금은 신앙 생활로 수련되어 마음이 많이 편안해졌지만 아주 젊을 때는 노력해도 이해가 안 되는 부분이 많았다.

남편은 유 교수님이 많이 편찮으시다는 소식에 한국을 다녀왔는데, 그 후 한 달도 안 돼서 돌아가셨다는 슬픈 소식를 접하고는 바쁜 회사 일을 제쳐두고 미리 뵙고 왔던 것을 위안으로 삼았다.

그후 유 교수님의 유업을 이어받아 뜻 깊은 일을 많이 하시는 사모님을 뵐 때마다 유 교수님 살아 계셨을 때도 훌륭한 내조자셨던 걸 눈으로 확인했던 나는 그분처럼 살고 싶다는 생각을 하며 사모님을 '롤 모델' 로 여기고 있다.

스키안의 은사

윤승렬(중소기업진흥공단 자문위원)

제가 고 유인호 교수님에게 경제학을 배우기 시작한 것은 대학 2학년인 1968
년이었습니다. 그리고 교수님의 삶을 배우기 시작한 것도 1968년이었습니다.
경제학은 대학을 졸업할 때까지 3년을 배웠지만 교수님의 올곧은 삶을 배운
것은 교수님이 하늘나라로 가신 1992년까지니까 24년이라는 긴 세월이었습니
다. 유 교수님은 돌아가셨어도 제가 교수님에게 배운 삶의 태도는 아직도 제
삶의 여기저기서 드러나며 향기를 내고 있습니다. 우리나라가 경제적으로 어
려웠고 정치적으로도 암울하였던 1960년대와 1970년대, 1980년대에 유 교수
님은 지식인의 선두에서 자유와 정의, 민주의 횃불을 높이 드시는 등으로 적극
적으로 사회 개혁에 참여하셨고 무분별한 개발이 낳은 자연 파괴와 환경오염
에도 선지자적 안목으로 대안을 제시하시곤 하셨기에 가까이서 유 교수님을
모신 제자들은 학창 시절에 이어 사회에 진출하여서도 교수님으로부터 올바

르고 선하며 좋은 언행을 배우며 삶에 접목해왔습니다. 그러니 저로서는 그 누구와도 비교할 수 없는 참으로 좋으신 은사님을 이 세상에서 모실 수 있었기에 진정 복이 많은 제자입니다. 은사님이 작고하신 이후 지금까지도 스키안s-Kian 회원들과 함께 김정완 사모님을 수시로 찾아뵙고 은사님의 은덕을 받고 있으니 더욱 행복한 제자입니다.

저는 경제적 사정으로 고교를 졸업하고 바로 대학에 진학하지 못하고 1964년에야 중앙대학교 경제학과에 입학하였습니다. 그해 봄부터 시작한 한일회담 반대 데모로 대학이 일찍 휴교하자 대학 맛을 제대로 알기 전인 그해 6월에 입대하였고 장장 32개월의 군복무를 마치고 1967년 가을에 대학 1학년으로 복귀하였습니다. 저 같은 복학생 몇 명은 신입생들과는 3~5년 나이 차이가 있어서 서로 가깝게 지낸다는 게 쉽지 않았기 때문에 복학생들은 복학생들끼리, 신입생들은 신입생들끼리 어울리곤 했습니다. 제대 후 대학 4년 내내 계속 입주 가정교사 생활을 했기에 오직 강의 시간 중 비는 시간만이 제 공부를 할 수 있는 시간이었습니다. 캠퍼스 축제라든가 미팅이라는 달콤한 언어와는 전혀 관계없이 강의실과 도서관만을 찾던 저에게 굉장한(?) 일이 생긴 것은 1968년인 2학년 봄이었습니다. 공부를 열심히 하는 같은 학과의 아주 당찬 신입생 한 명이 저에게 대화를 제의해왔습니다. 경제학을 열심히 공부하는 학생들 몇 명이 모여서 스터디 그룹이나 연구 서클을 만들면 좋겠다는 제안이었는데, 설명을 들어보니 아주 좋은 계획이었습니다.

그 학생(이연구, 모임 발기인, 4기 졸업생)의 기획, 제안과 수고로 복학생 세 명을 포함하여 2학년 경제학도 10여 명으로 이뤄진 경제학 서클이 1968년 초여름에 탄생하였고, 회원들을 대상으로 한 서클 명칭 공모에서 제가 제안한 'S-Kian'이 서클명으로 확정되었습니다. 'S-Kian'은 《국부론國富論》의 저자로 고전경제학의 창시자인 애덤 스미스Adam Smith에서 'S'를, 정부의 재량적인 정책에 따른 유효수요有效需要의 증가를 강조하는 케인스 경제학의 이론을 창시한 존 메이너드 케인스John Maynard Keynes에서 'K'를 따오고 '어떤 성질을 띤다' 또는 '어떤 전문가'를 뜻하는 접미어 'ian'을 붙여서 "애덤 스미스와 J. M. 케인스를 따르는 사람들"이라는 뜻을 띤 순수한 대학 연구 서클입니다. 금년에 벌써 44주년을 맞이하는 유서 깊은 대학 동아리로서, 현재도 재학생들이 세미나, 연구 저널 발간 같은 활동뿐만 아니라 졸업생과 함께 모임을 여는 등 왕성하게 활동하고 있습니다.

S-Kian은 창립 때부터 교수님들과 대학 관계자들의 깊은 관심을 끌었습니다. 이는 당시에는 학생들이 자체적으로 학문 연구를 목적으로 모임이나 서클을 결성하는 일이 거의 없는 상황이었기 때문입니다. 캠퍼스에 S-Kian 탄생 소식이 알려지고 저희들이 지도 교수님을 모시려 하자 교수님 세 분이 지도해주시겠다고 연락해오셨습니다. 세 분 모두 훌륭하시고 좋으신 교수님들이셨습니다. 저희는 회원 전체의 토의를 거쳐 유인호 교수님을 지도 교수로 모시기로 결정하였고, 유 교수님은 감사하게도 저희들을 적극 지도해주시겠다고 쾌히 승낙해주셨습니다.

이렇게 고 유인호 교수님과 저의 인연은 경제학을 가르치는 교수와 배우는 학생 중 한 명으로 시작되었지만 S-Kian이 탄생하면서 S-Kian 지도 교수와 교수님의 각별한 지도를 받는 연구 서클 회원 중 한 명으로 그리고 제가 창립 회장을 맡았기에 더욱 가까운 사제 관계로 발전하였습니다. 유 교수님의 S-Kian 사랑은 저희 회원들이 생각하는 그 이상이었습니다. S-Kian은 캠퍼스 가장 높은 곳에 있는 도서관 작은 연구실에서 일주일에 한 번 세미나를 열었는데, 그 무더운 여름에도, 추운 겨울에도 교수님은 꼭 시간에 맞추어 참석하셔서

서 저희들의 발표와 토론을 지켜봐주시고 꼭 필요하고 유익한 평가를 해주셨습니다. 창립 회원인 저희 2학년은 동료들 앞에서 발표하는 것도 어려웠는데 유 교수님이 꼭 참석하시니 더욱 어려울 따름이었습니다. 그러나 보완해야 할 내용과 나아가야 할 방향을 정확하게 가르쳐주시는 교수님 평가는 저희들의 실력이 나날이 늘어가는 데 살이 되고 피가 되었습니다.

창립 다음 해인 1969년에는 2학년생 중 일정 성적 이상을 획득한 학생을 대상으로 회원을 선발하였고 저희가 4학년이 된 1970년에는 재차 2학년생을 대상으로 신입 회원을 선발하여 2·3·4학년생 20여 명이 모여서 세미나를 하곤 했습니다. 해를 거듭하면서 S-Kian 회원들의 세미나 발표 내용과 수준이 알차지고 질문 내용이 점차 예리해진 것은 모두 우리를 지도해주신 유 교수님의 각별한 제자 사랑 덕분이었습니다. 매주 일정한 날, 일정한 시각에 진행된 세미나에 교수님은 한 번도 늦으시거나 빠지시는 일이 없으셨기에 저희 회원들은 더욱 열심히 준비하곤 하였습니다. 유 교수님을 모시고 세미나를 한다는 우리 S-Kian 회원들의 자부심은 최고여서 회원이 못 된 학생들의 질시까지 받고는 했습니다.

저희 회원들은 창립 시에 S-Kian 활동을 하면서 하여야 할 것과 하지 말아야 할 것을 정확하게 정하여 지켰습니다. 하여야 할 것은 경제학 공부와 연구였으며, 하지 말아야 할 것은 교내에서의 정치적인 활동과 학생 신분에 벗어나는 제반 처신과 행동이었습니다. 이러한 결정에 따라 나중에 학생회장에 출마하고자 한 회원은 자진 탈회하였고, 시험 기간 중 불미스러운 행위를 지적받은 회원은 다른 회원들에게 사죄한 다음에 회를 위해 자진해서 탈회했으며 이러한 사실은 캠퍼스에 널리 퍼져 "역시 S-Kian은 다르구나"라는 평가를 남기며 타 동아리의 선망이 되기도 했습니다. 당시 학생회장 선거 때가 되면 입후보자

졸업식 때 유 교수님과 함께 사진을 찍었다. 왼쪽부터 박매신 형,
유 교수님, 필자(1971년 2월).

들이 각 동아리 방이나 연구실을 방문하여 지원을 부탁하며 플러스알파를 제
시하곤 했는데, 저희 연구실은 "여기는 아니야. 이런 것으로는 안 돼는 학생들
모임이야" 하면서 건너뛰고는 했습니다. "선배님, 우리는 얻어먹지도 못해요"
라고 볼멘소리를 하는 후배들에게 창립 회원인 저희들은 일시적인 달콤함보
다는 S-Kian의 찬란한 역사를 세워나가는 자부심을 갖자는 말로 후배들의 기
를 살려주었습니다. 저희들이 이렇게 할 수 있었던 것은 저희를 지도해주신 유
교수님의 올곧은 삶에서 부정부패와는 절대 타협하지 않고 항상 진리와 정의

를 추구하는 깨끗하고 옳은 정신을 배웠기에 가능한 것이었습니다.

대학 생활에서 얻어야 할 가장 중요한 덕목이 세 가지 있다고 합니다. 첫째, 교수님들의 해박하고 풍부한 학문적 지식과 세상을 읽는 안목을 배울 것, 둘째, 도서관의 수많은 책을 되도록 많이 읽는 것 그리고 셋째로 좋은 친구들과 사귈 것입니다. 이러한 면에서 저는 참으로 행복하게 대학 생활을 하였습니다. 우선 유인호 교수님을 S-Kian 지도 교수님으로 모시면서 재학생 시절에는 학문적 지식을 충실히 배웠을 뿐만이 아니라 개별적인 지도도 받을 수 있었습니다. 졸업하고 사회생활을 하면서도 유 교수님과는 물론 김정완 사모님과 자녀들과도 매우 특별하면서도 가까운 관계를 유지하였는데, 그 관계에서 올바르고 정직한 삶, 정신적으로 풍요로운 삶이 어떤 삶인지 배울 수 있었습니다. 이것은 저만이 아니고 S-Kian 활동에 적극적이며 열심인 회원이면 누구나 누린 복이었습니다. 또 S-Kian 회원들과의 교제는 학창 시절뿐만이 아니고 졸업후에도 계속 이어져 창립 44년을 맞이하는 지금까지도 국내에서는 물론 전 세계에서 친밀하고 아름답게 이루어지고 있습니다. 이렇게 아름다운 교제가 가능한 것은 지도 교수님이셨던 유인호 교수님 덕분입니다. 그분이 구심점이 되셨고 교수님 사후에는 사모님이 그 역할을 대신해주시며 S-Kian 회원들을 지극정성으로 보살펴주시기 때문입니다.

S-Kian은 1기생 졸업(1971년) 때부터 특별한 행사를 열었습니다. 그것은 졸업식 날 재학생들이 강의실 하나를 빌려 떡과 음료 등 다과를 준비하고 졸업생들과 졸업을 축하하러 오신 부모님, 친지분 등을 모시고서 여는 졸업 축하 행사였습니다. 물론 지도 교수이신 유 교수님이 함께하셔서 덕담을 나누어주셨으며 졸업생들은 4년간의 캠퍼스 생활을 추억하였고 후배들은 선배들의 뒤를 이어 S-Kian 활동을 잘할 것을 다짐하였습니다. 뜻깊은 자리에 참석하신 부모

님들은 "아, 우리 아이가 학창 시절을 참으로 의미 있게 보냈구나" 하시면서 기뻐하셨고 지도 교수이신 유 교수님께 각별한 감사의 인사를 드리셨습니다. 2기생 졸업식 때는 이 행사에 참석하신 한 졸업생의 아버님께서 감격해 참석자 전원에게 맛있는 점심을 대접해주시기도 하셨습니다.

저는 대학 졸업 후 사회에 진출해 직장 생활 2년이 꽉 차는 1972년 가을에 유 교수님을 주례로 모시고 결혼하였습니다. 유 교수님의 열 번째 결혼 주례이신데, 저희 부부는 허니문 베이비로 1973년 늦여름에 아들을 낳아 유 교수님께 큰 선물을 드렸습니다. 유 교수님을 주례로 모시고 저보다 먼저 결혼한 아홉 쌍이 모두 딸만 낳아 주례로서 조금은 미안해지셨다는데 저희 부부가 아들을 낳자 만면에 웃음을 띠우시며 "으흠" 하시게 되셨다는 겁니다. 그 뒤로는 유 교수님을 주례로 모시고 결혼한 제자들은 쉽게 아들을 낳았습니다. 저희 부부가 물꼬를 튼 셈이죠. 이런 연유로 유 교수님과 사모님은 저희 첫 아들을 무척이나 예뻐해주셨는데 늦가을에 100일을 맞은 저희 첫 아들에게 아주 비싸고 좋은 털옷을 사 주셔서 몇 년 동안 겨울을 따뜻하게 지낼 수 있었습니다. 유 교수님은 많은 제자들이 주례로 모시고 싶은 1순위 은사님이셨습니다. 특히 S-Kian 제자들은 거의 모두 유 교수님을 주례로 모시고 결혼했습니다. 유 교수님이 세상을 떠나신 뒤 제가 50대 후반에 들어서는 S-Kain 후배들의 결혼 주례를 맡기도 하는데 명주례를 해주신 유 교수님을 추억하지 않을 수 없지요.

유인호 교수님에게 받는 지도는 저희들의 캠퍼스 생활에만 국한되지 않았습니다. 저희들이 사회에 진출한 뒤로도 계속해서 이어졌는데, 그냥 이어진 것이 아니라 더욱 긴밀한 형태로 관계가 이어졌습니다. 매년 연말에는 회원 전체가 유 교수님과 사모님을 모시고 송년회를 하였고 신년 초, 스승의 날, 생신 때는 졸업생이 주축이 되어 찾아뵙거나 시내 음식점에서 모시고 조촐한 행사를 열기도 했습니다. 또 우리 자녀들의 백일, 돌 등에 모시고는 했는데, 사회 초년병 시절로 조그마한 전셋집에 살 때라 집이 누추하고 비좁았는데도 유 교수님과 사모님께서는 전혀 개의치 않으시고 초대에 응해주셨습니다. 사회생활을 하면서 어려움에 닥칠 때에도 어김없이 교수님을 찾아뵙고는 고견을 듣고 또 격려를 받기도 하였으니, 유 교수님은 우리들에게 가장 좋은 멘토이셨습니다. 세월이 흘러 저희들이 결혼한 후에는 부부가 함께 교수님 부부를 모시고서 여행을 떠나기도 하였고, 유 교수님 사후에는 저희들이 부부 동행으로 사모님을 종종 찾아뵈면서 예전 추억을 새기기도 합니다.

교수님이 양평에 산을 구입하셔서 농장을 일구실 때인 1976년에는 식목일에 맞추어 농장에 가서 은수원사시와 밤나무, 오미자 등 유실수를 심기도 하였습니다. 그 당시에는 교수님도 자가용이 없으셔서 청량리에서 기차를 타고 양평까지 가고, 양평역에서 시외버스를 타고 마을 입구까지 간 다음 농장까지 약 50분 이상 시골길을 걸어가야 했습니다. 여름이면 가족과 함께 농장에 가서 약수를 마시고 휴가를 즐기기도 했고, 겨울에는 S-Kian 회원들과 함께 꽁꽁 언 남한강 얼음판에서 얼음 조각을 가지고 빙구를 하기도 했습니다.

유 교수님 사후에 김정완 사모님은 교수님을 기리기 위해 일곡기념사업회를 설립하셔서 여러 가지 사업을 하시고 계시며, 대학 발전 기금과 함께 제자들을 위해 장학금을 내놓으셨습니다. S-Kian 졸업생인 저희도 별도로 후배 S-Kian 재학생들에게 장학금을 주기에, S-Kian 후배들은 학기에 두 명씩 장학금을 받고 있습니다. 살아 계실 때는 학문으로 저희들을 가르쳐주셨고 하늘나라에 가신 뒤에도 이렇게 저희 제자들을 사랑해주시니 참으로 감사한 일입니다.

나라와 민족 그리고 정의와 자유와 민주화를 위해서는 몸을 사리지 않으시던 유 교수님을 정권은 밉게 보았습니다. 그래서 전혀 관련이 없으신 일로 옥고를 치르게 되셨고 그래서 생긴 병으로 결국은 일찍 하늘나라로 가셨습니다. 그러나 그간 해외에서 근무하는 기간이 많았던 저는 한 번도 면회하지 못하였고 타계하실 때에도 해외에 있어 장례식에 참석지 못하였으니 불효가 막심합니다. 교수님이 타계하시고 1년이 지난 다음에야 귀국하여서 부부 함께 양평 농장에 있는 묘를 찾아 인사를 올릴 수가 있었습니다. 24년을 은사님으로 가까이 모시면서 가르침받고 배운 삶의 흔적을 추억해보았습니다.

금년으로 S-Kian은 탄생한 지 44년이 됩니다. 44년 동안 경제학을 공부하며 연구하는 모임으로 재학생과 졸업생이 함께 활동하고 있음을 저희들은 무척이나 자랑스럽게 생각하며 행복해합니다. 이렇게 오랫동안 학생들의 연구모임이 전통을 지켜가며 활동할 수 있었던 건 졸업생과 재학생을 망라한 S-Kian 가족 모두의 마음과 정성과 노력이 모였기에 가능한 일이겠지만 더 큰 부분은 오로지 창립 때부터 저희들을 지극정성으로 가르치고 열정적으로 이끌어주신 유 교수님의 지도 편달과 교수님 사후에도 저희들을 각별하게 챙겨주시는 김정완 사모님의 끊임없는 사랑이 있기에 가능한 일이라 생각합니다. 유 교수님이 그렇게 고대하셨던 경제성장과 발전, 정치적 민주화 그리고 세계화를 이룬 대한민국의 오늘을 보셨다면 얼마나 좋아하셨을까요? 생각하면 생각할수록 안타까움이 큽니다. 저 하늘나라에 가신 지도 벌써 20년이 지났지만 지금도 선생님을 찾아뵙기만 하면 "윤 군, 어서 오게나" 하고 환하게 웃으시며 반갑게 맞아주실 것 같은 생각이 듭니다.

청춘으로 떠나신 선생님

이연구(주)엠스코 대표이사)

선생님! 어느새 선생님께서 떠나신 지 만 20년이나 되었다 하니 쉽게 믿기지가 않습니다. 평소 친하게 지내시던 동료 교수님이 성모병원 장례식장으로 허겁지겁 들어서시며 "야, 유인호, 이렇게 훌쩍 떠나버리기야! 우리들 다 놔두고?" 라고 소리치시고는 영안실이 다 떠나가도록 흐느끼시던 모습이 엊그제 같습니다. 저희 제자들은 젊은 저희들보다도 몇 배는 더 힘이 넘치시는, 그야말로 청춘 교수님으로 지금도 생생히 기억하고 있는데 말입니다.

며칠 전 막내 따님한테서 선생님 20주기 기념식을 10월 기일 즈음에 열게 되었다는 연락과 함께, 선생님에 대한 기억들을 담아 글을 써달라는 부탁을 받고선 사실 두렵고 망설이는 마음이 앞섰습니다. 기억나는 일들이야 한도 끝도 없이 쌓이고 쌓였지만, 갑자기 울컥하는 감정이 끓어오르면 분명 중언부언 두서없는 잡기가 되고 말 것이 십상이기 때문이지요. 그러나 지금도 선생님께선

유인호 교수님은 제자들의 결혼식 주례를 도맡아하셨다. 필자도 1977년에 결혼할 때
당연히 유 교수님께 주례를 부탁드렸고 흔쾌히 허락하셨다.

모든 걸 이해해주시고 다독거려주실 것으로 믿고, 하늘나라를 향하여 문안과

용서를 구하며 담아두었던 선생님에 대한 추억들을 앞뒤 가리지 않고 꺼내보

고자 합니다.

　선생님에 관한 이야기는 반드시 사모님과 함께일 수밖에 없습니다. 1968년

여름, 겁도 없이 선생님께 저희들 공부 모임인 스키안S-Kian을 지도해주십사 부

탁드렸을 때 흔쾌히 허락해주셔서 저희는 뛸 듯이 기뻤습니다. 그 뒤로 세상물

정 모르던 저희들은 아무런 예표도 못해드리면서 학교에서만 선생님을 뵙는

것에 머물지 않고, 수시로 선생님 댁을 찾아 선생님 서재에서, 때론 선생님 저

녁 식사 상에까지 둘러앉아 두루 귀한 말씀을 들을 수 있다는 것이 더할 나위

없는 기쁨이었고 자부심이었습니다.

　그런데 늘 그 눈치도 염치도 없는 철부지들을 약국 운영에, 4남매 건사에

몹시 바쁘셨을 텐데도 늘 반갑게 맞이해주셨고 이후 수십 년간 한결같이 포근

하게 감싸주셨던 사모님, 저희는 늘 선생님을 통하여 사모님을, 사모님을 통하여 선생님을 뵙는 것이 습관처럼 되어왔습니다.

결코 불의에 굴절하거나 타협할 줄 모르시던 선생님, 그 때문에 남달리 모진 풍파를 정면으로 맞서시는 동안 집안 대소사는 물론 옥바라지까지 해내시면서도 힘든 기색 없이 굳건히 안팎을 지켜오신 사모님은 속으론 연일 타들어가는 가슴에 단 하루도 쉬지 못할 동분서주로 온 몸 구석구석은 어찌 다 성하실 수 있었겠습니까?

누구보다도 아내 사랑이 지극하셨던 선생님이셨지만, 난데없는 영어의 굴레, 해직 4년을 거치시고 가까스로 복직하시어 강단에 다시 서셨다가 정년을 다 마치신 1991년 10월에야 사모님 건강검진을 시켜드리기 위하여 같이 병원에 가셨다 하셨나요? 그때 사모님 검진 끝나기 기다리시는 시간이 무료하여 당신께서도 검진을 받아보시게 되었고, 정작 걱정하셨던 사모님보다 선생님 자신이 청천벽력과도 같은 담낭암 말기로 진단받게 되셨다 하셨지요. 다행히 수술 경과가 좋았다고 하시며 퇴원하시자마자 제자들에게 건강검진을 꼭 때늦지 않게 받아야 한다고 그 절차를 상세하게 일러주시던 선생님께선 이듬해 초가을에 영영 떠나고 마셨지요. 갓 1년이 지날 무렵이었습니다. 이제 겨우 사모님, 자녀분들과도 마음 놓고 지내실 수 있는 시간이 생겼나 싶었는데 말입니다. 비통에 오열하시던 가족분들 뒤에 저희 제자들도 도열하여 모두 통곡했습니다. 저희들에게도 그저 대학 시절의 은사님으로만이 아니라 25년간 각별한 사랑을 받은 어버이와도 같으신 분이었기 때문이지요.

인격이 형성되는 20대 초에서 중년에 접어들기까지, 저희들이 결혼하고 살림을 차리고 아이가 생기고 학부모가 되는 과정마다 꼭 사모님과 함께 찾아주시어 가정을 가꾸는 일에서부터 자녀 교육에 이르기까지 자상하게 일러주시곤 하셨고요. 또 재학 시절엔 정규 강의 시간 외에 따로 모여 공부를 더 해보 겠다고 빈 강의실 이곳저곳을 전전해도 선생님께선 꼭 찾아주셨고, 내용을 일 일이 짚어주시며 격려를 아끼지 않으신 선생님의 헌신적인 제자 사랑이, 이제 저희 S-Kian 후배들에게 그야말로 전설로 남게 되었습니다.

오늘 저희는 청춘으로 떠나신 선생님을 다시 회고합니다. 어느 한순간에 도 결코 식지 않는 열정, 의롭다 판단하신 일에는 태생적 용기로 앞장서시는 결행, 그러면서도 호탕하신 성격에 시공을 초월한 해학까지 갖추신 선생님은 결코 노회와 상관이 없는 영원히 젊은 교수님이실 수밖에 없습니다. 두어 띠도 넘게 어린 저희 제자들이 선생님을 뵙고 나면 기가 살아서, 날고 드나 겁이 없 도록 만들어주신 선생님의 그 힘찬 기운, 활활 타오르는 상춘의 혈기, 그런 선 생님 모습이 더욱더 멋진 사나이로 기억되게 합니다.

선생님! 선생님께서 저희들에게 불어넣어주신 그 혈기와 무관하지 않은 사건 두 가지가 떠오릅니다. 40여 년 전으로 잠시 돌아가보겠습니다. 그 무렵, 선생님의 그 전염성 높은 혈기가 그리도 사랑하시던 제자들, 제게는 한참 선배 인 Y형과 P형들에게, 어쩌면 그들의 장래 사회생활에 치명적인 기록으로 남게 될 사건으로 나타나기도 했던 일 기억하실런지요.

아직 새파란 직장 초년생 Y형이 해외 공관에 발령받았지만, 상사의 용납 하기 어려운 비위에 동조할 수 없다면서 부임한 지 불과 수개월 만에 자진 귀 국해버린 사건이 있었죠. 그 혈기의 쓰임새는 그렇다 하더라도 유명 시중은행 에 입사한 햇병아리 행원 P형이 밤늦은 퇴근길에 마침 열쇠 당번으로 맡고 있 던 은행 금고 열쇠를 송두리째 잃어버려 S은행의 업무가 전면적으로 마비된 사건은 다시 생각해볼 문제였지요. 그건 당사자 P형의 태도인데, 결코 위축됨 없이 자기 실수로 S은행의 금고 관리 시스템이 전면적으로 개선되었다는 엉뚱

한 호기로 행사되었던 점입니다. 그런 P형에게 선생님께선 엄한 꾸중은커녕 "저놈이 물건이야!"라 하셨던가요? 그때는 약간 의아스럽기도 했습니다. 그런데 곰곰이 생각해보니 선생님께선 본인이 마음고생을 크게 했음은 물론 뼈저리게 반성하고 더욱 조심할 것임을 이미 아셨기 때문이지요. 선생님의 깊은 사랑에 가슴이 뭉클했던 기억이 새롭습니다.

다행인 것은 지금도 그때나 다름없이 때 묻지 않은 삶을 살아온 그 두 분, '천연기념물'처럼 약간 신경 쓰이긴 하지만, S-Kian 후배들에게 괜찮은 답안으로 회자하고 있습니다.

그런데 선생님! 마침 지금은 5월 초, 봄날의 막바지와 초여름이 물려 있는 시기입니다. 해마다 이맘때면, 32년 전 '1980년의 봄' 그리고 그 시절을 웅변하셨던 선생님을 상기하며, 진정한 용기와 불의에 대한 굴복의 신념을 몸소 결행해 보이신 '가슴 아픈 교훈'이 뜨겁게 떠오르곤 하지요.

국가 경영의 공과는 어찌 되었든, 18년간의 군사정권이 갑작스러운 변고로 마감하게 되면서, 새로운 군인들의 등장으로 온 나라가 불안한 가운데 막연하나마 희망을 갈구하던 '1980년의 봄'이었지요. 중구난방으로 때를 만난 듯 앞다투어 내닫던 정치꾼들의 자기 속 차리기와는 달리 대학교수와 각계 지식인들이 주축이 되어 한 치 앞도 보이지 않는 안개 정국인 그때를 오히려 진정한 민주화의 기회로 되살리고자 하셨던 일 말입니다. 이른바 '지식인 134인 시국선언'이 보도 금지로 일반 대중에겐 영영 전해지지 못하고 말았지만, 전 방송 매체가 다 동원된 가운데 그 시국선언문을 대표로 낭독하신 선생님. 이미 수개월 전 12·12사태를 기점으로 통치 행위는 오직 총칼이었던 당시의 삼엄함 속에, 도대체 그리도 입심이 좋던 전문 사회운동가분들은 다 어디에 가시고 학교 선생님께서 꼭 앞장서셔야만 했단 말인가요. 그걸 바라만 보고 있었던 저희 제자들은 "의에 죽고 참에 살자!"는 모교 교정의 교훈을 아침저녁으로 보아 왔지만, 그 당시 앞장서신 선생님의 용기에 깔린 목적과 의의를 가름하기에 앞서, 장차 선생님께 닥칠지 모를 불안한 일들에 가슴 조렸습니다.

아니나 다를까, 그로부터 얼마 후에 선생님께선 남산 지하실로 끌려가셔서 소설책에서나 읽을 혹독한 고문과 갖은 폭행을 다 당하시는 통한의 터널로 들어서시게 되셨고, 결코 거짓과 불의에 굴복하지 못하시는 신념 때문에, 남들은 다 군인들이 시키는 대로 자술서 쓰고 풀려나 즉시 복직까지 되었다는데, 선생님께선 그런 설득을 다 팽개치시고 결국 남산 지하실에서 서울구치소로, 그것도 모자라 남한산성 육군교도소까지 다 섭렵하시게 되셨지요. 흔히들 의로움의 숭고한 가치를 자주 입에 올리지만, 실제로 그 가치를 이루는 길은 참으로 험난할 수밖에 없음을 직접 몸소 겪어 보이시며 교훈으로 남겨주셨습니다.

육군교도소에서 정해진 기간을 다 마치시고 나오셨던 다음다음 날이었던가요. 선생님께선 저희들을 불러 모으시곤 벌써 여러 해 전 사모님과 함께 심어 가꾸셨던 양평 산비탈 오미자로 사모님이 정성껏 담가놓으신 연분홍 오미자 술을 손수 한 잔씩 권하시며, 그동안 겪으신 기막힌 체험을 영화나 소설 이상으로 흥미진진한 무용담처럼 간간히 호탕한 웃음도 섞으면서 펼치셨지요.

남산 지하실에선 살이 터져 피가 흐르도록 매를 때리며, 그때까지 한 번도 대면한 적이 없는 어느 정치 지도자와 국가 전복을 획책했다느니, 사모님께서 수년 간 약국을 하시며 모은 재산으로 장만한 양평 산자락을 몇십 배 가격으로 부풀려 부정 축재자로 몰아보려고도 했다지요. 그러나 선생님께선 그런 억지 각본에는 의연하게 대처하셨다고 말씀하셨습니다. 어느 날 저녁엔 그 사납게 날뛰던 수사관들에게 술 사오게 하시곤 그들과 같이 술잔을 기울이시며 한국 경제를 가르치시고, 서울구치소에선 매일 아침 정해진 시각에 일과처럼 집권

군부의 만행을 규탄하는 열변을 토하셔서 전 재소자들이 함께 창살을 흔들며 동조하는 함성이 온 구치소를 뒤흔들었다고 말씀하셨지요. 어느 날은 저희들에게 무슨 훈장처럼 생긴 두꺼운 헝겊 조각을 꺼내 보여주셨지요. 선생님 가슴에 붙어 있던 죄수 번호표 '26XX'였습니다. "거기선 이게 내 이름이야"라고 말씀하시며 회한의 미소를 지으실 때엔 저희들 가슴은 얼어붙었던 것을 기억합니다.

왜 정의롭게만 살아오신 우리 선생님이 그처럼 모진 고통과 수난을 당하실 수밖에 없었을까요? 그게 불의와 타협하지 않고 올바른 사회를 구현하고자 한, 누구나 하는 마땅한 생각을 대중 앞에서 표현한 대가였다면, 과연 집권 세력과 기관은 도대체 정체가 무엇이란 말인가요?

그로부터 30여 년이나 세월이 흘러 저도 선생님 떠나실 즈음의 나이가 되고 보니, 몸소 보여주신 교훈을 아로새기면서도 가슴이 시리고 아픔은 더해집니다. 선생님의 그 호탕한 무용담과 웃음에 가려진 모진 고문과 폭행들이 선생님 심신에 크나큰 내상으로 남아, 결국 그렇게 일찍 떠신 것이라는 생각이 새록새록 더욱 선명해지면서 말씀입니다.

선생님! 지금은 다 잊으시고 오직 편안한 마음으로 쉬시면 좋겠다는 바람뿐입니다.

여전히 고우신 사모님께서는 며칠 전에 선생님 묘역에 다녀오셨다 하시네요. 가끔 뵈면 선생님께 편지를 보내고 왔노라는 말씀도 하셨고요. 쓸쓸한 미소가 경련처럼 눈가를 스치시면서요.

잘 받아보셨나요? 남달리 아내 사랑이 극진하셨던 선생님! 그런데 송구하오나 꾹 참으시고 20~30년은 혼자서 더 기다려주셔야 하지 않을까 싶습니다. 사모님 지금 많이 바쁘시거든요. 국내외에서 활동하고 있는 자녀분들 그리고 벌써 여럿이 된 손자, 손녀들에게 마음 쓰셔야 하고, 선생님 뜻을 전하고 기리는 기념사업회 일도 시작하셨고, 선생님의 제자 사랑을 담은 장학회를 운영하고 계십니다. 아, 그리고 또 있습니다. 고희 즈음에 수필가로 등단하시어 간간이 창작 활동도 하시는데, 멀리서 보기에도 너무나 자랑스럽고 흐뭇하시지 않습니까?

벌써 여러 해가 되었습니다만, 저희 S-Kian 재학생 중에서 매학기 장학생을 선발하여 장학금을 수여해주셔서 모임을 만들고 지켜봐온 입장에서는 참으로 감사하고 감격스러운 일이 아닐 수 없습니다. 비록 지금 장학금 수혜 재학생들은 선생님 떠나실 무렵 겨우 태어난 신세대들이어서 다 알 수는 없습니다만, 그 장학회 운영 자금이야말로 선생님과 사모님의 정성과 땀 그리고 선생님께서 모진 고난을 당하고 계시는 동안 사모님이 한숨과 피눈물로 지켜오신 양평 산자락이 근거라는 걸 잘 아는 저희들은 가슴 뜨거운 감격이 될 수밖에 없습니다. S-Kian이 반백 년 가까이 이어져오는 것을 보면서 선생님의 제자 사랑이 얼마나 대단한가를 새삼 깨닫고 거듭 감사드리게 됩니다. 선생님께서 안심하시고 편히 쉬실 수 있게요.

이제 제가 기억하는 선생님 이야기는 마무리하고자 합니다. 선생님을 뵙고 어언 46년. 선생님 떠나신 지 만 20년이 되는 지금, 저희는 스스로 걸어온 길과 모습을 되돌아봅니다.

과연 선생님의 제자로서 어떠한 모습으로 살아왔을까? 비록 선생님께서 저희들에게는 이념의 장으로 곁눈질 못하도록 알게 모르게 신경 써주셨던 점은 있지만, 평범한 일상에선들 왜 옳고 그름의 갈림길에 서보지 않았겠습니까? 저희가 때와 사안에 알맞고 정의롭게 결단하고 그걸 주저 없이 행동으로 옮겨왔던가 돌아보면 적잖이 부끄러움을 느끼게 됩니다. 선생님의 그 귀한 교훈들을 품고 살아야 할 이유가 더욱 분명해짐을 깨닫습니다.

청춘으로 떠나신 선생님! 그 남아 넘치시던 선생님의 열정, 의기와 용기 그리고 두려움 없는 도전과 세상을 품는 해학을 저희와 어린 후배들에게까지 끊임없이 부어주셨으면 하는 소망을 버리지 못하겠습니다. 지금도 사랑받고 있는 제자들인걸 어쩌겠습니까?

선생님! 감사합니다. 정말 감사합니다.

내 인생의 이정표

류재길(중앙대학교 뉴욕 동문회 회장)

몇 해 전, 한국을 방문했을 때 윤승렬 선배 내외의 안내로 국립 5·18민주묘지를 찾은 적이 있습니다. 유 교수님의 유골이 민주묘지로 이장되었다기에 참배參拜차 들른 것이었습니다. 5월의 맑은 햇볕을 받으며 들어선 묘역 주변엔 모든 상처와 아픔들이 삭아 발효된 듯 평화롭기만 했습니다. 우리는 교수님의 묘소 주변에 앉아 교수님을 추억했습니다. 국가적으로 혼란한 시대를 고뇌하는 민중경제학자로, 학문적 지조를 지킨 양심자로 살다 가신 교수님을, 암울했던 시대 민주화를 위해서 또는 피폐한 민중경제의 부흥을 위해 살다 가신 교수님을 추모했습니다. 세월이 생전의 교수님 모습을 가물가물 지워가고 있지만 교수님이 지향志向하셨던 시대적 사명이나 역사의식 같은 명제들은 아직도 저의 기억 속에 또렷이 남아 있습니다.

제가 국방의 의무를 마치고 1975년에 3학년으로 복학했을 때 학교 분위기는 전과 달리 면학 분위기로 전환되어 있었습니다. 군 입대 전 1, 2학년 때와는 아주 딴판이었습니다. 면학 분위기에 적응하느라 동분서주하는 중에 이재호라는 친구가 스키안S-Kian이라는 서클에 함께 가입할 것을 권유해왔습니다. 회원이 되는 자격은 경제과 학생으로 4.0 만점인 학점제에서 3.5 이상이 되어야 한다고 하는데 저는 약간(?) 부족한 상태라 눈치만 보며 우물쭈물 하는 사이 친구 손에 이끌려 얼떨결에 첫 모임에 나가게 되었습니다. 다행히 서류 심사 과정 없이 서클에 가입할 수 있었습니다.

모임은 자신을 소개하고 다과와 함께 친교를 하는 모임이 아니었습니다. 강의실에 모여 논문을 발표하는 자리였습니다. 지도 교수이신 유인호 교수님이 참석해 계셨으며 학교를 졸업하고 직장에 다니고 있는 S-Kian 선배님들도 몇 분 배석한 자리였습니다. 참으로 딱딱하고 어려운 자리였던 것으로 기억합니다. 이렇게 S-Kian 회원으로서의 생활이 시작됨과 동시에 교수님과 사제지간의 인연이 시작되었습니다. 그때는 교수님의 주위에 많은 선배님들이 포진布陣하고 있어서 교수님과 대화는커녕 가깝게 할 기회가 많지 않았지만 매주 이어지는 서클 활동과 논문 발표를 계기로 비교적 자주 교수님을 뵐 수 있었습니다. 선배님들을 따라 연초에 홍제동 선생님 댁으로 세배를 가기도 하고 교수님의 생신 때나 S-Kian 창립 기념 체육대회, 춘계·추계 야유회 등에 빠지지 않고 참석하면서 처음 뵐 때의 어려움이 가시고 다정하신 성품을 지니셨다는 걸 알게 되었습니다. 그래도 어렵기만 한 교수님이었었는데 드디어 제가 독대(?)를 할 기회가 온 것입니다. 제 결혼식 때 주례를 해주신 교수님께 신혼여행 후 인사드리러 방문한 자리였습니다. 늘 주위에 포진해 있던 선배님들 없이 저만이 교수님과 마주 앉아 술잔이 오고가는 신나는 경험을 했습니다. 그때 이후 교수님이 가까이 느껴지기 시작했습니다. 가까이서 뵌 교수님은 참으로 곧으신 분이구나 하는 생각을 하게 되었습니다. 옳다고 생각하는 일에 굽히지 않으시고 주의, 주장이 명쾌하셨던 분입니다. 그러면서도 속정이 많으셔서 제자들에게 늘 따뜻하셨습니다.

교수님과 가까이 하고 싶어 교수님의 지근거리에서 맴돌곤 했는데 그 덕분인지 1년 만에 재학생 회장 자리를 거머쥐는 쾌거(?)를 이루게 되었습니다. 재학생 회장을 맡고 있던 때의 일입니다. 졸업하신 선배님들께 학교 신문을 보내드리곤 했는데 당시에 태국 KOTRA 주재원으로 파견 근무 중이던 1기 윤승렬 선배, 남선물산 일본 주재원으로 파견 근무 중인 이연구 선배께도 신문을 발송해드렸습니다. 그저 선배님들께 안부를 전하는 마음과 객지에서 읽을거리를 보내드리는 마음이었는데 선배님들께서 S-Kian 활동에 보태 쓰라고 수표들을 보내오셨습니다(저는 결코 찬조금 때문에 신문을 보내드린 것이 아님을 40여 년이 다 되어가는 지금 분명히 밝히는 바입니다). 그때의 감동이 아직도 기억에 남아 있습니다. '그 선생에 그 제자'라는 말이 있는지 없는지는 모르겠으나 그때 떠오르는 건 그 말뿐이었습니다. 교수님의 가르침이 본보기가 되어 S-Kian 선배님들은 아직도 원리와 원칙에 충실하며 살고 계신 것 아닌가 생각됩니다. 저또한 그렇게 살고 있고요.

교수님은 마르크스의 '정치경제학 비판'을 방법론으로 민중의 입장에서 일관되게 진보적 학풍을 잇다가 정치적 음모에 휩싸여 힘든 일을 겪기도 하셨지만, 궁극적으로 '민족경제 우선'이라는 소신을 굽히지 않으신 학자이셨습니다. 짧은 기간에 세계가 놀랄 정도로 고도성장을 이룬 우리의 경제가 천민자본주의화되는 것을 경계하셨으며 자본주의의 지향이 민족경제의 최종 목표임을 분명하게 주장하셨습니다. 또한 교수님은 공해가 인류의 위험이 될 것을 일찍이 간파하시고 공해문제연구소 이사로 공해 문제의 심각성을 깨우치려고 애쓰셨습니다. 호랑이 같은 선생님이란 별명이 있기도 했지만 때로 농담 반 진담 반의 가르침은 좌충우돌하는 저 같은 사람에게 매 아닌 매로 작용했습니다.

이제 저도 인생을 조금은 알 나이가 되었습니다. 살면서 어느 시기에 누구를 만나느냐 하는 것이 매우 중요한 일인 것을 알게 되었습니다. 피는 끓었겠지만 미숙하기 짝이 없던 시절 교수님과 S-Kian 모임을 통해서 인생을 살아갈 자양분을 얻었다고 생각합니다. 지금까지도 그 인연으로 관심과 애정을 주고 계신 사모님, 선배님들 또한 제 인생의 고마우신 분들입니다. 교수님이 이 땅에 남기고 가신 S-Kian 모임이 벌써 44년이 되었습니다. 아직도 모교에서 후배들이 배출되고 있으며 선후배 간의 우정이 변함없이 유지되고 있습니다. 저 또한 후배들에게 기억에 남을 선배가 되고자 최선을 다해야겠노라고 다짐합니다.

끝으로 교수님께서 즐겨 인용하셨던 서산대사西山大師의 〈야설夜雪〉을 소개합니다. 젊었을 때는 글귀를 외우는 것으로 만족했으나 환갑이 된 이제야 그 뜻을 깨닫고, 저 역시 후배들에게 즐겨 인용하는 글이 되었습니다. 매년 연말과 새해를 맞으면서 어쭙잖은 붓글씨 솜씨로 이 글을 써서 연하장을 대신하고 있습니다.

踏雪野中去 不須胡亂行
눈 덮힌 들판을 걸어갈 제 함부로 어지러이 걷지 말지어다
今日我行跡 遂作後人程
오늘 내가 걸어간 발자국은 반드시 뒷사람의 이정표가 되리니

선생님의 발자취를 되새기며

김병조(중앙대 · 울산과학대 겸임 교수)

작년 5월 봄날에 일곡기념사업회 수상 행사가 있던 서울대 교정. 일곱 살 먹은 딸아이와 함께 일곡기념사업회 이사장님 가족분들께 인사를 드렸습니다. 딸아이는 눈을 말똥거리며 귓속말로 속삭입니다. "아빠, 그런데 일곡 선생님이라는 분은 어떻게 훌륭하신 분이셨어요? 대체 무슨 일을 하셔서 훌륭하다고 칭찬하고 기억해주는 거예요?"

일곡 선생님이 작고하신 지 어언 20년, 벌써 20주기를 회고하는 글을 쓰게 되다니 흐르는 세월이 너무 야속한 심정입니다. 이 글에서는 선생님을 추억하며 짧은 소감의 기억들을 되새겨보도록 하겠습니다.

일곡 선생님을 제가 처음 가까이에서 뵐 수 있었던 것은 1991년 3월 어느 날이었습니다. 연구실 한 벽면에는 동학혁명의 교주 녹두장군 전봉준의 초상화가 덩그러니 걸려 있었던 정경대학 5층의 연구실이었습니다. 그때 20대 중반 젊은 청년은 어느덧 머리카락 희끗한 중년이 되었습니다. 지나간 숱한 시간들 속에서 삶의 연륜이 얇아 이런저런 고충과 번민에 맞닥뜨릴 때면, '일곡 선생님이라면 이 문제를 어떻게 마주하셨을까?' 하며 먼저 자문自問해봅니다. 그만큼 일곡 선생님의 발자취는 제 삶의 '말과 행동'의 지표로 깊게 드리워져 있습니다. 종강 잔치 삼아 학교 뒷산에서 제자들과 간단히 다과 모임을 할 때 선생님께서 하신 말씀들이 아직까지 기억에 새롭습니다. "이 땅의 청년은 자기 뜻을 세워야 하네. 세파에 흔들리지 말게. 우주는 넓되, 인생은 유한하네. 어떤 어려움이 있더라도 당장 눈앞의 명리名利와 발등의 고통에 무릎 꿇지 말게."

제가 대학을 다닌 1980년대는 그야말로 불火의 시대였습니다. 군사정권의 폭압이 교정을 짓누르던 시절, 대학의 정문은 최루탄 연기와 깨진 보도블록으로 가득하였고, 교정은 언제나 시끌벅적 소란스러웠습니다. 강의실 벽마다에는 각종 대자보가 빼곡히 뒤덮였고, 도로는 페인트로 쓴 구호들로 가득하였습니다. 풍물패의 꽹과리와 징이 비겁의 정적을 깨면, 빨강, 노랑, 파랑, 형형색색 깃발을 날리며 학생들이 도서관 뒤편 민주광장으로 모여들고, 엠프에서는 집회 시작을 알리는 우렁찬 구호 소리가 왕왕거렸습니다. 이럴 즈음이면 보직 교수들은 학생들을 사찰하는 듯한 고압적인 자세로 먼발치서 팔짱을 끼고 지켜보고는 했지요.

큰 시위가 벌어지고 다치거나 잡혀간 학생들이 생기면, 가끔 '교수 일동'이라는 명칭으로 자중과 위협을 암시하는 〈학생들에게 고함〉이라는 방榜도 게시되고는 했습니다. 방을 볼 때마다 친구들끼리, "도대체 '교수 일동' 뒤에 숨어 있는 교수님들은 누구야?" 하며 분노하기도 했습니다. 그런데 어느 날부터인가 '교수 일동'이란 명칭은 '교무위원 일동'으로 바뀌었는데 그 이유를 모른 채 그냥 그런가보다 하고 무심히 생각했습니다. 세월이 한참 흐르고 선생님이 들려주신 말씀으로 그 이유를 알게 되었습니다. 학교 본부에서 전체 '교수 일동' 이라는 명칭을 빌어 학생들을 교화하고 겁박하려 했으나, 선생님께서 회의석상에서 "기어코 '교수 일동' 이라는 명의를 쓰겠다면 '나 유인호는 반대요' 라는 방榜을 따로 붙이겠소"라고 거세게 항의해 '교무위원 일동' 으로 바뀌었다고 합니다.

1987년에만 해도, 1월 박종철 열사 고문치사 사건, 5월 부천경찰서 성고문 사건, 6월항쟁과 7·8·9월 노동자 대투쟁, 대통령 직선제 투쟁이 있었습니다. 선생님은 투쟁의 현장과 거리의 현실을 모두 누비신 듯합니다. 특히 1989년 1월 어느 날, 코가 얼어붙을 정도로 매서운 추위 속에 어둠이 내리던 명동성당에서 시민·학생들이 집회를 하고 있을 때, 경찰의 엄혹한 감시 속에서도 선생님이 인편을 통해 어렵게 보내주신 추도사는 그곳에 모여 있던 분들에게 크나큰 힘이 되었습니다. 1991년 5월 정국 시기에 밤샘 농성을 하시는 중에도 학생들 수업은 꼬박꼬박 챙기시며 "이 엄중한 시기에 시민은 시민대로, 학생은 학생대로, 노동자는 노동자대로 각자가 맡은 시대적 과제가 있을 것입니다. 벌어지는 현실을 앞에 두고 경거망동을 해서도, 외면해서도 안 될 것입니다"는 조언을 해주셨습니다.

선생님의 학부 강의는 항상 진중하고 열기가 가득하였습니다. 3시간 연강되는 강의는 언제나 구름 같은 학생들을 몰고 다녔는데, 강의를 하시다가도 더 자세한 통계나 구체적인 자료가 필요할 때면 연구실에 급히 가서서 자료를 찾아와 다시 소개하기도 하셨습니다. 3시간을 꼬박 채우고도 모자라 "10분 만", "5분만" 하시며 학생들에게 새로운 진실을 하나라도 더 알려주시려고 애쓰시던 모습이 떠오릅니다. 서생 노릇을 하는 저로서는 흉내도 내지 못할 열성이자

유인호 교수 영결식에서 필자가 고인의 약력을 읽고 있다(1992년 10월 13일).

열정이셨습니다. 선생님께서 기말고사 단독 시험문제로 내신 '학문學問에 대하여 논하시오' 라는 문제는 그동안 타성과 미시 담론에 젖어 있던 학생들의 정수리를 치는, 그야말로 '갈喝' 이라고 할 만큼 기억에 선명합니다.

　　대학원 강의는 언제나 조용하고 무겁고 긴장된 엄격함으로 가득했습니다. 보통 여느 세미나 수업하듯 발제자가 발제를 마치면, 의례적으로 하는 "수고했다" 는 말씀 한마디 없으셨습니다. 한참 동안의 침묵을 깨고 선생님께서 "자, 모두들 이 주제에 대하여 한마디씩 해보게" 라고 하시면 학생들은 서로 먼저 의견 내기가 조심스러워 눈치만 보곤 했지요. 그 침묵의 시간이 얼마나 길고 조용했던지 옆 사람의 침 삼키는 소리까지 들릴 정도였습니다. 한동안 침묵을 깨고 누군가가 어렵게 한마디 의견을 내어놓으면, 선생님은 어떤 평도 없이 다른 학생들에게 다시 의견을 청하셨습니다. 그래서 제자들이 서로 말문이 트이고 견해 차이에 대해 격론이 오간 후에서야 방향을 잡아주셨습니다. 단편적인 지식보다는 주장에 담긴 배경이나 논리 구조를 설명해주시며, 책으로는 알기 힘든 실증적 사례를 다양하게 소개해주시곤 하셨습니다. 수업 때 나오는 질문에 대해서는 항상 직접적인 답변보다는 어떤 사고에서 나온 논리인지 근본부터 다시 확인하시곤 했습니다. 때로 거대 담론인 경우에는 변증법적인 사고와 열린 체계를 강조하셨는데, 가끔 궁금해서 드린 질문이 선문답 같은 화두로 되돌아오기도 했습니다.

　"선생님, 소련에서는 사회주의가 해체되어가고 있는데, 원전原典에 있는 이러저러한 부분들은 어떻게 보아야 합니까?" 라는 질문에 "다른 군君들은 할 말이 없나?" 라며 한참을 뜸을 들이시다가 "자네는 변증법을 무어라 생각하나? 이론이 아니라 역사의 변증법적 현실을 보게" 라고 하셨습니다. 저는 당장 요해要解가 안 되어 속마음으로 '무슨 선문답인가' 싶었습니다. 수업을 마친 후에 선배들에게 되물어도 모두들 빙긋이 웃기만 할 뿐 뾰족한 답을 못 구하였습니다. 이 궁금증에 답을 찾지 못하고 해가 바뀐 어느 날, 이 책 저 책을 뒤지며 문득 깨달았습니다. "아, 그때 변증법적 현실을 보라는 말씀은 인류 역사의 발전은 직선적 발전 과정이 아니라 나선형적 이행으로 지체와 퇴행을 거듭하며 변증법적 진보를 거듭하는 것이라는 말씀이었구나. 역사는 현재적 삶의 실천이지만, 그 평가는 후대에 입증되는 것이로구나." 무릎을 칠 정도로 선생님의 되물음이 깨달음으로 다시 떠올랐습니다. 만약 선생님께서 자세하게 답변해주셨다면 아마도 제 고민은 그 이상 진행되지 못하고 스승의 답변만을 결론으로 가지고 있었을 것입니다.

선생님은 5 · 16군사쿠데타와 유신, 광주민주화운동과 안개 정국으로 이어지는 군사정권 치하에서 학자로서 당신이 해야 할 몫을 대중적이고 선도적이며 비판적인 경제 지성知性의 보급으로 규정하신 듯합니다. 그러하기에 선생님의 대중 언술은 매우 다양하고 복합적인 것이었습니다. 때로는 대중과 교감하기 위해 라디오 방송에 출연하시고, 때로는 여성 월간지와 인터뷰도 하시고 여러 잡지에 기고도 하시면서 합법적이고 대중적인 활동 공간을 마련하시려 하셨습니다. 기존 공간을 적절하고 내용성 있게 활용하셨습니다. 선생님은 개량이나 개혁에 대해 이야기하셨지만, 내용의 근본과 맥락은 확고한 계급적 입장에서 자본주의 지양의 비자본주의적 미래를 설계한 것이었습니다. 그러나 이를 언어적 해석이라는 문제로 삼아 선생님을 단순히 개혁적 경제학자나 비판적 교수로만 한정하려는 것은 선생님의 삶을 매우 협애하게 보는 것이라고 할 수 있겠습니다. 선생님의 글쓰기와 대중 강연 작업들은 대중적 교류를 위한 일종의 대중적 표현이지 선생님의 학문적 깊이는 감히 그 이상이셨습니다.

일곡 선생님의 삶을 되돌아보며, 손가락이 가리키는 달月을 바라보아야 한다는 생각을 해봅니다. 선생님이 평소에 주장하는 바는 스미스와 리카도로 대변되는 자본주의 경제를 지양하고 극복하여야 한다는 것이었습니다. 선생님의 손가락이 가리키는 달은 계급적 해방의 전망이었지, 스미스와 리카도 그 자체가 아니었습니다. 1960년대부터 1980년대까지 엄혹한 정세에서 제자들과 교우하시며 행한 대중적 언술들을 선생님의 학문과 실천의 전부로 재단해서는 아니 될 것입니다. 간혹 선생님의 대중적 언어에만 매달려 본말本末을 오해하는 경우가 있습니다. 친일과 쿠데타 세력이 보수의 두건을 쓰고, 권력만을 지향하는 기회주의자들이 개혁과 진보를 자처하는 이른바 '에피고넨(Epigonen, 짝퉁)의 시대'에 일곡 선생님의 언중유골言中有骨을 찾아내는 혜안이 필요합니다.

선생님의 1991년 2학기 마지막 수업 시간이 떠오릅니다. 선생님은 앞으로 자신이 생각하고 있는 학문적 과제를 세 가지로 정리해서 말씀해주셨습니다. "정년 퇴임 후에도 나는 여태와 같이 똑같은 연구와 활동을 할 겁니다. 그런데 몇 가지 목표라고 할까 과제를 세웠어요. 유물변증법과 불교 교리를 결합하여 한국 사회를 설명해보고 싶습니다. 또 요즘 들어 아나키스트적인 실천에 좀 더 많은 관심이 갑니다. 관료적·독재적 행태를 극복하고자 하는 민주화 운동이 오히려 폐쇄적이고 패권적이고 권력 지향적으로 부패하고 있어요. 이런 것들을 모두 종합해서 운동권의 실천 행태에 대해 본격적으로 좀 더 문제를 제기해보고 싶습니다. 그런데 이 문제를 제기하기에는 지금 정세가 적절하지 못해 시기를 보고 있어요." 그때는 선생님에게 남은 생生의 시간이 그렇게 촉박하리라고는 아무도 생각하지 못했을 겁니다. 선생님이 떠나시고 나니 빈자리가 더욱 크게 느껴집니다.

  역사에는 수많은 영웅과 열사가 많습니다. 그러나 오늘날 그 수많은 열사를 일일이 기억해주지는 않습니다. 전태일, 박종철 열사는 그분들의 투쟁이 강고하여 현재까지 우리에게 역사의 기억으로 남아 있는 게 아닙니다. 그분들의 생전의 뜻과 정신을 한 점 훼손하지 않고 타협하지 않고 계승하고 기념하는 이소선 어머니와 박정기 선생과 같은 가족들의 역사 투쟁이 함께하였기에 가능한 것이었습니다.

  이 풍진 세상에 삶의 지표로 삼아 따라야 할 이는 누구일까 새삼 반문해봅니다. 사람들은 살아가면서 세속의 풍파에 돛단배 같이 흔들리는데……. 우리가 지표로 삼아야 할 것은 어떤 명망가가 아니라, 그 어떤 사람이 걸어간 '발자취'라고 생각합니다. 일곡 선생님을 기리는 작업은 단순히 선생님을 기억하고 회고하는 행사가 아니라, 이제부터 선생님의 발자취를 오늘 다시금 새롭게 하고 내일로 이어주고 끌고 가는 역사 투쟁이어야 합니다. 가신 이의 발자취를 추모하고 되새기는 일은 후대들이 선열을 되새기며 역사의 엄중함을 경계하고 반추反芻하는 과정이기에, 이 몫은 오로지 가족과 후학들의 업業이라 해야 할 듯싶습니다. 일곡 선생님의 발자취를 배우고 따르려는 노력이 있는 한 일곡 선생님의 발자취는 뜻과 얼이 되고 삶의 거울이 되어 후세인에게 항상 전해질 것입니다.

딸아이의 갑작스러운 질문에 저는 무슨 말을 더하려다 한마디만 하고서는 그만두었습니다. "글쎄, 일곡 선생님은 무슨 훌륭한 일을 하셔서 이 많은 사람들을 모이게 한 걸까? 우리 우강이가 일곡 선생님의 발자취를 직접 찾아보는 게 어떨까?"

3부

새로운 역사의 창조 과정으로 나아가다

일곡의
민중 · 민족 · 민주 경제론을 기리며

김수행(성공회대 석좌교수)

우리가 일곡의 사상을 제대로 이해하려면 일곡이 활동하던 그 시절에 남한의 정치 · 경제 · 사상 · 학문은 어떤 상황이었는가를 미리 살필 필요가 있다.

나는 1961년 4월 서울대학교 상과대학 경제학과에 입학하여 혜화동 친척 집에서 종암동 학교까지 만원 버스로 다녔는데, 한 달 만에 박정희 · 김종필 일파의 군사 쿠데타가 일어났다. 그 뒤로 박정희가 자기 심복인 중앙정보부장의 총에 맞아 죽은 1979년 10월 26일까지 18년 동안 우리는 항상 그의 독재 아래에서 기를 펼 수 없었다. 부정 · 부패 · 불공평에 대한 반대나 생존권에 대한 요구까지도 '반정부적'이거나 '반공이라는 국시'에 어긋난다고 구속하기 일쑤였다. 특히 1972년 10월 이후의 유신 시절에는 대통령 직선제가 모든 사회운동의 투쟁 목표였다는 사실을 우리는 매우 부끄럽게 생각하지 않을 수 없다. 그런데 군사 쿠데타가 성공하기 바로 1년 전인 1960년 4월에는 학생 혁명이 일어나 이승만의 독재를 타도하고 학생들이 사회의 주인공 노릇을 한 적이 있기 때문에, 박정희 독재는 더욱 참을 수가 없었고 그리하여 학생들의 희생도 그만큼 더 컸다.

왜 박정희 일당은 무지막지한 독재 권력을 행사했을까? 자기 가족과 자기 패거리의 부와 안락을 위해 독재 권력을 행사한 것은 모두가 아는 사실이다. 그중 하나만 예를 들면, 노무현 정권 때 국가정보원 원장 직속으로 설치된 민·관 합동 기구인 '국가정보원 과거사건 진실 규명을 통한 발전위원회'가 2005년 7월에 발표한 '부일富日장학회 등 헌납 사건'이다.

"박정희 정권이 중앙정보부에 지시하여 부산일보·한국문화 방송·부산문화 방송 등 언론사를 소유하고 있던 김지태를 1962년 4월에 구속한 뒤, 처벌을 면해주는 조건으로 언론 3사가 가진 주식과 부일장학회 기본 재산 명목의 토지 10만 147평을 헌납 받았고 …… 김지태가 헌납한 재산은 당연히 공적으로 관리되고 운영되어야 하나, 실제로는 5·16장학회를 거쳐 정수正秀장학회(박정희와 육영수의 이름에서 작명했다)로 이어져왔으며, 그 과정에서 사유재산처럼 관리되어왔고 장학회의 이름에서도 특정한 집단이나 개인을 내세웠으며, 그동안 이사진도 대체로 박 대통령에 의해 선임되었고 그의 사후에도 유족을 중심으로 운영되었다."[1]

박정희는 가장 독재적이고 부패했으며 민주화 운동, 노동운동, 빈민 운동, 학생운동 등을 탄압하기 위해 비상계엄 등을 수없이 실시했다. 그리고 그의 패거리도 공공연한 억압으로 치부하기는 마찬가지였다. 1973년 미국으로 망명

1. 김수행·박승호, 《박정희체제의 성립과 전개 및 몰락: 국제적·국내적 계급 관계적 관점》(서울대학교출판부, 2007).

한 전 중앙정보부장 김형욱은 미국에서 갑부 생활을 하면서 박정희를 비판하다가 1979년 파리에서 행방불명이 되었는데, 그의 자서전을 보면 그 당시의 권력층의 탈법과 방탕에 어안이 벙벙해진다.

그런데 그 당시에 세계는 자본주의 진영과 사회주의 진영으로 나뉘어 각 진영의 대표로서 미국과 소련USSR이 사사건건 열전과 냉전을 하고 있었다. 한반도는 두 진영이 직접 대치하고 있는 특수 지역이어서 미국 정부가 남한을 자본주의 진영의 '쇼윈도show window'로 관리하려고 노력하였다. 미국 군인이 주둔하고 있었고 미국의 군사원조와 경제원조가 남한 정부의 예산에서 매우 큰 비중을 차지하였다. 게다가 미국의 경제 고문단이 남한 경제의 운영 과정에 개입하고 있었고 남한의 무역 상대국은 수출이나 수입에서 미국이 절대적이었으며, 남한의 정치계와 경제계·학계는 친미주의자들이 독차지하고 있었다. 이런 상황에서 박정희가 '죽을 때까지' 독재 권력을 행사할 수 있었던 것은 미국 정부의 국가이익이 박정희의 독재 정치에 의해 보호되고 있었기 때문이다(미국 정부는 라틴아메리카에서 '자기 마음대로' 집권 정부를 '무력으로' 갈아치운 전례가 수없이 많다).

박정희 일당이 쿠데타를 일으키면서 내세운 '혁명 공약'의 맨 위에다 "반공을 국시로 한다"고 한 것은 1960년의 학생 혁명이 남북통일을 가장 중요한 과제로 제기한 것과는 정반대였다. 그 당시의 국력을 비교할 때 남북통일을 시도했더라면, 남한이 북한에 '흡수통일'되어 사회주의 진영의 '우월성'이 증명되지 않을까 미국 정부가 겁을 냈을 것이고 박정희 쿠데타 세력이 미국 정부가 낳을 우려를 불식하기 위해 '통일 세력'을 파괴하겠다는 결심을 제1의 혁명 공약으로 천명한 것이었다. 이런 형태의 남한과 미국 사이에 종속 관계는 특히 이승만 정부의 탄생에서 잘 나타났다. 일본 제국주의가 항복한 1945년 8월

이후 미국 군인들이 남한에 진주하여 1948년까지 군정을 실시하면서, 국민의 신망을 얻지 못한 이승만을 대통령으로 만든 것이다. 이승만은 그 뒤 12년 동안 독재 권력을 행사하여 '자주적 민족 독립 세력'을 제거하고 친일파를 부활시키고 친미파를 공고하게 만들었는데, 이런 대미 종속 관계는 박정희와 전두환 정권에도 그대로 이어졌다.

4·19와 5·16 그리고 한일 국교 정상화 회담이 전개된 1960년대에는 민주화 운동가, 통일 세력, 학생운동권, 노동운동가, 양심적 지식인은 대체로 "우리도 외세에 의존하지 않는 '자주 자립의 민족경제'를 건설하자"는 '민족주의적' 열기에 휩싸여 있었고 더욱이 "급속한 경제개발을 위해서는 '경제계획'이 필요하다"고 주장했다. 이리하여 미국 정부가 우리 정부에 제공한 경제 원조, 특히 잉여농산물이 남한 경제에 미친 영향이 분석되었고 제3세계의 혁명(나세르의 이집트, 수카르노의 인도네시아, 카스트로의 쿠바, 네윈의 미얀마)이 큰 관심을 끌었다.

그러나 미국의 무상 원조와 차관 그리고 일본의 청구권 자금에 의존하지 않고 우리 스스로 경제개발을 급속히 추진하자는 민족주의 세력은, 자본가계급과 지주계급 및 관료층의 부를 '사회로 환원하는' 바탕 위에서 경제개발을 개시할 수밖에 없다는 '민중주의'를 추구하지 않았다. 이 때문에 경제개발에 필요한 재원을 어디에서 동원해야 하는가 하는 문제에 발목이 잡히고 말았다. 더욱이 제3세계의 혁명이 '자본주의적 발전의 길'을 따르지 않고 '지도되는 자본주의guided capitalism'의 길을 따르고 있다고 파악한 민족주의 세력은 정부가 경제개발 계획을 세워 추진할 수밖에 없다는 사실에 직면한다. 과연 정부의 부패한 관료들이 국영기업을 제대로 설립하여 운영할 수 있을 것인가 하는 의구심을 떨쳐버릴 수가 없었다. 이리하여 결국 민족주의 세력은 박정희 독재 정권이 제시하는 경제개발 전략(정부가 국내외에서 모든 재원을 조달하여, 이 재원을 정부의 경제개발계획에 따라 '유능한 재벌'에게 값싸게 공급하고 재벌이 경제개발을 사실상 담당하는 것)에 동의하지 않을 수 없었다. 여기에서 독재 정권이 재벌에게 온갖 '특혜'를 주면서, 다른 한편으로는 재벌들이 중소 하청기업들에게 납품가를 인하하고 대금 결제를 연기할 뿐 아니라 소비자에게는 독점적인 높은 가격으로 수탈하는 것을 묵인하였고 독재 정권은 특히 노동자와 농민 등 민중에 대한 압박을 강화하여 생활수준을 점점 더 악화시켰다. 2012년 현재의 한국 자본주의의 원형이 박정희 독재 정권 시대에 뿌리내린 것이다.

1960년대와 1970년대에는 이 '썩어빠진' 자본주의 이외에 '새로운 사회'가 있다는 사상이 전혀 나타나지 못했다. 일제 식민지 시대와 1945~48년의 해방 공간에서 상당한 세력을 얻었던 마르크스경제학은 1948년 대한민국 정부가 수립되면서 '불법화' 되었고 그 뒤에는 경제사 분야와 농업경제학 분야에서만 겨우 명맥을 유지하고 있었기 때문이다.[2] 그리고 북한의 사회주의(또는 공산주의)는 정부가 통제하는 언론 매체를 통해 '노동하는 개인들을 착취하여 자기의 배를 불리는 김일성 독재 집단'으로 묘사되기가 일쑤였으므로, 박정희 독재와 김일성 독재가 비슷하다는 이미지에 따라 사회주의와 박정희식 자본주의가 동일하다고 오해하는 경우가 많았다. 다시 말해 사회주의라는 자본주의 이후의 새로운 사회는 마르크스가 의미한 노동자계급과 자본가계급이 사라진 '자유로운 개인들의 연합association of free individuals' 이라는 것은 상상하지도 못하고 국유화한 생산수단을 당 관료가 마음대로 관리하는 소련식 계획경제

---

2. 김수행, 《한국에서 마르크스주의 경제학의 도입과 전개 과정》(서울대학교출판부, 2004).

라고 확신하였으므로 히틀러의 파시즘과 박정희의 독재 체제를 '사회주의' 라고 오인하는 경우가 생긴 것이다.

위와 같은 무지몽매한 정치적·경제적·사상적·학문적 환경에서 '민중' 과 '민족' 과 '민주' 를 모두 달성할 수 있는 '새로운 사회' 를 제시한 일곡의 사상은 크게 돋보일 수밖에 없었다. 일곡은 '자본주의적 기업농' 을 창설하려는 정부의 시책에 반대하여 '농업 협업화를 통한 농민들의 연합' 을 주장하였다. 농촌에 지주와 머슴이라는 기존의 지배·복종 관계에다가 자본가와 임금 노동자라는 새로운 '착취' 관계를 도입하는 것이 농업의 발달은 물론 농촌 사회의 '민주화' 에 역행하는 것이라는 주장이다. 경작자인 농민들이 일정한 토지와 농기구를 '공동으로' 소유하면서 함께 생산하고 생산의 결과를 평등하게 나누어 가지는 것이 농민에 대한 착취를 막고 농민들의 협동과 단결을 강화하며 농민을 정치 세력으로 등장시키는 길이고 농촌을 민주화하는 길이었기 때문이다.

그리고 박정희 독재 정권이 재벌을 '동반자' 로 승격시켜 재벌이 중소기업과 소비자를 마음대로 수탈하는 것을 해결하는 방법으로, 흔히들 재벌을 소규모 기업들로 해체하여 '경쟁 자본주의' 를 다시 도입하라고 요구했지만, 일곡은 재벌의 형성은 경제 발전에 한 산물이라는 것을 인정하면서 재벌을 해체하기보다는 오히려 재벌의 소유를 '총수' 로부터 '사회' 로 귀속시켜, 재벌이 자기 자신의 사적 이윤이 아니라 모든 국민의 필요와 욕구를 충족시키는 데 봉사하게 하라고 요구했다. 엄청난 고수의 발언이다.

사회의 소유는 개념적으로는 사회 구성원 모두의 소유지만, 현실적으로 보면 재벌 기업에서 노동하는 사람들이 이미 공장과 기계를 차지하면서 생산과 경영을 반듯하게 하고 있으므로, 그들이 이제는 공동으로 그 생산수단을 사용하면서 사회 구성원의 필요와 욕구를 충족시키기 위해 생산하면 된다. 이렇게 되면 "경제나 공장을 모르는 관료들에게 국영기업의 운영을 맡기는 것"에서 오는 의구심은 분명히 해소될 것이다. 이제 노동하는 개인들은 공장의 주인이 되므로 임금노예의 상태에서 벗어나게 되며, 다른 한편으로 생산수단을 잃게 된 자본가들은 착취할 대상인 임금노동자도 잃게 되므로 하루 종일 "저 노동자를 어떻게 착취할까?"라는 '나쁜' 마음에서 벗어나 새로운 인간으로 탄생하지 않을 수 없다. 이것이 바로 '노동자의 해방〉자본가의 해방〉인간 해방'이라는 공식이며, 이렇게 되어야 자본주의 이후의 새로운 사회가 '자유로운 개인들의 연합'으로 태어나게 된다. 급속하게 발달하는 과학기술을 이용하여 모든 사람들이 함께 하루 3시간씩 노동하더라도 모두가 행복하게, 자살하는 사람이 없이 더불어 잘 살 수가 있게 되는 것이다. 노동하는 사람에게는 하루에 12시간을 노동시키면서 수백만 실업자에게 희망을 빼앗아 가는 사회는 자본가가 이렇게 해야만 이윤을 얻을 수 있다고 생각하기 때문이다. 이제 이윤이 생산의 목적이 아니라 모두가 함께 일하면서 즐겁게 지내는 것이 생산의 목적이 되면, 인간성을 상실한 자본가들, 경쟁 속에서 스트레스에 시달리는 학생들, 의식주를 구하지 못하는 빈민들 그리고 흥청망청 방탕하는 사람들이 모두 사라진다. 이 사회에서는 일할 수 있는 사람은 모두가 일하면서 평등하고 자유롭게 생활하는 '인류'의 사회, 모두가 타인을 인류로서 상대하는 사회가 나타날 것이다.

이처럼 일곡은 한국 사회가 나아가야 할 길을 명료하게 '머릿속에' 그리고 있었는데, 이것은 내가 판단하면 일곡이 일본의 리쓰메이칸대학교에서 연구한 마르크스경제학의 덕택이었던 것 같다. 그런데 한국에서는 반공법이나 국가보안법이라는 무시무시한 족쇄가 있어 '글'로 모두를 표현할 수 없었다.

이리하여 자유민주주의에서도 어느 정도 허용하는 농민운동과 노동자 운동 및 민주화 운동에 일곡이 헌신하게 된 것이다. 농민 · 노동자 · 시민이 단결하여 거대한 공권력에 대항하지 않으면 양심 · 학문 · 언론 · 집회 · 결사의 자유라는 가장 초보적 부르주아 자유까지도 누릴 수가 없었기 때문이다.

박정희가 가장 훌륭한 대통령이었다고 생각하는 사람들이 아직까지 많은 이유는 무엇일까? 박정희를 찬양하면서 떡고물을 나누어 먹은 언론이 아직도 건재하기 때문이고, 박정희를 반대한다고 온갖 박해를 가한 정치적 경찰 · 검찰 · 판사의 계보가 아직도 지배하기 때문이며, 박정희에 협력하는 1퍼센트 상층부가 99퍼센트 서민을 마음대로 수탈하는 '차별 사회'가 아직도 존재하기 때문이다. 이런 사회 환경은 히틀러가 유태인 수백만 명을 죽이고 제2차 세계 대전을 일으켜 인류를 파탄에 빠뜨린 사회 환경과 거의 차이가 없다는 사실을 명심해야 할 것이다. 이제 또 박정희를 숭배하는 '진짜 박정희의 딸'이 자기 아버지의 18년 독재가 모자라 아버지가 하지 못한 유업을 완수하겠다고 대통령 선거에 출마했다. 히틀러의 딸이 독일의 대선에 입후보하려고 한다면, 여러분은 무엇이라고 코멘트할 것인가?

개인적으로 일곡에게 신세를 많이 진 것은 내가 한신대학교에서 쫓겨날 지경이 되었던 1986년 가을이었다. 수유리의 한국신학대학에서 종합대학인 병점의 한신대학교로 승격하는 과정에서 학교 기초가 제대로 구축되지 않았던 시기에, 더욱이 교수와 학생이 모두 박정희와 전두환의 군사독재에 가장 격렬하게 반대하는 '민주 대학'이라는 외부의 명성과는 달리 학내 질서는 전혀 민주적이지 않다는 것을 느꼈을 때, 나는 학교 당국과 보직 교수들에게 상당한 불만을 표하지 않을 수 없었다. 이러다가 인문학부와 경상학부의 교수들이 신학부의 몇몇 교수들과 함께 학장 불신임안을 교수회에서 통과시킨 것이 말썽

이 나서, 나와 정운영 교수에 대한 징계위원회가 구성되어 해임 이야기가 나오게 된 것이다.

그때 일곡이 1980년 김대중내란음모 사건에 연루되어 함께 감옥 생활을 한 해직 교수들과 기독교 장로회(기장) 원로 목사들에게 인사를 시켜주면서 우리의 '구명' 운동을 열심히 했다. 그리고 한신대의 신학부 원로 교수들에게도 선처를 부탁했다. 통이 매우 크시지만 일은 매우 꼼꼼히 챙기시는 일곡의 진면목을 자주 보게 되었다. 일곡이 너무 열심히 노력했으므로 우리는 미안한 마음을 금할 수가 없었다. 그러나 이 사건이 신학부의 주류 교수에게는 종합대학에서 신학부가 헤게모니를 쥐는가 잃는가 하는 큰 문제로 인식되고 있었으므로, 구명 운동은 처음부터 성과를 얻을 수 없었다. 그리하여 우리는 해임하라고 내버려두고 법정으로 갈지 아니면 그냥 사표를 내고 끝을 낼지를 경상학부 교수들과 논의했다. 그 당시는 전두환 정권이 고수하던 대통령 직선제 불가에 대한 투쟁이 더욱 크게 벌어질 판국이었다. 그래서 민주화 세력의 힘을 약화시키지 않기 위해 우리가 사표를 내기로 합의했다. 일곡도 "잘했다"고 격려했다. 그 뒤 1987년 6월항쟁의 덕택으로 내가 서울대학교에 자리를 잡았고 일곡이 1년 동안 런던대학교에 방문 교수로 오셔서 사모님, 따님과 함께 런던에 계실 때 술을 마시면서 즐겁게 지낸 것이 기억난다.

갑자기 입원하고 돌아가시는 바람에 일본 유학 생활과 해방 정국 그리고 초기 한국 경제학계 이야기를 모두 듣지 못한 것이 매우 아쉽다. 사모님과 아들딸들이 일곡 사업을 계속 이어나가시기를 바란다.

한 농촌 경제학자의 옥중 서신

임헌영(문학평론가, 민족문제연구소 소장)

고난 시대의 스승님들

험악한 시대일수록 참다운 스승을 갈망하기 마련이다. 1970년대와 1980년대 우리 현대사는 더더욱 그랬다. 사상과 국제정치 분야에서는 리영희, 역사는 강만길, 사회 언론은 송건호, 경제는 박현채, 농업경제는 유인호, 사회학의 김진균 그 외에도 여러 분들이 우리 시대의 스승으로 자리매김하여 든든했다. 1927년생인 송건호, 1929년생인 리영희, 유인호, 1933년인 강만길, 1934년인 박현채, 1937년인 김진균 선생님. 1941년생인 나에게 모두 큰 스승님들이었다.

모교의 은사님인 유인호 교수는 농업경제학이라, 내 문학 전공과는 울타리가 멀어서 정작 재학 시절에는 가까이 모실 기회조차 가지지 못했다가 유 교수님이 해직당한 뒤에야 우리 시대의 스승으로 뵙게 되었다. 유 교수의 화갑 기념 논문집《우리 시대 민족운동의 과제》의 편집위원은 장을병, 박현채, 김진균, 이호철, 정윤형, 리영희 선생으로 구성되었는데, 이 책을 내게 된 배경을 장을병 교수는 이렇게 밝힌다.

"남달리 정열적으로 늙기에 인색한 유 교수님이라, 한사코 사양하면서 '정년 퇴임' 때나 고려해봄 직하다"는 걸, 세월이 험한 판에 "진정 정년 퇴임을 보장받고 있습니까"라고 역습하여 얻은 결과라는 것이다. 장 교수의 공격이 주효했던 이유는 1963년부터 중앙대학에 재직 중이었던 유 교수가 1980년 7월에 본인의 의사와는 전혀 관계없이 해임당했기 때문이다. 화갑 기념 문집을 발간했던 시기가 복직(1984년 9월)한 지 불과 2년 뒤였던지라 '해직'의 고통이 그대로 생생했을 터다.

책 제목을 경제문제만이 아닌 민족운동 전반으로 넓힌 건 "최근 유 교수님의 활동은 경제학 분야에만 국한되고 있는 것이 아니라 정치, 사회, 종교, 노동, 문화 등 온갖 분야에 고루 걸쳐 있다는 사실" 때문이다. 이 논문집에 참여한 필자들은 아래와 같다.

> 1. 민족운동의 기본 시각: 리영희, 박태순, 장을병, 김낙중.
> 2. 민중의 삶과 민중운동: 정호경, 한완상, 백욱인, 송기숙, 이우재, 문병란, 김진균, 임헌영, 김용복.
> 3. 민족경제를 위한 진단과 전망: 이경의, 정윤형, 김병태, 박현채.

군이 화갑 기념 문집을 자상하게 밝히는 까닭은 이 집필진만으로도 유 교수의 활동 영역과 교유의 폭을 유추할 수 있기 때문이다.

유 교수의 사모님 김정완 여사와 한국산문작가협회 활동을 함께한 지가 어언 10년이 된다. 김 여사님을 통하여 유 교수의 이미지는 더욱 선명하게 부각되었고 여러 자료를 찬찬히 챙겨 검토하게 되었다. 그러던 중 서고에서 유인호 교수님이 쓴《좁은 공간 긴 사연, 옥중 편지 모음》이란 희귀 자료를 찾았다. 이런 책을 두고서도 미처 읽지 못한 채 보관만 해온 데 대한 반성의 채찍으로 얼른 단숨에 읽으며, 옥중 서간문에 나타난 유 교수의 사념들을 정리해보고 싶은 욕심이 생겼다.

유 교수가 연행된 것은 1980년 6월 26일. 김정완 여사의 글 〈편지로 못 다한 옥바라지 이야기〉를 보면 "인상 고약하고 체격이 우람한 사내들에게 남편이 연행되었다. …… 하루하루 애만 바짝바짝 태우고 있는데 7월 4일 신문에 대서특필로 '김대중내란음모 사건' 과 함께 남편의 이름이 적혀 있었다. 더욱이 과도정부 구성에 농업경제 담당으로 올라 있었다. 정말 어처구니없는 얘기였다. 김대중 씨와는 만난 적이 한 번도 없다는 것은 나와 우리 아이들이 너무나 잘 아는 사실이다"

이어 이 글에서 밝힌 대로 따라가보면 유 교수는 7월 15일 계엄 포고령 위반으로 구속, 서울구치소 수감, 8월 1일 군법회의에 피소, 8월 9일 첫 접견, 계속된 재판, 11월 3일 2년 징역 선고 직후 바로 남한산성 육군교도소로 이감되었다가 12월 11일에 석방되었다. 도합 169일 징역인데, 당시의 시국 사건 중에서는 그야말로 '징역' 이기보다는 '구치' 수준이었지만 워낙 굵직한 사건이라 초기에는 생사를 넘나드는 공포의 연속이었을 것이다.

《좁은 공간 긴 사연》은 유 교수의 옥중 서신과 함께 김정완 여사와 세 딸과 한 아들의 편지가 시간 순으로 정연하게 배치되어 있다. 당시 막내딸은 초등학교 6학년, 둘째가 중학교 3학년, 큰딸이 고교 3학년, 아들은 대학 1학년이었다.

김 여사의 글은 물론이고 4남매의 글이 다 유려한 문장에 섬세한 감각이

번득이는 예술적인 향취가 넘치는 작품 수준이다. 아버지가 부재중인 집안을 어머니 모시고 학교생활에 지장이 없도록 꿋꿋하고 올곧게 살아가는 자세는 민주 인사의 가족들이 험난한 역사의 가시밭길 속에서 얼마나 힘겹게 헤쳐 나갔던가를 일깨워주는 산문으로 빛난다. 그 편지 사연들을 하나하나 다 소개하고 싶지만 모두에게 일독을 권하고 여기서는 오로지 유 교수의 편지에 나타난 독서 편력과 역사의식 문제만을 집중적으로 소개하고자 한다.

역사 인식의 자세

유 교수가 갇혔던 곳은 서대문구 현저동 101번지 서울구치소 9사 상 32방. 거기서 첫 편지를 쓴 것은 8월 13일. '인권'이란 단어가 있었던지 기억도 안 나는 전두환 쿠데타 통치 시절이었다. 이어 8월 16일자에서 유 교수는 "책의 차입 허가가 되기 전까지 구치소에서 빌려주는 책은 종교 서적이었는데 기독교의 《신약전서》와 《불교 성전》은 밖에서는 아마 이렇게 정성껏 읽을 시간을 갖지 못했을 것 같군"이라고 썼다.

책 차입이 되면서 유 교수는 무슨 책을 구해달라는 등 요구 사항이 부쩍 늘어나 사모님이 무척 힘드셨을 터. 덕분에 짧은 징역 속에서 유 교수는 인문학 대학원 한 학기를 마칠 만큼 풍성한 독서 목록을 작성한 셈이다.

이 서간집에 나타난 모든 책들을 분야별·시대별로 분류해서 그중 유 교수의 전공인 경제문제는 빼고 역사관이나 문학관에 초점을 맞추고자 한다. 목록에는 유 교수가 직접 읽은 것도 있지만 자녀들에게 읽히고 싶은 목록도 혼재되어 있다. 그만큼 네 남매와 유 교수는 역사와 시대적 가치관을 공유하고 있음을 느낄 수 있었다.

역사문제연구소 신년 하례식에서 인사말을 하고 있는 유인호 교수. 필자는 당시 역사
문제연구소 부소장이었다. 왼쪽에서 둘째에 앉아 있다(1988년 1월).

　　유 교수에게 가장 절실한 문제는 이상적인 인간 사회를 지향하는 유토피
아 의식으로 나타나는데 여기에 대해서 그는 토머스 모어의 《유토피아》를 거
론한다. "너무나 진보적이지. 그리고 시대적 한계성을 뚝 뛰어넘은 그 상쾌한
꿈나라"라고 평을 단 이 명저는 구태여 소개할 필요도 없을 것이다.

　　이런 유토피아문학과 관련하여 그는 《홍길동전》과 《허생전》을 언급한다.
이어 그런 유토피아의 건설에 절실한 사상서로 다산의 《목민심서》, 《흠흠신
서》, 《경세유표》 등과 다산 서한집 《유배지에서 보낸 편지》를 거론한다. 다산
이후의 사상가로 유 교수가 중시하는 인물은 단재 신채호로, '조선 역사상 일
천년래 제일대 사건'을 먼저 거론하고는 최홍규가 쓴 《단재 신채호》를 언급한
다. 단재에 대한 연구나 자료가 미처 궤도에 오르지 않았던 시절이라 유 교수
는 그 절실함을 강조하는 선에서 머물고 있지만 일관된 역사 인식의 맥락은 유

추할 수 있다.

유 교수의 주요 관심사 중 근현대 민족사를 빼어놓을 수 없는데 아쉽게도 이 분야에 대해서는 도서 목록이 그리 풍성하지 못하다. 다만 그 당시에 널리 보급되었던 이기백의《한국사 신론》에 대해서는 이례적으로 언급하고 있다.

역사학만이 아니고 모든 학문이 그러하겠지만 '방법론' 의 중요성을 다시금 느꼈지. 이 씨 나름으로 논리화하기 위한 노력을 볼 수 있으나 성공작이라고 하기에는 시일과 충실화가 필요한 것 같고.

옥중 서신이란 검열과 매수의 제한 등으로 도저히 구체적인 논평과 언급이 어렵기에 이 정도에서 독자들의 상상에 맡기는 수밖에 없다. 그런데 필자가 놀란 대목은 일제 식민지 전후에 대한 평가였다.

구한말을 그린 박경리 씨의《토지》를 보면서 느낀 점은 500년의 무게(의식구조, 생활양식, 생산방식, 통치 양태, 계급 간의 대립상 등)를 벗기란 참으로 어렵다는 것. 일제는 이 무게를 무자비한 방식으로 (자기 욕심에 따라) 청산하였다고 할 수 있겠지. 그런데 이 점은 좀 더 설명을 해야 될 거야. 그러나 누구라도 이 점을 테마로 연구하다가는 오해받기 알맞을 거야.

이 대목은 조선 시대의 유교적 봉건 체제가 너무나 완고하여 그 전통적인 가치관을 개혁하기가 여간 어렵지 않았는데, 일제의 강압적 통치가 양반계급의 영향력 감소에 도움을 주었을 소지도 있다는 지극히 조심스러운 진단이다. 자칫하면 식민지 근대화론자들의 주장과 일맥상통할 것 같지만 그런 건 아니다.

일본 유학 출신 경제학자다운, 유 교수 나름대로의 견해로 풀이하는 게 좋을 것 같다. 이런 주장을 한 배경에는 아시아적 정체성 이론도 작용했을 것으로 본다. 근대 자본주의의 맹아가 내재론적으로 어려울 수 있다는 전제에서라면 이왕 강요된 식민 체제에서 개혁에 박차를 가했을 수도 있다는 특이한 논리다.

조선 5백년을 "한자리에서 흐르지 못하고 고임으로써 썩을 대로 썩어" 버려서 "새로운 기운을 억압"한 시대.

특히 후반 약 2백 년은 외부 세계가 너무 큰 변화를 하였는데 그것을 받아들이지 못하였다기보다 변화를 이해하지 못하고 더 오므라들고 말았지.

이렇게 지적하는 배경에는 김용섭 교수를 비롯한 내재론적인 근대화론과 대치된다. 유 교수는 이 논지에서 아슬아슬하게 식민지 근대화론자들과 노선을 달리하고 있기에 혹 일부 독자들이 오해가 없기를 바란다.

필자가 이렇게 말하는 근거는 일본의 메이지유신을 평가하는 유 교수의 단호함 때문이다. 그는 시바 료타로司馬遼太郎의 《막말幕末》을 언급하면서 일본의 개혁이 얼마나 잔혹했던가를 부각시킨다.

그들의 죽이고 찌르고 탈취하고 도망가고 노략질하는 모습이 생생하게 나타남을 보고 그들이 다음에 조선 침략의 선봉으로 왔으니 얼마나 잔인한 방법과 성급한 태도로써 나타났겠는가를 다시 생각하게 되었지.

메이지유신이란 "제일진이 죽고 제이진이 죽고 삼진이 죽은 다음 인물의 빈곤은 격심하게 되지. 그래서 하층 출신의 교육도 못 받은 이토 히로부미伊藤

博文와 이노우에 분타#上聞多 등 5류급 인물이 명치유신을 마무리 짓는다고 하겠으며 그들이 명치 정권을 주도하게 되고 또 그들이 조선 침략의 주도자가 되는 것이지"라고 유 교수는 보고 있다. 이 사실 여부를 가릴 만한 일본사에 대한 지식은 나에게 없기 때문에 유 교수의 주장을 그대로 소개할 수밖에 없다. 유 교수는 이 문제를 한 번 더 언급하면서 일제 잔재가 한국에 얼마나 잔혹한 비민주주적인 체제와 관행으로 굳어져 있는가를 강조한다. 이런 연장선에서 유 교수는 5·16쿠데타의 불합리성을 비판하고 있다.

1963년 1월 4일 밤, 청와대 접견실에서 열렸던 파티에 대해서 슬쩍 언급한 그는 "초청한 사람은 대통령 권한대행 박정희 대장이었고 초대받은 사람은 12명이었던가"라고 얼버무리면서도 그 역사적인 중요성 때문에 명단이 남아 있다고 밝힌다.

그날 밤에 술 취한 십여 명이 생각나는구나(집의 어느 서랍엔가 초청장 뒷면에 명단과 얘기의 초점을 적어둔 것이 있을 거야). 이 세상을 떠난 사람도 몇몇이고 또 조국을 버리고 이민 간 사람도 있구나. 구치소에 있는 사람은 나 혼잔가.

이어 혼잣말처럼 되뇌었다. "하기야 작고한 P교수와 나 두 사람을 제외하곤 모두가 장관을 지냈거나 그와 동등한 대우의 자리를 받았고 또 두 사람에게도 기회가 없었던 것도 아니었으니"라는 토를 달면서 왜 자신이 5·16쿠데타 세력과 결탁하지 않았던가에 대한 이유를 간접적으로 시사한다.

새마을 운동에 관해서는 그 출발 동기며 목적의식에 구석구석을 잘 아는 사람이 아버지라고 할 수 있지. 그것을 시작하기 전에 아버지의 '농업 협업화 이론'으로 전개해주도록 몇 차례의 권유를 받은 바 있지. 또 아첨하는 사람들은 나를 업고(나도 손발이 멀쩡하고 걸어 다닐 수 있는데) 한탕 해먹어보자는 식으로 달려들기도 하고. 물론 아버지는 거부한 것은 당연하잖겠나. 집권자의 욕심을 채우기 위한 운동으로 사회 개혁은 불가능한 거야. 민중의 조직된 힘을 떠나서는 될 수 있는 것이 아니야.

새마을운동을 농업 협업화의 방향으로 나아갈 것을 건의했으나 정치적 목적을 우선시하면서 유 교수는 일단 물러섰다는 논리다.

삼천만의 민중사 《토지》

감방에서 독서는 유용성도 중요하지만 오락성도 무시할 수 없기에 유 교수의 도서 목록에는 《테스》를 비롯한 소설도 등장한다.

"《테스》는 너무 잔인한 것 같아. 그러나 우리 아이들이 다 한번 읽어보면 좋겠어. 어느 나라이건 그 사회의 저변 생활에서 그 시대의 의식을 알 수 있을 테니"라는 지적은 자신의 전공이 어디까지나 농촌 사회 경제사임을 입증해준다. 이런 경제사적인 의미 말고도 그는 "《여자의 일생》이나 《테스》나 다 같이 남자 눈으로 본 '불쌍한 여자'로 끝나지 않았는지"라고 하여 페미니즘적 시각을 드러낸다.

유 교수가 이 서신에서 문학인으로 가장 높이 평가한 것은 김정한과 박경리였다. 김정한은 주로 《낙동강의 파수꾼》에 대하여 언급했는데, 실제로 이 저서의 중요성은 지금 읽어도 새로울 정도로 문제 제기가 참신하다.

박경리의 《토지》에 대해서는 극찬을 아끼지 않는다. "내가 옥중이 아니고

밖에서 읽었더라면 틀림없이 전화하여 일배주를 권했을 거요"라고 쓰기도 하고, "몇 차례 '서대문감옥소'가 등장하는데 서대문감옥소에서 서대문감옥소 얘기"를 읽고서 독후감 쓰겠다는 포부를 밝히기도 하면서 이 소설을 "삼천만의 민중사"라고 논평했다.

이 소설이 지닌 역사적인 의의를 유 교수는 "김두수란 놈은 오늘 너무 많이 출생하여 우리들의 생활을 괴롭히고 있는 것 같기도 하고. 조준구의 숫자도 오늘 많이 살고 있지. 매국노 밀정 김두수는 그 비뚤어진 성장 과정에서 형성된 정신 상태, 그러한 자들이 8·15 이후 또 큰 역할을 하게 되었으니. 아니, 오늘까지도 무수히 살아서 역사 회전에 큰 부분을 점하고 있을지도 모르지"라고 정확히 꼬집는다. 이렇게 극찬하면서도 경제학자답게 그는 아래 사항을 작가에게 주문한다.

> 문외한인 내가 한 가지 주문을 한다면 제목도 《토지》이니 총독부에 의한 토지 조사사업이 얼마나 많은 농민들을 울리고 사회적 변화의 물질적 토대를 마련해서 이 나라 농민들을 북간도와 서간도로 이동시켰는가에 대한 부분을 조금 더 연결해주었으면 하는 점이지(이 점도 언급되고 있지만 약한 것 같아서).

정확한 지적인 듯싶다.

살아 계셨으면 민주화 10년 동안에 우리 농촌 정책에 큰 힘을 보태셨을 걸 생각하면 못내 아쉽다. 선생님의 후학들이 그 학풍을 이어가는 게 여간 든든하지 않다. 사모님과 4남매가 선생님의 정신을 펴내는 데 일조할 수 있도록 온 집안에 행운이 가득하기를 빈다.

행동으로 실천하는 민중경제학자

박승(전 한국은행 총재, 중앙대 명예교수)

유인호 교수는 1929년생이니 나보다 일곱 살 위다. 내가 유 교수에 대해 처음 들은 것은 1959년께로, 당시 한국농업문제연구회 회장인 주석균 씨와 내 친구 박현채를 통해서였다. 나는 서울상대에 재학하면서 한 해 선배들과 함께 학내에 농업경제연구회를 창립하고 자주 세미나를 열었는데 그때 단골 초대 손님이 주석균 씨였다. 나의 대학 동기인 박현채는 주석균 씨가 운영하는 한국농업문제연구회에서 간사로 일하기도 했는데 나와는 가까운 사이였다. 당시 유인호 교수도 이 연구소 연구원으로 있었기 때문에 이 두 사람한테서 유 교수 얘기를 들었지만 서로 만난 일은 없었다.

유인호 교수를 만난 것은 한참 뒤인 1976년 9월에 내가 중앙대 경제학과 부교수로 부임해서다. 나는 대학 졸업 후 한국은행에 입행했다가 뉴욕주립대학에서 뒤늦게 학위를 마치고 40세 되던 해인 1976년 가을 학기부터 중앙대 강단에 서게 되었는데 거기서 유 교수와의 인연을 맺게 된 것이다. 그때 중앙대 경제학과에는 선임 교수로 유 교수와 경제 사상사를 전공한 정해동 교수가 있었고 나와 비슷한 또래로는 미국 유학에서 돌아온 정조섭, 김인기, 안충영 교수가 있었다.

유 교수와 나는 학문적인 입장이 많이 달랐다. 나는 자유 개방 경쟁을 기본으로 하는 시장주의 주류 경제학자였지만 그는 마르크스경제학의 바탕에서 주변국(후진국)들은 중심국(선진국)들에게 종속하여 수탈된다는 종속이론을 지지하고 경제 개방에 부정적인 비주류 경제학자였다. 그러나 정치 · 경제 · 사회의 개혁을 주장하는 입장에서는 같았다. 우리는 다 같이 군사독재 정권에 반대했으며 남북 간에는 서로 교류 · 화해하고 평화통일을 해야 한다고 생각했다. 재벌의 독점적 행태에 비판적이었으며 빈부 격차 축소를 위한 사회 개혁을 주장했다. 그래서 우리는 학문적인 입장 차이에도 불구하고 서로 이해하고 가깝게 지내는 사이가 되었다. 나와 박현채의 관계도 그랬다.

내가 학문적인 입장 차이에도 불구하고 유 교수를 훌륭한 시대적 지성이라고 말하는 것은 그의 학문은 그 자신을 위한 것이 아니라 남을 위한 것이라는 점 그리고 그러한 학문적 신념을 행동화하고 실천한 사람이었다는 데 있다. 여기서 말하는 '남'이란 민중을 뜻한다. 그래서 그는 "민중을 위한 학문적 신념을 행동화한 사람"이라고 평가할 수 있다.

경제학을 공부한 사람들은 대개 그 지식을 자기 또는 자기가 속한 기득권 계층의 이익과 영달을 위해 활용한다. 부동산을 많이 가진 경제학자가 부동산 중과세를 주장하는 사례는 매우 드물다. 경제학자가 부정한 권력에 협력하여 출세를 도모하고 재산을 모으는 데 학문을 이용하는 사례를 우리는 많이 보았다. 그러나 유 교수는 그러한 사람이 아니었다. 그는 어디선가 "직업 경제학자들이 그 지식을 자기 보신을 위한 수단으로 삼고 있다"고 비판한 일이 있다.

그의 경제학은 농어민, 영세 상공인, 실업자, 저소득자 등 민중을 위한 경제학이었고 그 자신은 민중을 위한 경제학을 위해 고행의 길을 선택한 경제학자였다. 그가 가장 관심을 기울인 분야는 농업 문제였다. 유 교수는 한국의 농업이 살 길은 협업 농업이라고 역설했다. 전통적인 가족 영세농으로는 빈곤에서 벗어날 수 없고 그렇다고 기업농을 할 수도 없는 환경이기 때문이었다. 영세농들의 생산과 분배를 협동화하고 사회화하자는 것이었다. 그리고 저소득 계층에 대한 적극적인 사회정책으로 소득 격차 문제를 해결하자고 했다.

그는 재벌과 외국 자본에 대해 비판적이었다. 대기업은 필요하다고 했지만 재벌이라는 기업 조직은 독점으로 치닫고 공정 경쟁을 저해하기 때문에 해체해야 한다고 했다. 그리고 외국 자본은 후진국 경제를 개발하는 순기능보다도 선진국이 후진국을 수탈하는 매개 수단이라는 역기능이 더 크다고 보았다. 이런 점에서 그는 민족경제론자 또는 자립 경제론자라 할 수 있으며 바란, 프레비시 등으로 대표되는 종속이론과 맥을 같이하는 것이다. 이러한 그의 생각을 잘 나타내주는 사례로 5·16군사쿠데타 직후에 그가 구상한 정유 공장 건설을 들 수 있다.

1961년 군사쿠데타 후 이 세력의 성격에 대해 논란이 많았는데 일부에서는 박정희의 남로당 관련 과거 경력 등과 연관하여 결국은 사회주의적 정책을 추구할 것이라는 말이 많을 때였다. 그런데 혁명 주체들은 정유 공장을 세우기로 하고 쿠데타에 성공한 3개월 뒤인 1961년 8월, 젊은 동국대 교수 유인호에게 계획안을 짜도록 요청했다. 유 교수 나이 32세 때 일이다. 유 교수가 올린 기본 계획은 외자를 일체 배제하고 순수한 민족자본으로 건설하고, 운영 주체도 외국 메이저 회사를 배제하고 순수 국영 회사로 하며, 원유 공급도 메이저 석유 회사에 맡기지 않고 정부가 직수입한다는 것이었다. 이러한 계획안은 결국 외국 자본과 외국의 메이저 석유 회사를 끌어들여야 한다는 안에 밀려 채택되지 못했지만 유 교수의 반외세적 발상이 잘 나타나는 일이었다.

그가 다른 경제학자들과 크게 다른 또 한 가지는 자기의 학문적 신념을 행동으로 실천하는 사람이었다는 점이다. 경제적 측면에서는 자본주의 체제에서 소외되는 민중 중심 경제, 정치적 측면에서는 민주주의 질서 그리고 남북 관계에서는 평화 체제와 평화통일, 이것이 유 교수의 학문적 신념이었다. 그러나 이러한 신념은 당시의 재벌 중심 경제 질서, 군사독재 체제, 남북 냉전 체제 하에서는 내놓고 주장할 수 없는 것이었다. 그래서 나를 포함해 많은 경제학자들이 유 교수와 뜻을 같이하면서도 이를 행동으로 옮기지 못했던 것이다. 그러나 유 교수는 위험을 무릅쓰고 이를 실천했다.

1961년에 군사독재 정권이 들어서고 1972년 10월에는 박정희의 유신 정치가 시작되었다. 유신헌법은 대통령을 통일주체국민회의라는 관변 조직에서 선출하고 이렇게 뽑힌 대통령은 6년 임기에 중임할 수 있고 국회의원의 3분의 1과 모든 법관을 임명하며 국회 해산권과 긴급조치 발동권을 갖도록 하였다. 이러한 독재 체제가 1979년 박정희의 사망으로 종식되는가 했으나 그 뒤를 이은 전두환 신군부는 1980년 광주민주화운동을 유발하고 군사독재 체제를 이어갔다. 그래서 이러한 군사독재 체제에 항거하는 민중 항쟁이 끊이지 않았으며 대학은 늘 반정부 시위의 소용돌이에 휩싸여 있었다.

1980년 광주민주화운동 때 나는 중앙대의 경제학과장으로 있었고 4년 뒤에는 정경대학장으로 있었는데 이 시기에 학교는 학생들의 반정부 시위로 하루도 편한 날이 없었다. 학생들은 적게는 수백 명, 많게는 천여 명씩 모여 스크럼을 짜고 교문을 나가 최루탄으로 맞서는 경찰과 대치하는 것이 매일 같은 일과였다. 학교 안에는 중앙정보부 요원과 경찰 정보계 형사들이 상주하여 교수와 학생들을 감시했다. 이 때문에 당국에서는 대학 주변의 보도블록을 모두 걷어내고 콘크리트로 대체하기도 했다.

이때 군사정부에서 데모 주동 학생들을 처벌하라고 강력하게 지시하였고 학교 당국도 이를 거역하기 어려운 상황이었다. 군사독재에 반대하고 학생 데모를 내심 지지하는 나는 끝까지 학생 처벌을 반대했고 그래서 당시 정경대학에서 별다른 희생자가 없었다. 그러나 군사정권을 공개적으로 반대하고 나설 용기까지는 없었다. 거의 모든 교수들이 나와 같았다. 그러나 유 교수는 달랐다. 그는 공개적으로 학생들 편에 섰다. 그뿐 아니라 1980년 5월 광주민주화운동 이틀 전에는 '134인 시국선언'을 주도하고 낭독함으로써 그해 7월부터 4년에 걸쳐 교수직을 해직당한 바 있다. 여기 그치지 않고 김대중내란음모 사건에 연루되어 옥고를 치루기도 했다.

경제 면에서는 한국의 산업화가 외자 도입 주도, 재벌 주도, 정부 주도로 나아가면서 농업의 황폐화와 재벌 독점화가 심화되었다. 이에 유 교수는 박현채 등과 함께 농공 균형 발전과 민중 생존권 보장을 주장하고 반재벌 운동의 선봉에 섰다. 남북 관계에 관한 유 교수의 신념은 남북이 한 핏줄이라는 것 그리고 언제든지 반드시 통일되어야 한다는 인식을 우리 모두 공유해야 한다는 데서 출발한다. 그래서 북진 통일을 주장하던 냉전 시대에도 남북 교류와 평화 통일을 주장했으며 외세를 배제하고 우리 민족끼리 돕고 화합하여 통일로 가자고 하였다. 그가 민족자주평화통일 중앙회 공동의장을 맡아 활동한 것은 이러한 그의 통일관을 행동으로 실천하려는 것이었다.

유인호 교수는 불의와는 타협하지 않고 원칙을 고집하는 성품이었다. 그래서 그는 행동하는 민중경제학자가 될 수 있었다고 생각한다. 그러나 인간적으로 그는 매우 따뜻하고 인정 많은 사람이었다. 그래서 그의 경제학은 약한 사람, 소외된 계층이 그 중심에 있었던 것이다. 이러한 성품 때문에 따르는 제자들이 많았고 제자들에게 존경받았다. 중앙대 경제학과 학생들의 학술 모임인 스키안s-kian의 지도 교수인 그를 수많은 제자들이 존경하고 따랐다.

나는 유 교수와 잊을 수 없는 인연이 있다. 내가 경제학과장으로 있던 1980년으로 기억하는데 대학은 유 교수를 해직하라는 신군부의 지시를 어길 수 없는 상황이었다. 어쩔 수 없이 대학 당국은 해직을 결정하고는 경제학과장인 나에게 이 사실을 본인에게 통보하라는 것이었다. 세상에 이런 일처럼 내키지 않는 일이 있을까? 그때 유 교수는 홍제동에 살았고 나는 은평구 갈현동에서 살았다. 나는 귀가하는 길에 유 교수 댁에 들러 그 임무를 수행했던 기억이 있다.

그런데 4년 뒤인 1984년, 유 교수의 복직이 허용될 때, 당시 정경대학장이었던 나는 이를 통보하고 복직 절차를 진행하는 역할을 또 맡게 되었으니 인연치고는 기이한 인연이었다. 복직이 허용될 때 유 교수와 당시의 김민하 총장 그리고 나 세 사람이 광화문의 어느 술집에서 술을 마셨는데 그날 나는 내 일생을 통틀어 가장 많은 술을 마셨다.

유인호 교수, 그는 민중을 위한 스스로의 학문적 신념을 행동으로 실천하기 위해 고행의 길을 살다 간 용기 있는 사람이다. 그 발자취가 역사의 한 구석에 길이 남을 것이다.

세계적이며 미래지향적인
일곡의 학문

안충영(중앙대학교 석좌교수)

추모의 뜻을 담아

일곡 선생의 영전에 추모의 글을 올리면서 지금도 생존하신다면 평소에 즐겨 드시고, 마주 앉으면 대작을 권하시던 소주와 함께 한국 경제의 역사적 뿌리와 한국 경제의 현주소에 관하여 말씀을 나누고 싶은 생각이 너무나 간절하다. 최근 세계 경제의 글로벌화 속에서 예측 불가능한 대혼란과 선진국 경제의 장기 침체로 우리나라에서도 제기되고 있는 소득 양극화, 고실업, 재벌 개혁, 보편적 복지 대 선별적 복지 논쟁 그리고 경제 민주화에 대한 정치권과 지식인들 사이에서 일어나고 있는 백가쟁명식 정책 처방을 보면서 선생의 혜안이 더욱 간절하게 느껴진다.

필자와 일곡 선생은 인연이 각별하다. 필자가 미국에서 박사 과정을 끝내고 중앙대 경제학과로 부임이 확정되었을 때 필자의 모교 은사이신 경북대학교 경제학과 부광식 교수께서 일곡이 일본 리쓰메이칸대학 유학 시절부터 지기였다면서 일곡 선생을 필자에게 소개해주셨고 앞으로 교수 생활을 하면서 많은 가르침을 받도록 말씀하셨기 때문이다. 필자가 중앙대에 조교수로 부임한 1974년 8월에 일곡 선생을 처음 뵈옵고 인사드렸을 때 부광식 교수님의 학덕을 칭송하시면서 학교 보직 등에 관심을 두지 말고 학문적 일관성을 가지고 꾸준히 정진하라고 하신 말씀이 더욱 생생히 기억난다.

당시 중앙대 경제학과에서 일곡 선생은 한국 경제론과 경제사를 주로 강의하셨고 필자는 미시경제학, 거시경제학, 계량경제학, 선형경제학 등을 강의했다. 당시 중앙대 경제학과는 미국 경제학의 흐름을 따라 미국 박사 출신을 주로 스카우트하여 신고전학파 이른바 주류 경제학의 이론과 방법론의 학풍을 구축하려고 한 시기였다. 한마디로 시장경제의 테두리와 기본 가정 아래 최적화 이론의 방법론과 경험적 검증에 치중하고 있었다.

그러나 당시 일곡 선생은 학과의 가장 원로 교수로서 경제사와 한국 경제론을 강의하시면서 학생들에게 우리나라 경제가 일제 식민지 지배 체제에서 수탈되는 과정과 한국의 해방과 분단 그리고 그 뒤에 태동한 한국 경제의 기형적 자본주의의 역사ㆍ제도적 인과성을 조명하였다. 1960년대 이후 정경 합작의 재벌 주도 압축 성장에 내재한 구조적 모순점을 지적하고 중화학공업화가 낳은 불균형성장과 그에 따른 농업과 중소기업의 상대적 몰락 등 산업 간, 업종 간, 이중구조 및 다층화 현상에 대한 비판 의식을 정치경제학 차원에서 제기하였다.

이로써 일곡은 중앙대 경제학과 학생들이 재학 중 학문적 편식이 없도록 하는 데 크게 기여하였다. 현재의 경제 현상을 제도와 역사의 인과성에서 볼 수 있는 안목과 문제의식은 지식인의 기본적 자질이다. 대학은 최고 지성의 요람으로서 사회현상에 대한 비판적 기능을 일차적으로 지녀야 한다. 일곡의 제도학적, 역사적 접근 방식은 중앙대 경제학과 학생들 모두에게 적지 않은 영향을 끼쳤다. 특히 자율적 공부 모임으로 출범한 학술 모임 스키안s-kian은 일곡 선생을 지도 교수로 모시고 자라났다. 지금도 오랜 전통을 지켜오면서 활발한 학술 활동을 키워가고 있다.

일곡은 당시 1970년대 한국 경제를 강타한 중동의 석유 위기와 중국의 개혁·개방정책이 한국에 미치는 세계사적 의미를 당시 우리나라의 대표적 지성 교양지인《신동아》등에 발표하여 중앙대 제자들은 물론 전국 대학가에 필명을 널리 떨쳐 전국의 대학생들의 지성을 비옥하게 하는 데 크게 기여하였다. 일곡 선생의 제도 경제학적이고 역사학파적 관점은 당시 소장 교수로서 경험적 방법론의 정치화에 몰두하여 있던 필자가 중동의 석유 경제와 중국의 개혁·개방이 지니는 장기적 정치경제 함축성을 새로운 시각과 안목에서 볼 수 있게 해주었다.

일곡은 저서 스물다섯 권과 번역서 세 권, 즉 애덤 스미스의《국부론》, 모리스 돕의《후진국 경제개발이론》, 얀 티버겐의《경제정책 이론》을 저술하였다. 그리고 700편이 넘는 시론과 논문 그리고 평론을 발표했다. 그 수많은 저작들을 하나하나 음미하지 않은 채 선생의 학문 세계를 평가한다는 것은 나무만 보고 숲을 보지 못하는 우를 범할 수 있음에 송구한 마음마저 든다. 그러나 일곡의 학문 세계에서 분명히 평가할 수 있는 사실은 경제학의 방법론에서 정치 경제학적, 역사적, 제도학적 분석과 접근법은 흔히 사상적 철학적 기초와 성찰이 없이 방법론의 기교론에 함몰된 후학들에게 학문적 다원성의 지평을 열어주었다.

경제학자의 행동하는 양심

일곡 선생은 평생을 통하여 경제학자로서 행동하는 양심 그 자체였다. 학교 재단의 동향이나 학장, 원장, 총장 등 학내 보직에 전혀 관심을 두지 않았기 때문에 학내에서는 이류=流 교수로 보일지 모르나 교문을 나서는 순간 민족경제의 장래에 대하여 심각하게 고민하고 정책 처방을 지니고 있는 초일류超一流 교수라는 일곡의 자긍심을 필자는 자주 목격할 수 있었다. 일곡은 한국의 압축적 자본주의 발전 과정에서 시장의 실패가 가져오는 여러 가지 병폐와 자원 배분의 왜곡을 날카롭게 지적하고 그것을 교정하는 대안 제기에 선구자적 역할을 하였다. 정경 합작을 통한 초고속 공업화를 위하여 공산품과 농산품 사이의 부등가 교역 체계를 분석하고 농업의 구조적 사양화에 따른 문제점은 일곡의 지대한 관심사였다.

한국 경제의 정경유착과 재벌 주도 압축 성장의 문제점을 비판한 일곡의 평소 입지는 행동하는 양심으로 나타나 1980년 봄, 신군부의 등장에 맞서 정치 민주화와 경제 민주화를 촉구하는 중견 교수들의 시국선언을 앞장서 유도했다. 신군부는 일곡에게 김대중내란음모 사건 연루자라는 전혀 근거 없는 죄명과 함께 계엄 포고령 위반으로 옥고를 치르게 하였다. 신군부의 체제 비판 지식인에 대한 본격적 탄압은 마침내 일곡 선생으로 하여금 교수직까지 해직당하는 고초를 겪게 만들었다.

일곡은 민중·민족·민주 경제론의 접근 방식에서 정치경제학적 패러다임의 축성을 평생 고민하였다. 독과점 시장구조 아래 정부 주도 고도성장이 필경 소득분배의 악화와 산업 간, 계층 간, 지역 간 발전 격차는 궁극적으로 반발전적反發展的 파장으로 귀결됨을 예고하였다.

필자는 대외 개방형 성장 체제의 이점과 경쟁이 불러오는 효율을 우선시

정경대학 교수들이 함께 야유회를 갔다. 왼쪽에서 둘째가 필자이고 셋째가 유인호 교수다
(1984년 10월).

하는 입장에 서 있다. 후진국 정체를 극복하기 위하여 알렉산더 거센크론이 주
장하는 후발 주자의 이점을 최대로 활용하고, 특히 부존자원이 빈약한 소규모
경제는 대내 지향 자족적 경제체제보다 대외 지향 체제가 더 우월하다는 입장
에 있다. 필자는 세계은행이 지적한 동아시아 경제 기적의 관점에서 경제개발
과 관련된 산업, 금융, 통상 정책을 경험적으로 분석하고 저술하였다. 따라서
중남미 국가의 수입 대체 공업화 전략에 비교하여 시장경제 체제 아래 대외 지
향 공업화 전략으로 발전한 한국 경제의 성취는 종속의 반전이라고 생각했기
때문에 필자는 대외 개방 발전 모델에 관하여 일곡 선생의 해석과 접근 방식에
서 부분적으로 상이한 견해와 입장을 지니고 있었던 것은 사실이다.

사회 현상의 분석 방식에서 절대선이 존재하지 않는 것처럼 분석과 인식
론에서 다기한 접근 방식을 반드시 찾아야만 하는 학자적 소명에서 필자는 일
곡 선생의 혜안을 재음미하고 싶다. 일곡의 생애 업적이 더욱 빛을 발하는 이

유는 한국의 지식인 대부분이 체제를 옹호하는 관변 경제학자들이었으나 일곡 선생은 제도학적 관점에서 체제 비판적 양심을 초지일관하여 견지했기 때문이다. 이 점은 후학들에게 훌륭한 표상 그 자체였다. 한국 경제의 고도성장의 뒤안길에서 잉태된 재벌과 중소기업의 격차 확대, 도시와 농촌의 격차, 고학력자와 노동자, 농민들 사이에 존재하는 이중구조의 첨예한 대립에 대한 고민과 이를 시정하지 않으면 한국 경제의 고도성장은 심각한 위기에 직면할 것이라는 예단은 시대적 함축성을 지니고 있었다. 고도성장기 동안 정책 수립의 민주성을 강조하고 경제 발전과 정치적 민주화는 반드시 연계되어야 한다는 일곡의 경종은 한국 경제의 지속 가능성을 모색하기 위한 지성의 몸부림이었다.

탐욕 자본주의의 수정

가끔은 일곡 선생이 생존하여 계신다면 어떻게 대응하셨을까 궁금하다. 2008년 전 세계에 파장을 끼친 금융 위기를 계기로 장기 불황이 지속되는 가운데 소득분배의 불균형이 심화하고 빈곤 계층이 확대되고 개방이 낳은 대외적 충격으로 환율이 급격하게 변동되는 우리 경제의 상대적 취약성, 그로 인한 1998년 한국 경제의 IMF 관리 체제와 그 이후 동시 다발적으로 추진된 FTA로 농업이 쇠락하고 있는 사태에 대해 일곡은 어떻게 처방을 내릴 것인가? 지금 전 세계적으로 시장 만능 신자유주의에 승자독식 탐욕 자본주의에 대한 비판이 크게 일고 있다. 최상위 1퍼센트 계층이 경제성장의 과실을 독점하는 현상이 나타나고 있다. 마침내 자본주의 4.0 버전 논쟁이 도마에 올랐다. 신자유주의 경제 원리를 절대 신봉하던 세계경제포럼 창립자 클라우스 슈밥 회장도 2012년 1월 다보스포럼 리셉션에서 "우리는 죄를 지었다. 이제 자본주의 시스템을 개선할 때가 되었다"라고 말했다. 일곡이 생전에 제기한 시장 만능주의와 독과점의 부작용이 심각한 현실적 문제로 제기되고 세계적 반성이 일어나고 있는 것이다.

지금 세계 자본주의의 위기는 역사와 제도적 그리고 정치 경제학적 관점에서 이해되고 분석되어야 한다. 이러한 관점에서 일곡 선생이 중앙대 경제학과 커리큘럼을 경제 이론, 경제사, 경제정책론을 중심으로 짜야 한다고 교수회의에서 제기하였는데 필자도 그 기본 틀에 공감하였다. 지금 자본주의 비판론을 보면 경제 분석을 역사적·제도적으로 접근하는 방식은 사회과학의 방법론에서 필수 불가결한 요소임이 다시 입증되고 있다.

일곡 선생이 옥살이에서 석방된 직후 홍제동을 방문한 바 있다. 선생께서 수감되신 동안 고초를 겪으면서도 오랫동안 구상하였던《한일경제 100년의 현장》에 대한 골격을 다시 검토해봤다고 하셨다. 일제에 의한 강제 개항으로부터 일제가 조선 침탈의 수단으로 전개한 토지조사사업을 통하여 민족경제가 반봉건적 생산 체제로 재편성된 결과를 초래하였다는 진단과 함께 이승만 정부 아래 진행된 농지개혁은 취지와는 다르게 크게 왜곡된 미완의 개혁이었다는 점, 민족 분단은 미국과 일본에 의하여 획책된 제국주의 열강의 식민지 분할의 산물이라는 평가를 들은 바 있다. 1905년 태프트·가쓰라 밀약은 미국과 일본 제국주의의 아시아 식민 통치의 시발이었고 결국 그것은 민족 분단으로 연결되었으며 한국 경제는 제국주의 침탈의 희생물이 되었다는 사실을 장시간 논의하였다.

한국 경제의 지속 가능 발전과 동북아 공동체 그리고 통일

시장과 정부가 서로 관여하지 않는 자유방임의 고전적 자본주의, 복지국가 개념을 바탕으로 정부의 적극 개입을 수용하는 수정자본주의 그리고 뒤이어 정부 개입을 대폭 축소하고 글로벌라이제이션과 자유무역을 통하여 시장 기능이 강화된 신자유주의 자본주의에 대한 반성이 전 세계적으로 일어나고 있다. 우리는 정부와 시장이 상호 보완적 관계로 발전하고 대내외 환경 변화에 따라 유연하게 대응하며 경제성장의 과실이 공정하게 분배되는 지속 가능한 중규모 개방경제체제를 설계해야 한다. 그 과정에서 동북아의 경제통합과 남북통일을 위한 대장정도 우리는 시작해야 한다.

지금 우리나라는 경제 민주화 담론을 계기로 시장경제의 공정한 발전을 위한 적정 대안을 찾아야 한다. 지금 우리 경제는 재벌에 경제력이 더욱 집중되고 있으나 고용 없는 성장이라는 모순에 빠져 있다. 현재 상호출자제한을 받는 기업집단의 계열회사 수는 더욱 크게 늘어났고 물류, 광고, 시스템 통합, 건설 등 4대 분야의 경우 70퍼센트 이상이 계열사 간 내부 거래에 의존하거나 일감을 몰아주는 불공정 거래 관행이 일어나고 있다. 어떻게 공정화公正化할 것인가? 불합리한 이전가격 제도, 변칙 상속·증여와 순환 출자로 이른바 황제 경영을 가능하게 하는 지배 구조를 어떻게 개선할 것이며 세계적 경쟁에 노출되어 있는 우리 대기업의 경쟁력은 어떻게 제고할 것인가? 내수 지향 중소기업의 글로벌화는 불가능한 것인가? 기업 지배 구조의 재정립과 기업의 사회적 책임을 기업 스스로 이행을 통하여 첨예화되어가는 다층적 사회구조가 잉태하고 있는 사회적 긴장과 갈등은 어떻게 치유할 것인가?

지금 우리는 동시다발적 FTA를 추진하고 있다. 세계 최대 경제권 EU 그리고 단일 국가 경제로서 세계 1위인 미국과 맺은 FTA는 이미 발효되었다. 그리고 중국과 FTA도 공식 협상에 들어갔다. 거대 경제권과의 FTA는 일곡 선생이 그렇게도 염려하던 우리나라 농업의 쇠락을 가져오고 있다. 개방체제 아래 첨단 농업으로 우리의 농업은 거듭나야 한다. 식량 자급의 안보적 측면은 이상기후 변화로 더욱 강조되고 있다. 영농 규모의 영세성을 극복하고 기술혁신도 가능케 할 수 있는 협업 농업에 대한 일곡의 처방은 재조명되어야 한다.

1970년대 세계경제를 강타한 중동 석유 위기와 중국의 개혁·개방정책에 대한 일곡의 평론을 당시 필자는 감명 깊게 읽은 기억이 난다. 세계경제의 지형을 바꾸는 대변혁에 한국 경제가 어떠한 영향을 받을 것인가를 예단하였다는 점에서 일곡의 접근은 세계적이었다. 통일 한국의 미래 모습에 어떠한 영향을 끼칠 것인가를 구상하였다는 점에서 일곡은 미래 지향적이었다. 우리는 작금에 전개되는 미국과 중국의 새로운 G2 경제 시대의 한복판에서 동북아, 나아가서 동아시아 경제통합에 어떻게 참여하고 우리의 지향을 어떻게 설정할 것인가? 우리 경제의 일대 전환기에 일곡의 혜안이 더욱 아쉽다.

일곡기념사업의 완성을 기원하며

일곡 선생께서 평생을 통하여 초지일관 민중·민족·민주 경제론의 학문적 정립을 가능케 한 일등 공로자는 아마도 일곡 선생의 사모님인 김정완 여사시다. 중앙대 경제학과 교수들의 부부 동반 모임에 참석하시면 언제나 온화한 미소와 함께 일곡 선생의 수감 중에도 유쾌하게 모임의 분위기를 이끌어가신 모습에 깊은 감명을 받았다. 일곡 선생께서 옥고를 치르시는 동안 옥바라지하시고 해직 교수로 계시는 동안 가사를 챙기셨지만 한 번도 자세가 흐트러지거나 희망을 포기하신 적이 없어 또다시 감명받았다. 일곡 선생께서 유명을 달리하셨지만 사모님께서 일곡 선생의 많은 저서들을 체계적으로 정리하시고 미출간 저서들이 빛을 볼 수 있도록 필생 사업을 설정하고 계심에 다시 한 번 경의를 표하고 싶다.

김정완 여사는 일곡기념사업회를 창립하시고 일곡 선생의 15주기를 맞이하여 일곡 유인호의 민중·민족·민주 경제론을 주제로 한 기념 심포지엄을 개최하였으며 일곡 선생께서 평생 고민하셨던 학문의 궤적을 정리하셨다. 도서관에 박제된 이론이 아니라 현장에서 의미 있는 '삶의 학문'으로서 유인호 경제학의 함의를 승계 발전시키겠다는 취지를 말씀하셨다. 일곡 선생의 미출간 저술들을 환경과 공해, 농업과 협업화, 석유, 동북아 관계, 통일 문제로 분류·정리하는 작업을 진행하려는 계획도 밝히셨다. 나아가서 유인호학술상을 제정하시고 중앙대 경제학과에 장학금을 지급하고 계신다.

일곡 선생의 평생의 반려로서 유인호 경제학을 승계하고 발전시키려는 사모님의 노력은 부군에 대한 단순한 추념과 상념의 표시가 아니라 한국 경제의 이상향에 대한 철학을 함께 공유한 지기知己로서 우리 사회에 크게 공헌하는 것이다. 사모님께 다시 한 번 존경의 말씀을 올리면서 다복하게 성장한 1남 3녀 자제분들과 함께 항상 평강하시기를 바라며 일곡기념사업회가 소기의 목적을 달성하기를 충심으로 기원한다.

유인호 경제학과 한국 사회

새로운 패러다임으로서 민중·민족·민주 경제론

김종걸(한양대 국제학대학원 교수)

●이 논문은 2007년 10월에 열린 '고 유인호 교수 15주기 기념 심포지엄—일곡 유인호의 민중·민족·민주 경제론'에서 발표된 것으로, 본 추모집에 다시 싣습니다.

I. 서론

한국 사회는 하나의 거대한 전환기에 돌입하고 있다. 1990년대 중반까지 상대적으로 고속 성장을 유지해오던 한국 경제는 1997년 IMF 위기를 겪으면서 저성장 기조로 돌입하고 있다. 경제적 성장 동력을 정비하기 위해 취한 각종 개혁 조치들도 그것이 성공했건 아니건 간에 한국 사회를 각종 사회적 이슈에 대한 백가쟁명百家爭鳴의 토론장으로 만들어버렸다. 그러나 이러한 토론들이 하나의 방향성을 가지고 이 사회를 만들어가고 있다 보기는 어렵다. 긴 역사적 시간을 통해 정리되고 일정한 범위 내에서 논의 구조가 수렴되어 있는 선진국의 경험과는 달리, 한국 사회의 급속한 변화 과정은 상당히 넓은 이데올로기의 스펙트럼 속에서 논의를 분출시키고 있다. 그러나 분명한 것은 논의는 다양하더라도 실질적으로는 세계화, 자유 시장화 등의 담론들이 마치 천동설처럼 교조화되며 힘을 받아가고 있다는 점이다. 사회적 책임을 도외시한 형태의 자유의 방종, 무한정한 시장주의의 천명 등은 급기야 한미FTA라는 형태로 귀결되고 있다.

과연 이러한 형태의 경제 운영 방식, 사회생활의 구석구석까지 시장 기구를 확대시키며, 그러한 방식으로 경쟁력을 강화시키는 것만이 경제 운영의 유일한 원칙으로 삼아도 되는 것인가? 자본의 국적은 상관없이 외국인 투자의 증대는 선善으로 단선적으로 연결되는 논리 구조는 과연 타당한가? 사회적 공공성의 영역까지 자본과 시장의 원리에 지배당했을 때 우리의 생활은 어떻게 변할 것인가?

1950년대에서 1980년대까지 유인호 교수가 활동하던 시대는 지금과 크게 다르다. 지금은 '빈곤'의 시대에서 '풍요'의 시대로 전환되었으며, 정치권력에 의한 직접적인 압박도 크지 않다. 정경유착으로 막대한 경제적 이익을 얻던 이른바 '특권 상인'적인 축적 체계도 상당 정도 제어되고 있다. 생산력의 기반을 이루는 국내 자본, 인적 자원과 기술력의 양과 질도 그 당시와는 너무나 차이가 난다. 1979년 11월 17일《서울경제신문》에 쓴 칼럼에서 유인호는 희망에 찬 내일에 대해서 말하고 있었다. 유신 정권이 붕괴한 희망의 새 아침에 한국의 장래가 '성장'보다는 '생활'을 위한 경제가 되어야 하며, '분배 질서'가 교정되고 무엇보다도 국내 자원을 충분히 활용한 '자립적 경제'로 전환되어야 함을 역설하고 있었다.[1] 그러나 그러한 희망은 적어도 그가 이 땅을 떠나기까

---

1. 유인호, 〈내일〉, 《서울경제신문》, 1979년 11월 17일자. 《민족경제의 발전과 왜곡》(평민서당, 1985년), 38쪽.

지 이룩된 것은 아니었다.

그러면 15주기를 맞이한 2007년의 한국 사회는 다른가? 성장보다는 생활을 중시하는가? 생활의 환경은 안락한가? 분배 구조는 교정되었는가? 그리고 자립적 경제 기반은 충분히 확보되었는가? 불행히도 국민소득이 2만 달러를 넘어서는 한국 사회는 여전히 고달프다. 일부 재벌 기업의 정치적·경제적 장악력은 점점 강해지고 있으며, 농촌은 피폐하며, 도시의 중소 상공인, 자영업자, 노동자들의 생활은 어려움이 더해가고 있다. 환경과 생명의 논리보다는 개발의 논리가 판을 치고 국제적 투기 자본에 막대한 국부가 유출되고 있으며, 경제적 불안정성도 더욱 확대되고 있다.

이러한 현실 속에서 유인호 경제학을 다시 보는 의미는 한국 경제에 민중·민족·민주라는 가치가 여전히 중요하기 때문이다. 경제 운영의 목적함수가 대다수 민중의 생활을 윤택하게 하는 '민중경제'의 발전에 있어야 된다는 점, 세계화 시대에도 여전히 강력한 국내 자본의 육성은 필요하다는 '민족경제'의 시점 그리고 그 모든 것을 추진하는 데 '민주적 절차'가 필요하다는 점 등은 이 시대에 계승하고 발전시켜야 할 중요한 가치인 것은 분명하다.[2] 적어도 유인호는 GNP 증대만을 목적으로 하는 경제성장을 넘어 진정한 의미에서 생활 경제의 풍부함을 이야기했다. 경제성장의 과실에서 소외된 중소기업, 노동자, 농민들의 생활을 안정시키기 위한 방안을 고민했다. 단순한 '경쟁'의

---

2. 유인호는 경제 민주주의에 대해서, "경제가 진실로 국민 본위·민중 본위의 방향에서 운영되는 것"을 그리고 "가짐과 나눔의 상대적 공정화를 지향"하는 것을 말하는 경우가 많다. 유인호, 〈제5공화국 경제를 평가한다〉, 《신동아》, 1987년 12월 호(《나의 경제학-수난과 영광》(양서원, 1991년), 319쪽). 이러할 경우 본고에서 정리되고 있는 것과 같은 '민중', '민족', '민주' 경제론의 각 구성 요소는 특히 '민중'과 '민주'의 항목에서 중복되게 된다. 따라서 본고는 '민주'란 경제정책 결정 과정에서의 '민주성'만을 대상으로 하여 정리하도록 한다.

논리가 아니라 '협동과 연대'를 통해 발전할 수 있는 가능성에 대해 걱정했다. 선진국 중심의 국제 분업 질서에 대항해 진정한 민족경제의 발전 방안에 대해 탐구했다. 그러나 그러한 민족경제가 단순한 '우리 민족'만의 번영을 위한 자기중심적 배타성을 가진 것은 아니었으며, 약자 보호의 국제 질서에 대한 꿈을 가지고 있었다. 또한 환경적 가치, 생명적 가치의 중요성, 공동체적 삶의 중요성은 경쟁에 의한 경제 효율과 약육강식의 논리와는 구별된다.

그러나 유인호 경제학의 전체를 수미일관한 논리 체계 속에서 정리하는 것은 상당히 곤란한 작업이다. 격동의 현대사를 헤쳐온 유인호의 스물일곱 권에 달하는 저작, 번역들은 너무나 다양한 분야에 펼쳐 있다. 마르크스주의경제 이론과 경제정책 이론을 전개한 저서(《경제정책론》(1960년), 《경제정책원리》(1962년), 《경제학》(1965년)),[3] 협업화에 대한 선구적인 연구(《한국농업협업화의 연구》(1967년)), 경제사 관련 저작(《한국농지제도의 연구》(1975년, 《한일경제 100년의 현장》(1984년), 각종의 편역·번역서(《현대경제학의 위기》(1984년), 《제3세계와 국제경제질서》(편역, S. Amin 등, 1985년), 《후진국경제발전론》(M. Dobb, 1959년), 《경제정책의 이론》(J. Tinbergen, 1960년), 《국부론》(A. Smith, 1976년)) 그리고 한국 경제의 현황 분석과

---

3. 하나 재미있는 것은 이들 마르크스주의 관련 저작들 속에 마르크스 혹은 마르크스와 직접 관련이 있을 것 같은 저작(레닌 등)은 전혀 인용되고 있지 않다는 점이다. 오히려 인용되고 있는 문헌은 독일의 역사학파(좀바르트 등) 혹은 주류 경제학(케인스, 힉스 등)에 집중되어 있다. 한국 현대사 속에서 마르크스를 표방하는 것 자체가 일종의 '신성모독'으로서 '마녀사냥'의 대상으로 되었다는 현실을 반영한 것이다. 그러나 그 내용은 마르크스주의적 방법론에 따른 것임은 틀림없다. 일례로 《경제정책원리》(지문사, 1962년)의 제1편 1장, 〈경제정책의 인식과 사회의 발전 법칙〉은 마르크스의 사적유물론 체계, 즉 《정치경제학 비판을 위하여》의 서문을 '마르크스의 단어'로 쉽게 설명한 것이다. 또한 제2편 1장, 〈중상주의 경제정책〉, 제2장, 〈자유주의 경제정책〉, 제3장, 〈독점자본주의 경제정책〉의 내용은 일본 마르크시즘의 우노(宇野)학파, 구체적으로는 오오우찌 쯔토무의 저작들과 상당한 공통점을 가진다. 그러나 이러한 마르크스 혹은 유인호 교수가 일본에서 학문적 세례를 받았던 일본 마르크스주의의 제반 이론들이 전혀 그들에 대한 '직접적'인 언급이 없이, 한국에서 충분히 '인용 가능한' 문헌들만으로, 풀어져 있는 것은 유인호 저작을 보는 또 다른 재미이기도 하다.

치열한 현장 대응의 기록들(《농업경제의 실상과 허상》(1979년), 《민중경제론》(1984년), 《민족경제의 발전과 왜곡》(1985년), 《한국경제의 실상과 허상》(1987년), 《나의 경제학-수난과 영광》(1991년))을 어떻게 하나의 체제 속에서 정리할 수 있을 것인가?

확실히 유인호는 다작多作을 했다. 발표 매체도 전문적인 이론서로만이 아니라, 시평, 논평 형식으로 각종 일간지, 주간지, 월간지, 여성지, 회사 사보, 대학 신문 등 너무나 다양했다. 1980년 김대중내란음모 사건에 얽혀 6개월 동안 서울구치소, 남한산성 육군교도소를 전전할 때도 편지를 무려 57통이나 가족들에게 촘촘히 적어나갔다(《좁은 공간 긴 사연》(1991년)). 글로써 표현하고 글로써 행동하고 또한 글로써 자신의 의지를 확인해나간 것이다. 써놓은 글에 대해 책임을 지려 했고 그 책임감으로 민족과 역사를 거울로 열심히 살아가려 했다.

내가 대학 교단에서 살아온 우리 현대사의 과정은 정말로 험난한 시대였다. 때문에 고통도 있고 보람도 있는 법이다. 4·19가 있었고 5·16의 반동이 따랐으며, 유신이라는 고비로 끝날 줄 알았는데 5·17이 나타나 암흑의 시대로 치달았다. 암흑을 지키려는 힘과 새 아침을 열려는 힘의 대결장, 정말로 장대한 역사의 파노라마였다. …… 이 긴 세월, 나는 더 나은 내일을 향하여 말도 많이 하였고 글도 많이 썼다. 설사 그러한 일들이 파도치는 모래사장에 그려 씻겨버리는 것이었다고 하더라도 나는 순간순간을 정말로 정열을 다 쏟았다. 원고지 위에서 울기도 하고 웃기도 하였다. 역사의 '장章'에 무거움도 많이 느꼈다. 넘겨야 할 한 장 한 장이 왜 그다지도 무거운지 짜증도 부렸다. …… 연단에서 토한 말에는 책임을 져야 한다. 그리고 글로써 표현한 작품에 대한 책임도 져야 한다. …… 먼 훗날, "민족과 역사를 거울로 삼아 열심히 살아간 한 사나이"로 남을 수 있다면 분에 넘치는 영광이지 또 무엇을 바랄 것인가? 부족함은 있

어도 부끄러움은 없어야 한다.[4]

본고는 필자가 유인호의 전 저작을 '민중', '민족', '민주'라는 키워드로 독해하고 그것을 정리한 것이다. 만약 유인호 경제학을 이 세 가지 키워드 속에서 분석하려 한다면, 방대한 저작 속에 각기 흩어져 있는 논리를 재구성할 필요가 있다. 여기서는 먼저, 한국형 '고도성장'의 내용과 문제점 그리고 그 고도성장의 배후에 있었던 재생산구조의 내용과 성립 조건에 대해 정리하는 것으로 시작한다. 고도성장의 베일에 가려져 있는 민중 생활의 고단함, 경제학적 인식의 착오 그리고 한국 근현대사의 질곡을 드러내는 것이 주요한 목적이다. 또한 이러한 고도성장의 '허구성'을 극복할 수 있는 유인호의 해법에 대해 논의한다. 자립적 경제를 이룩하기 위한 방법, 농업의 발전 방향 그리고 민중 경제 안정화를 위한 방법 등이 논의된다. 마지막으로 2007년 한국 사회 속에서 유인호 경제학이 가지는 의미에 대해 생각해본다. 무엇을 계승할 것인가? 그리고 어떠한 논리를 완성시켜야 하는 것인가? 2007년의 한국 사회의 풍경 그리고 개발 전략으로써 한미FTA의 평가를 통해 유인호 경제학의 현재적 의미를 되새겨본다.

유인호는 그의 방대한 저작을 하나의 개념 체계, 하나의 논리 체계로써 정식화하는 것은 아니었다. 이승을 떠난 그날까지 그는 항상 '현재진행형'이었다. 치열한 현실 대응의 '현장성'을 강조하던 유인호에게는 어쩌면 당연한 일이다. 그 모든 체계를 창조적으로 재구성시키는 작업은 우리들 후학들에게 남

---

4. 유인호, 〈미리 생각해 보는 '종강(終講)'의 변〉, 《중앙문화》(1988년). 유인호, 《나의 경제학-수난과 영광》, 352쪽.

겨진 과제일 뿐이다. 역사와 마찬가지로 좋은 지적 전통은 계승·발전되어야만 한다. 유인호라는 안경을 통해 한국 사회는 어떠한 모습으로 다시 볼 수 있는 것인가? 그리고 그 안경의 성능은 어떻게 업그레이드 가능한가? 마지막에 정리해야 할 것은 유인호의 힘을 빌려 한국 사회의 문제를 해결하고 싶은 한 후학의 현실 인식에 대한 정리가 될 것이다. 단지 필자는 유인호 교수와의 인연이 '간접적'일 수밖에 없다는 한계를 가진다. 필자는 오직 '글'을 통해서만 경제학자 유인호와 인간 유인호를 만날 수 있었다. '말'을 나눌 기회도, '행동'을 같이 할 기회도 없었다. 격동의 역사를 살고 간 한 지식인의 이론과 생애를 조망할 때 '글'에 생명력을 불어넣는 것은 '말'이며, 같이한 '행동'은 전체적 그림을 더욱 예리하고 생동감 있게 그려낼 수 있게 한다. 불행히도 유인호의 '글'에 대한 정리에 그칠 수밖에 없었던 본고는 그래서 한계가 명확하다.

II. 한국 고도성장 신화의 허실

1. 고도성장의 성과와 대가

고도성장이라는 단어는 한국 경제를 나타내는 아이콘icon이었다. 1962년 제1차 경제개발계획을 발표했을 당시 한국의 1인당 국민소득은 70달러로 이것은 당시의 아프리카의 가나와 같은 수준이었다. 그러나 45년이 지난 지금 한국 경제의 실력은 경제 규모 세계 13위라는 각종 성공의 이력서에 그대로 나타난다. 유인호에게도 이러한 고도성장은 놀라운 것이었다. 그러나 고도성장은 단지 '숫자'에 불과했다. 유인호는 '숫자'에 가려진 어두운 면이 경시되고 있음을 개탄했다. 성장의 '성과'와 '대가'를 동시에 고려해야 함을 강조했다. 그리고 그러한 '대가'를 지불하지 않은 건전한 성장 방식을 모색하는 것, 그것이 바로 유인호가 지향한 경제학의 목적이다.

그렇다면 한국형 고도성장의 대가는 무엇이었던가? 유인호에게 비친 고도성장의 모습은 자본과 기술 그리고 시장을 외국에 의존한 '종속적' 성장에 불과했다. 빌려온 외채로 항상 원리금 상황에 시달려야 했으며, 수출입국輸出立國이라는 명분으로 노동자와 농민 그리고 중소 상공업자들의 권리가 크게 제한받는 성장이었다. 안이하게 해외 자원을 수입했으며, 이로 인해 농업과 같은 주요한 국내 자원의 생산 기지가 무참히도 파괴되어갔다. 공해산업조차 수입해 이 땅이 공해 강산으로 변화해버렸다. 정부 특혜와 외자에 의존하는 재벌 독점기업이 점점 더 비대해지고 재벌의 폭리, 재벌의 횡포, 재벌의 비리가 국민경제를 파괴하더라도 경제성장의 공로자로서 훈장을 받았다. 정경유착, 부정부패, 인권 탄압 등의 단어들은 이 시대의 사회상을 나타낸다. 이로 인해 민중 생활은 피폐해졌으며, 국민경제가 균형을 잃고 경제 윤리도 상실되었다. 그리고 이러한 문제점들이 경제성장과 함께 '완화되어가는 것'이 아니라, 더욱 조직적으로 그리고 대규모적으로 누적되어갔다. 한국의 고도성장 과정은 필연적으로 '부負'의 유산도 확대·재생산해가는 과정이었던 것이다.

이러한 문제점에도 불구하도 대부분의 '관변官邊 경제학자' 및 '측근側近 경제학자'들은 생활하는 사람들의 '슬픔'과 '가난'과 '비참'에 대해서는 외면했다. 오로지 '성장률'을 높이는 데에만 관심이 있었다. 다국적기업의 성격에 대한 일말의 고려도 없이, 그저 GNP 확대에 기여한다는 이유만으로 적극적으로 유치했다. 수출에 대해서도 단지 그것의 확대만을 '유일신'으로 생각했다. 그리고 소득 격차나 환경 파괴나 민중의 생활 상태 등에 대해서는 언급도 하지 않았다.[5] 원래 한 나라의 경제 과정을 파악하기 위해서는 그 나라 경제의 특수성이 중시되지 않을 수 없기 마련이다. 따라서 우리나라 경제의 진행 과정을 살펴볼 때 고도의 재생산 조건을 갖춘 선진 공업국에서 활용되는 개념(GNP 등)을 그대로 차용하는 것은 문제가 있었다. 그런데도 우리나라 정책 당국자는 거의 무비판적으로 선진 공업국의 개념을 활용하여 국민경제를 유도하고자 했다. 산업의 내용과 형태가 어떤지 그리고 그것이 장기적으로 국민경제의 재생산구조에 어떠한 영향을 끼치는지, 우리나라 경제와 자본주의 세계경제와의 관련이 어떠한 논리로 연결되는지, 이러한 문제에 대해서는 눈도 돌리지 않았다. 오로지 GNP의 확대에만 열중했다.[6] 한국 고도성장의 또 다른 모습은 바로 'GNP 신앙' 속에 감춰진 수많은 어두운 모습들이었다. 이러한 인식은 1960년대, 1970년대, 1980년대 성장을 바라보는 그의 글 속에 일관되게 강조된다.

> 확실히 지난 10년간(1960년대)에 이루어진 경제 규모의 확대 과정은 과거의 역사에서는 찾을 수 없을 뿐만 아니라 아마 앞으로도 이룩하기 어려운 것이라 하겠다. 경제 규모의 놀라운 확대 기간은 성과로만 인정될 수없는 많은 문제를 노출하였을 뿐만 아니라 또한 배태하게 되었다. 그것은 경제성장을 위한 제 요소(자본과 자재를 포함한 기술·경영)의 대부분을 해외에 의존함으로서 국민경제의 대외 의존화를 심화시켰으며, 그것은 나아가서 국민경제의 구성 양식을 '낭비형'으로 재편성하는 것이 되었다. 더욱이 '성장의 대가'의 다른 한 면은 생활환경의 파괴라는 현상이다. 외국의 경우처럼 공업화의 결과로서 당연히 나타나는 현상이라 하겠지만 그것이 너무나 급속히 발생(또는 수입)하였다는

5. 유인호, 《민중경제론》(평민사, 1984년), 361쪽.
6. 유인호, 〈경제 발전과 자원정책〉, 《신동아》, 1974년 3월 호. 《민중경제론》, 127~128쪽.

점이다. 그 결과 생활 조건의 파괴를 보상하지 못하는 '경제성장'으로 평가될 염려마저 일어나고 있다.[7]

유신 경제(1970년대)가 남긴 경제적 해악은 너무나 크다. '유신 경제'의 성과의 극치로 앞세우는 수출 증대(72년의 16억 달러에서 79년에는 150억 달러로 증대)를 말하려면 당연히 그 기간에 외채를 220억 달러 도입하였다는 사실, 무역 적자가 136억 달러가 되었다는 사실도 말해야 할 터인데 일언반구도 없다. 그것(수출 증가)의 귀결점의 첫째로 들 수 있는 것은 "공산품을 수출하여 농산품을 수입한다"는 정책 기조에서 갖가지 정책 수단들이 동원됨으로써 그나마 풍부하지 못한 부존자원을 활용하는 것이 시들고 말았다는 점이다. 둘째로 소수의 재벌을 육성하여 그들로 하여금 수출입국을 선도하는 자로 삼았다는 점이다. 재벌의 폭리, 재벌의 횡포, 재벌의 비리가 국민경제를 파괴하는 것이거나 민족의 이익을 배반하는 것이라 할지라도 그것은 고도성장으로 간주되었으며 경제성장의 공로자로서 훈장을 차게 되었다. 셋째로 여러 측면에서 국민경제의 균형이 정상을 잃고 말았다는 것, 넷째로 경제 윤리가 '강자의 힘의 논리'에 의하여 파괴됨으로써 경제 행위에 기준을 찾기 어렵게 되었다는 점이다. 다섯째로 자립 요인이 상실되고 '대외 의존'이 정착화되었다는 점이다.[8]

1979년에서 1985년에 이르는 6년간의 국민총생산은 36퍼센트 증가이며 연평

7. 유인호, 〈경제성장의 허와 실〉, 《창작과비평》, 1979년 가을 호. 《민중경제론》(평민사, 1984년), 69~71쪽에서 요약.
8. 유인호, 〈유신경제, 그 신화와 허실〉, 《신동아》, 1984년 10월 호. 《민족경제의 발전과 왜곡》, 53~54쪽, 66~69쪽 요약.

균으로서는 6퍼센트 증가를 보였다. 다른 나라에서는 볼 수 없는 놀라운 성장이다. 그런데 이러한 성장을 뒷받침한 것은 막대한 양의 외채 도입이다. 즉, 79년의 외채 잔고는 204억 달러이던 것이 85년에는 467억 달러(기업의 현지 금융은 제외)로서 두 배가 더 되는 증가를 나타내고 있다. 외채에 의존한 경제성장은 불가피하게 무역을 늘릴 수밖에 없다. 그 결과 같은 기간 무역 총량을 보면 수출이 150억 달러가 302억 달러로, 수입은 203억 달러에서 311억 달러로 크게 늘어났다. 수입의 증가보다 수출의 증가가 더 빠르다. 이것은 여러 가지 요인으로 설명되어야 한다. 수출이 두 배 이상 늘어난 것은 수출산업의 기술혁신과 경영 혁신의 결과라고 하기 보다는 저임금과 이 저임금을 유지할 수 있게 하는 저곡가가 가장 큰 요인이다. 그다음은 수출산업에 대한 조세·금융의 양면에 걸친 정부의 '특혜'다. 그리고 수출산업에 대한 공해 방지 의무를 느슨하게 함으로써 수출의 원가를 낮추는 것이다. 이러한 세 가지 요인은 유신체제하에서 갖추어진 것이며, 제5공화국에 있어서는 더 조직적으로 강력하게 추진되었다. 그리하여 수출이 늘고 그것은 경제성장의 주역으로 자리 잡게 되었다.[9]

2. 고도성장의 재생산구조

그러면 이러한 고도성장의 '성과'와 '대가'를 어떻게 단순화, 개념화시켜갈 수 있을 것인가? 복잡한 경제 현실을 개념적으로 단순화하기 위해 유인호가 동원한 개념 장치는 '3중 구조'이라는 논리였다. 한국 경제는 독점기업, 중소기업, 영세농민의 '3중 구조'로 형성되어 있으며, 이 3자는 각각 다른 이론으

---

9. 유인호, 〈제5공화국 경제를 평가한다〉, 《나의 경제학-수난과 영광》, 312~313쪽.

로서밖에 설명될 수 없다는 것이다. 구체적으로는 재벌 독점기업의 '과점경제이론', 중소기업의 '경쟁경제이론' 그리고 영세농민의 '단순상품생산이론'이라는 이론의 3중화 현상이 벌어지고 있으며 고도성장 과정을 통해서 3중화의 격차가 점차 확대되고 있다는 것이 유인호의 주장이었다.

> 우리나라 자본의 축적 과정은 경제적 자립의 토대라는 대의명분 밑에서 외국에서는 거의 예를 볼 수 없는 관료성과 매판성을 충분히 발휘하면서 단시일 내에 축적되었다. …… 자본축적 법칙의 이러한 한국적 표현은 한국 자본주의의 기본적 성격을 규정하며 그것은 '3중화'의 격차를 확대시키는 모습으로 나타나고 있다. 즉, 종래의 경제 이론을 배격하는 독과점형 산업(여기에는 지금까지의 가격 이론이 적용되지 않는다)과 여전히 고전적 경제 이론에 입각하여 사활의 경쟁을 전개하고 있는 '중소형 산업' 그리고 자본주의 경제원칙의 적용을 거의 받지 못하는 일면 자급자족적인 '영세농경형 산업'으로서 나타나고 있으며 3자간의 격차 확대로 표현되고 있다[10]

한 경제의 재생산구조를 파악하는 것은 그 경제의 성격과 모순(갈등)구조를 명확히 설명하고 앞으로의 발전 방향을 제시하는데 상당히 중요한 작업이다. 특히 일본의 마르크스주의 세례를 받았을 유인호는 한국의 구체적인 재생산구조의 파악이 얼마나 중요한 것인지를 너무나도 잘 이해하고 있었을 것이다. 가령 일본 강좌파講座派 마르크시즘의 대표적 이론가였던 야마다 모리타로

---

10. 유인호, 〈한국경제의 재생산구조〉, 《재정》, 1972년 1월 호. 《민중경제론》, 20쪽.

우山田盛太郎의 '군사적 반농노제적 자본주의軍事的 半農奴制的 資本主義'라는 규정은 당시 일본의 맹렬한 제국주의적 침략상, 절대군주로서 천황제, 농촌의 피폐와 도시부문의 '인도印度 이하'의 저임금을 설명하는 유용한 장치였다. 이 논리를 기반으로 하여 일본 공산당의 '2단계 혁명론'(당면 과제로서의 부르주아 민주주의혁명)이 도출되었던 것이다.[11] 유인호가 전전 '일본 자본주의 논쟁' 속의 강좌파講座派적 전통 속에 있는지 아니면 노동파勞農派적 전통 속에 있는지 필자가 정확히 파악할 수는 없다. 그러나 재생산구조의 성격 파악이 이후의 변혁 운동의 과제를 도출해준다고 했을 경우 유인호의 재생산구조 파악(3중 구조론)은 유인호가 지향하는 변혁 과제의 도출과도 밀접히 연계되어 있음은 분명하다. 바로 '국내 자원 활용 주도형' 경제 발전의 실현인 것이다. 이에 대해서는 본고의 제3장에서 자세히 설명한다.

그러면 이러한 3중 구조의 구성 요소는 각각 어떻게 연계되고 있는가? 유인호의 표현대로 "한 울타리 속에 혼거하는 이질적 3인자=因子이지만 그들은 서로의 존립을 위하여 상호 연관되지 않으면 안 되는 입장에 있다"고 한다면

---

11. 야마다는 자본주의의 확립을 생산재 부문과 소비재 부문에서 자본제 생산이 확립되는 것으로 개념 규정하고, 일본에서는 면방 직업과 제사업 등의 '섬유산업 발전', 관영 야하타(八幡) 제철소 설립에 의한 '철의 확보', 조선 기술의 세계적 수준으로의 도달, 공작기계의 제작 등을 지표로 하는 '기술의 확보' 등을 이유로 대체로 1894년에서 1904년 사이에 일본의 자본주의가 확립되었다고 본다. 이러한 산업의 발전에는 전쟁의 수행이라는 목표를 위해 창출된 '군사적 성격'이 강한 것이었다. 또한 섬유산업의 밑바탕에는 '인도(印度) 이하'의 저임금에 기초한 노동력이 있었으며, 이러한 노동력의 근저에는 또한 농촌에서의 반봉건적(半封建的) 지주-소작 관계가 존재했다고 설명한다. 이러한 측면에서 야마다는 일본 자본주의의 특성을 '군사적 반농노제적 자본주의'라고 규정했던 것이다. 이 구조는 결국 일본의 국내시장의 발전을 저해하고, 이것이 다시 자본축적을 위해 대외 팽창을 필수적인 요건으로 한다. 山田盛太郎, 《日本資本主義分析》(岩波書店, 1934년). 당시 일본 공산당의 공식 혁명 노선이었던 2단계 혁명론 그리고 전후 미군정에 의해 실시된 각종 민주화 조치 등은 바로 이러한 일본형 재생산구조의 인식에서 비롯된 것이다. 그러나 강좌파적 논리가 먼저 있고 나서 일본 공산당의 혁명 노선이 결정된 것이 아니라 그 역(逆)이었다고 보는 것이 정확할 것이다. 강좌파적 논리는 1931년 코민테른에서 '2단계 혁명론'(1931년 테제)이 결정된 후에 나중에 '논리화'해간 것이다.

그 구체적인 연관 관계는 어떻게 구성되는가? 그러나 3중 구조론을 언급하고 있는 유일한 논문[12]에서 그 각각의 연관 관계를 파악하는 것은 불가능하다. 유일하게 판단할 수 있는 문장은 "독과점 기업은 다른 두 구조체를 전제로 함으로서만 성립되고 있으며, 중소기업은 위로부터 내려오는 압박과 아래로부터 올라오는 반발력에 시달리면서도 스스로에게 남겨진 무대 위에서 오픈게임을 벌이고 있으며, 영세농경 경영은 전 2자前二者에게 가치법칙에서 거의 벗어난 수단과 방법에 이끌려 인적·물적 자원을 제공하면서 '강요된 생존' 이라는 축소, 재생산을 반복하고 있다" 는 표현이다.

①독과점 기업은 왜 중소기업과 영세농민 경제를 전제로 하고 있는가? ② 중소기업이 받는 위로부터의 압박과 아래로부터의 반발력은 무엇인가? ③영세 농업 경영이 제공하는 인적·물적 자원은 무엇을 의미하는가? 이에 대한 파악은 유인호의 전 저작에 산재해 있는 논리를 재구성함으로서만 가능해진다. 한 가지 재미있는 사실은 유인호의 전 저작 속에 한국의 중소기업에 대한 분석이 전무하다는 것이다. 이것이 유인호가 중소기업의 중요성을 인식하지 않았다는 것을 의미하지 않는다. 오히려 '경제 민주화' 와 관련된 각종 시평, 논평 중에서는 중소 상공인들의 생활 안정의 필요성에 대해서 강조하고 있다. 단지 구체적인 분석의 대상에서 제외된 것은 상대적으로 분석의 중요도가 떨어졌기 때문일 것이다. 한국형 재생산구조의 성격을 규정하는 가장 중요한 요소는 역시 한국 경제성장의 '매판적', '관료적' 성격의 '담당자' 이었던 재벌 독점기업이었다. 또한 당시 인구의 절대다수를 차지하며, 유인호의 지론이었

---

12. 유인호, 〈한국경제의 재생산구조〉, 《재정》, 1972년 1월 호.

던 '국내 자원 활용 주도형' 경제성장의 '담당자'였던 영세 소농민이었다. 따라서 재벌 독점기업의 운동 양식, 영세 소농민의 운동 양식과 상호 관계를 분석하는 것이 3중 구조 파악에서 가장 시급하고 중요한 작업일 수 있다.

한편 유인호는 자신의 '3중 구조'적 견해가 종래의 '2중 구조'적 견해와는 다르다고 말한다. 그러나 유인호가 인식하고 있었던 '2중 구조론'의 내용이 무엇인가에 대해서는 명확하지 않다. 아마도 이것은 도시경제 발전을 위한 농촌의 역할(주로 인구이동 측면에서)을 강조하는 경제학적 분석(Ranis & Fei, Lewis 등)을 의미하는 것은 아닌 듯하다. 유인호가 선진국 내부의 학자들에 의해 제기된 후진국 개발 이론을 개괄한 곳의 논리로 따진다면 오히려 막스 베버류의 '동양 사회 정체론'적 사고방식을 의미할 가능성이 크다.[13] 그러나 그 어떤 것을 염두에 두고 있더라도 유인호의 '3중 구조론'의 분석틀로서의 '유용성'은 무척 크다. 근대-전통, 도시-농촌의 2분법적 사고는 후진국(한국)이 직면하는 현실을 너무나도 단순화시키는 문제점을 가진다. 따라서 후진국 내에서

---

13. 유인호는 선진국 내부의 학자들에 의해 제기된 후진국 개발 이론을 다음의 세 가지로 정리하고 있다(유인호, 《경제정책원리》, 300~303쪽). ①후진국의 공업화에 대해서 소극적 혹은 부정적 견해를 가지는 종래의 고전적 자유무역 이론의 재판인 이론들이다. 가령 J.바이너의 《국제무역과 경제 발전(*International Trade and Economic Development*)》. ②후진국의 경제 발전을 긍정한다고 하더라도 공업 형태의 선택에 있어서는 노동집약적인 방향을 제시하는 논리, 가령 R. 넉시의 《후진국에 있어서의 자본 형성의 문제(*Problem of Capital Formation in Under-Developed Countries*, 1955)》 그리고 U.N.의 《후진국에 있어서의 공업화의 과정과 문제(*Process and Problems of Industrialization in Under-Developed Countries*, 1955)》. ③ 사회학적 분석으로서 아시아 및 아프리카 사회의 후진성은 불가피한 것이며 조속한 공업화는 오히려 주민의 복지에 어긋날 뿐만 아니라 그들 스스로가 공업화를 추진하는 것은 불가능하거나 곤란하다는 의견, 가령 S. H. 프랑켈의 《후진사회에 있어서의 경제적 충돌(*Economic Impact on Under-Developed Societies*, 1953)》, R.에머슨의 《아시아의 진보(*Progress in Asia*, 1954)》가 그것이다.
여기서 ①의 논리는 전통적인 비교생산비설 또는 자유무역론의 현대판이며, 그것을 주장하는 사람들의 의도가 어떠하던 간에 객관적으로는 선진국 우위의 유지, 보전에 봉사할 뿐이라고 비판한다. ③의 논리도 막스 베버류의 '동양 사회 정체론'에 입각한 것으로서 결과적으로는 아시아적 촌락 공동체는 봉건제의 보전을 통해서 제국주의적 지배의 안정화를 지향하려는 논리에 불과하다고 비판한다. ②의 논리도 공업화 전략을 인정했다는 면에서는 긍정적이나, 결과적으로는 선진국에 대한 경제적 종속성을 탈출할 수 있는 방안이 아닌 것으로 비판한다.

의 각 부문의 운동 법칙과 갈등 관계를 정확히 파악할 수 없게 하기도 한다.

3. 한국형 재생산구조의 성립 조건

그러면 왜 이러한 한국형 재생산구조가 형성되었는가? 그리고 재생산구조의
성격과 한국형 고도성장은 어떻게 연결되는가?

한국 경제가 고도로 재벌 기업에 의한 독과점적 지배 형태로 귀결된 것은 바로
성장 전략 자체의 성격에 기인한다. 한국 정부는 방대한 자본이 요구되는 균형
성장이 애초부터 불가능하다고 인식했다. 따라서 소수 산업 부문에 집중투자
로 거점 개발주의는 불균형성장을 추진했다. 국내 저축의 부족은 외자로 충당
했으며, 그 외자도 소수의 산업(기업)에 배분됐다. "누구든지 관료성과 매판성
을 능숙하게만 발휘하면 일확천금의 기회는 부여되었으며", 그 때문에 경제
원리에 벗어난 과잉투자와 부실기업의 양산으로 귀결됐다. 부실화될수록 더
욱 더 정부의 보호·지원에 의존하며, 국내 독점이윤과 외자도입에 기생하는
구조였다.[14]

외채에 의한 경제성장의 모습은 우리나라 경제구조와 기업 풍토로 볼 때 부실
기업으로 연결될 수밖에 없다는 것을 알 수 있으며 또한 그것을 가중시키는 것
이 외자 행정(외자도입의 심의 및 정부의 외자도입 자세)의 무질서와 무원칙이
라 하지 않을 수 없다. 부실로 연결되지 않은 일부 외자기업은 거의 예외 없이

---

14. 유인호, 〈한국 경제 그 삼분화구조(三分化構造)〉, 《동아일보》, 1970년 11월 3일. 《나의 경제학─수난과 영광》,
190~191쪽.

독과점을 형성함으로서 유지되고 있는 실정이다. 그들은 (품질 및 가격 면에서) 국제 경쟁에서 견딜 수 없는 것임에도 불구하고 국내시장을 조직적으로 지배함으로서 독과점 이윤을 취득하며 그 막대한 초과이윤을 스스로의 기업 체질 개선 또는 기술혁신에는 돌리지 않고 사회적 낭비에 속하는 방향으로 돌림으로써 조만간 스스로의 기업을 부실로 이끄는 원인을 조성하고 있는 실정이다. 이러한 사태가 빚어지는 이유는 외채의 지불보증을 정부가 해주고 있는 데서 찾아볼 수 있을 것이다. 그러므로 우리나라에 있어서의 외자 기업의 경우 "기업은 망해도 기업가는 망하지 않는다"라는 격언이 나오게 되는 것이다.[15]

그러면 재벌 독점기업이 외자와 정부 지원을 기반으로 하여 성장해나가는 것은 필연적으로 실패를 가져오는가? 1980년의 경제 위기 그리고 1997년의 외환 위기 등의 사례에서 본다면 그러할 '개연성'은 충분하다. 그러나 이러한 실패는 재벌 기업의 '도덕적 해이moral hazard'의 결과만은 아니었다. 재벌 대기업의 '도덕성'에 문제가 있다면 그것을 민주적으로 통제할 제도 장치만 만들면 된다. 그러나 그것만으로 해결되지 않는다. 바로 '외채 의존' 그 자체에 문제가 있었던 것이다.

유인호에게 제2차 세계대전 이후 국제 질서의 세 가지 축, 즉 IMF, GATT, IBRD(후에 세계은행)로 구성된 전후 질서는 '강자의 질서'에 불과했다. 이러한 '강자의 가치'를 학문상의 공리로 하여 구성되는 국제경제 및 무역에 관한 이론들도 그것의 정밀성과는 달리 결코 '공정'한 것이 아니었다. 비교생산비설

---

15. 유인호, 《민중경제론》, 113쪽.

에 입각한 국제무역은 남南의 가치가 "보이지 않는 손에 이끌려" 북北으로 이동하는 것에 불과했다. 미국의 경제원조 또한 민족경제의 발전을 저해하며, 매판자본을 형성시키며, '젊은 엘리트'에 대한 교육·훈련을 통해 원조국의 가치관을 절대 가치로서 신봉하게 만드는 부작용을 초래할 뿐이었다.[16]

> 가령 비교생산비설에 입각한 국제분업이 강자의 논리에 불과하다. 그리고 자유무역에 의한 내외 자원의 최적 배분이라는 것이 약자를 수탈하는 신화에 지나지 않는다는 것은 신흥 제국의 입장에서는 너무나 명백한 사실로서 받아들여지는 상식에 불과한 것이다. 더욱이 오늘날 남북 간에서 이루어지는 자유무역이라는 것 자체가 아무 의미를 가지지 않는다. 왜냐하면 첫째로 교역품의 가격 결정 원리가 양 지역 간에 있어서는 다르다. 북의 제품은 자유가격이 아닌 과점적 관리 가격인데 반하여 남의 산물은 자유경쟁에 의한 국제가격이다. 가격 결정 원리가 다른 두 가지 가치물 사이에서 자유무역이라는 이름 아래 교역이 이루어지는 한 그 승부는 처음부터 정해진 것이다. 남의 가치가 "보이지 않는 손에 이끌려" 북으로 이동되는 것이다. 그러므로 오늘날 남북 간에 교역은 자유무역일 수는 있지만 공정 무역일 수는 없다. 북은 자유무역을 원하지만 남은 공정 무역을 요구할 수밖에 없다. 이점이야말로 신흥국이 바라는 새로운 이념에 의한 경제원조에 통하는 길이기도 하다. 이것을 받아들이지 않는 한 원조는 불평을 뒤따르게 한다는 지금까지의 실패의 역사를 반복할 뿐일 것이다.[17]

---

16. 유인호, 〈신국제질서와 한국 경제〉. 《민중경제론》, 347~355쪽.
17. 유인호, 같은 책, 255~256쪽.

그렇다면 '외자'는 어떠한 경우에서도 한 나라 경제의 자립을 위한 발전에 대하여 도움을 줄 수 없는 것인가? 그렇지 않다. 한 나라가 자립 경제를 위하여 올바른 방향에서 외자의 속성 중 자립 경제를 해치는 부분의 기능을 억제시키면서 활용한다면 '민족자본'과 비슷한 역할을 담당시킬 수 있다(물론 이 경우 외자의 '국적성'을 능히 조정할 수 있는 민족적 민주주의 세력이 형성되어 있어야 하겠지만) 이것은 모든 경제협력에 있어서 해당되는 원칙이기도 하다. 그리고 이 경우의 자립 경제를 위한 방책은 기본적으로 스스로의 자원과 인적 에너지의 활용을 모체로 하는 이른바 '국내 자원 활용 주도형 경제'가 되어야 하며, 이것을 보완한다는 전제에서 어긋나지 않는 범위 내의 경제협력은 시도되어야 할 것이다.[18]

생각해보면 유인호의 인식 속에서 한국의 자본주의적 발전은 애초부터 '타율적'이었다. 타율적인 문호개방이었으며, 식민지에 대한 타율적 자본주의의 이식이었다. 해방 이후에도 이승만과 박정희 정권은 미국 원조와 일본 차관에 의존했다. 박정희 정권에서 고도성장 과정은 일본 공해산업의 수입 과정이었으며, 일본 기업의 하청기지로 변함으로서 막대한 국부가 조직적으로 유출되는 과정에 불과했다.[19] 결국 불균형성장론의 문제점은 그 담당 주체였던 재벌 독점기업의 '도덕적 해이'에만 한정되는 것이 아니었다. 한국 경제의 '대외 의존성' 그 자체에 잠복하고 있었던 것이다.[20]

---

18. 유인호, 《경제성장의 허와 실》, 84~85쪽.
19. 한국 자본주의의 종속적 발전 과정에 대한 유인호의 인식은, 《민족경제의 발전과 왜곡》(제1장) 그리고 〈한국자본주의사 연구의 과제〉, 중앙대학교 개교70주년기념 학술 심포지움 자료집, 《한국 근대 학문의 성찰》(1988년 10월)에 잘 정리되어 있다. 한일 경제 관계에 대해서는 《한일경제 100년의 현장》(일월서각, 1984년) 중 제3장 참조바람.

한국적 재생산구조의 또 다른 축은 영세 소농민이 지배적인 농업 부분이다. 농지개혁이 창출한 소농 지배적인 농업의 구조는 농업의 생산력을 발전시킬 수 없었다. 즉, 동일한 가난과 동일한 조건에 신체 기관의 연장延長과도 같은 농구를 가진 농민이 소규모의 꼬부라진 농토의 소유권을 가지게 되었다는 것만으로서 새로운 농업기술의 도입에 의한 생산력의 발전이란 있을 수 없었다.[21] 여기에 미국 잉여농산물 수입과 저곡가 정책 그리고 독점기업의 압박 등에 의해 농업은 단순 재생산을 반복하는 '생존'의 영역으로 전락했다. 정부는 경제개발 계획에 있어서 농업 발전을 위한 지원을 약속해왔다. 농업소득 향상, 국민경제 불균형 시정, 주곡 자립화, 경지정리 및 기계화 촉진 등 각종 구호가 난무했다.[22] 그러나 애초부터 얼마 안 되는 지원금으로 해결될 사항이 아니었다. 유인호의 인식 속에서 한국 농업의 문제는 '생산기술'의 문제가 아니었다. 그것은 바로 '영세·소농 지배'라는 '제도'의 문제였다. 영세·소농 지배적인 상태에서는 새로운 농업기술의 도입이나 농업 생산성의 향상은 어렵기 때문이다.

---

20. 이러한 논리 전개는 1997년 아시아 외환 위기의 원인을 둘러싼 국제적 논쟁 상황을 보면 쉽게 이해가 된다. 위기의 원인이 한국(아시아)적 정실 자본주의(crony capitalism), 정부의 과도한 개입으로 초래된 도덕적 해이(moral hazard)가 원인이라고 보는 논자들(초기의 크루그먼 등), 혹은 국제금융시장의 패닉(panic) 속에서 그 이유를 찾아가는 논자들(삭스, 스티글리츠 등)에 대해 유인호는 뭐라고 대답했을까? 만약 살아 있었다면 다음과 같이 대답했을 듯하다. 애초부터 '도덕적 해이'와 '국민경제의 불안정성 요소'를 남겨둔 개발 체제가 문제였다고 말이다. P. Krugman, Asia; what went wrong, *Fortune*, March, 1998. J. Sachs, The Onset of the East Asian Financial Crisis, *Working Paper of Harvard Institute for International Development*, 1998, J. Stiglitz, *Globalization and Its Discontents*(송철복 역, 《스티글리츠의 세계화 비판》(세종연구원, 2002년) 참조.
21. 유인호, 《한국 농업 협업화의 연구》(한국연구원, 1972년), 45쪽.
22. 제1차에서 제4차 5개년계획까지의 농업정책에 대한 분석은 유인호, 〈농업개발정책의 허와 실〉(한국 기독교 산업 문제 연구원, 1978년 3월), 《농업경제의 실상과 허상》(평민사, 1979년) 참조.

농지개혁이 과도기적 토지 형태인 농민적 토지 소유 형태는 달성하였으나 농민적 토지 소유가 가지는 반봉건적 잔재는 그대로 온존시키는 결과를 가지게 되었다. 토지를 소유하지 못한 소작농을 자작농으로 전환할 수는 있었지만 그들의 영세성은 그대로 유지시키는 것이 되었다. 농지개혁은 그 목적에서 말하고 있는 것과 같은 '농가 경제의 자립'이나 '농업생산력의 증진'은 달성될 수 없었으며 또한 '농민 생활의 향상'이나 '국민경제의 균형과 발전'도 이룩될 수 없는 것이 되었다. 우리나라의 농지개혁은 그것이 국민경제의 공업화에 길을 열어준다는 것, 공업화는 광대한 농촌 시장에 의존하지 않으면 안 된다는 것과 농업에 있어서 새로운 근대적 경제 질서를 구현한다는 목적의식이 결여된 상태로 실시되었다. 그러므로 그것은 겨우 3정보 상한의 '경자유전(耕者有田)'에 입각한 영세·소농 지배적인 자작농을 대량으로 창출할 수 있었음에 불과하였다. 이렇듯 농지개혁은 농업생산력을 일정한 수준에 머물게 하는 농업 구조를 마련하게 되었다. 이러한 농업 구조 하에서 영위되는 가족 노작적 농업경영은 그 스스로 발전할 수 없을 뿐만 아니라 국민경제의 발전을 전체적으로 가로막는 작용까지도 하게 된다. 이 점이야 말로 우리나라 농업의 기본적 모순이다.[23]

여기서 만약 농업경영의 '영세성'이 문제라면 그 규모를 늘리면 된다. 즉, 농민층 분화를 통한 기업농으로서의 발전이다. 그러나 이것 또한 한국적 상황에서는 비현실적이라는 것이 유인호의 인식이다. 유인호는 다음의 두 가지 차

---

23 유인호, 〈농업 협업화〉, 《창조》, 1972년 6월. 《농업경제의 실상과 허상》, 178~179쪽. 농지개혁의 상세한 내용에 대해서는 《한국농지제도의 연구》(1975년)의 제2편 참조.

원에서 그 이유를 설명하고 있다.[24]

첫째는 농업인구를 받아들일 공업 부문의 발전이 미흡하다는 점이다. 농업의 자본주의화는 토지의 집중화에 의한 막대한 탈락 농민을 발생시킨다. 탈락 농민을 임노동자로 비농업 부문이 흡수할 수 있으면 좋으나, 우리나라에서는 불가능하다. 따라서 농업인구는 농업 내부에서 감당할 수밖에 없으며, 농민으로 하여금 농업을 '생업'으로 보전케 해야 한다.

그러나 이러한 논리 구성 속에는 아마도 한국의 공업 부문 성장에 대한 상당한 비관적 인식이 자리잡고 있다. 적어도 이러한 논리를 개진했을 1970년대 초반 단계의 한국 경제에 있어서는 유인호의 설명이 맞을 수 있다. 그러나 그 이후로도 계속되는 고도성장의 과정은 '도시 부문'의 인구 흡수력이 상당히 강력했음을 나타낸다. 1960년대, 70년대의 방대한 이농離農 현상은 빈곤한 농촌으로부터 탈출(push 요인)만이 아니라, 도시 부문의 강력한 흡수력(pull 요인)이 작용한 결과이다. 토다로Todaro류의 인구 이동 모델을 원용한다면, 비록 도시 빈민informal sector으로 편입된다 하더라도 도시 부문에서 장기 기대 수익이 농촌에서의 장기 기대 수익에 이동 비용을 더한 것 보다 크기 때문에 이농이 벌어지게 된 것이다.[25]

따라서 오히려 농업 부문의 자본주의적 발전이 저해되는 것은 유인호가 열거하고 있는 다음의 두 번째 이유가 더욱 설명력을 갖는다. 즉, 한국적 상황에서는 농업 부문에 투자할 자본이 존재하지 않는다는 점이다. 농업의 자본주

24. 유인호, 《한국 농업 협업화의 연구》(한국연구원, 1972년), 85~86쪽.
25. 토다로(M. P. Todaro), "A Model of Labor Migration and Urban Unemployment in Less Development Countries", *American Economic Review*, Vol.59, No.1, March 1969.

의화는 농업자본의 형성과 그 운동의 보장을 전제로 한다. 그러나 우리나라에서는 독점자본의 압박(저곡가 정책 및 협상 가격차)에서 자유롭지 않으며, 선진 자본주의국의 농업자본의 압박(특히 잉여농업생산물)에 의해서도 저지되고 있다. 이러한 경우 애초부터 농업에서 기업 농으로서의 투자 행위는 불가능한 것이다. 이로써 농업 분야의 자본주의적 발전은 저지되며, 식량, 공업 원료의 대외 의존화가 가속되는 것이다.

> 우리나라 부존자원이 비록 지금은 공업적 활용에 많은 문제가 있다고 하더라도 이것의 개발과 활용이 경시되어서는 안 된다. 가령 연료재를 석유로 대체하지 않았던들 무연탄의 연료재로서의 역할은 충분할 것이며 또한 이용법 개선만이 아니고 이용 범위도 확대되었을 것이다. 이것은 비단 에너지자원 면에서만 볼 수 있는 것이 아니고 다른 공업 원료 면에서도 얼마든지 볼 수 있는 사실이다. 국내 자원 미비상은 무엇보다도 농산물 자원(농업 부문) 면에서 가장 두드러지게 나타나고 있다. 농산물 자원 중에서도 식량 자원의 미개발상은 더욱 심하다. '식량 자원의 잠재적 여건' 은 어느 나라에도 못지않은 것임에도 자원관의 무국적성의 파급 현상으로 말미암아 만성적인 식량 자원의 대외 의존이라는 결과를 만들게 되었다. '농정의 부재' 라는 하나의 사실 때문에 식량 공급 사정의 악화만이 아니고 공업 원료로서 농산물의 공급 조건의 악화라는 현상을 '당연한 사실' 로 받아들이게 되었다.[26]

---

26. 유인호, 〈경제 발전과 자원 정책〉, 《신동아》, 1974년 3월 호, 《민중경제론》, 134~135쪽 정리.

III. 유인호의 민중·민족·민주적 해법

1. '국내 자원 활용 주도형' 경제 발전

그렇다면 후진국인 한국에 있어서 자립적인 발전을 위해서는 어떠한 개발 전략이 필요한가? 저서의 곳곳에서 강조되고 있는 유인호의 생각은 '국내 자원 활용 주도형' 경제 발전이었다. 이러한 생각은 1980년 군사 법정에서 그가 직접 작성한 항소이유서에 잘 나타나 있다.

> 본인은 이제까지 '반정부 투쟁 활동'을 한 바 없으며, 다만 본인의 주장을 전개하는 과정에서 정부의 경제 시책을 비판하였을 뿐입니다. 가령 70년대의 전기간에 걸쳐 발표한 백수십 편의 논문과 시론 그리고 백여 차례에 이르는 학술 연구발표회, 좌담회, 강연, 정치인·경제인·행정부 관료와의 대담 등에서 일관하여 주장한 것은 (특히 '10·26사태' 이후의 논문과 시론, 강연, 좌담회, 대담 등에서 강력히 주장하여 온 것은) 우리나라 경제 발전에 관한 본인의 주장, 즉 국내 자원 활용 주도형 경제 이론을 피력한 것에 지나지 않습니다. 본인의 주장이 유신 체제하에서 국민경제의 대외 종속화를 촉진시키고 아름다운 우리 강산을 '공해 강산'으로 바꿔놓을 뿐만 아니라 산업 간, 지역 간, 계층 간의 대립을 격화시키는 결과를 초래한 정책 당국자의 비위에 거슬렸을 것은 사실이며, 그럼으로써 본인의 주장이 정책화될 수 없었던 것도 사실이지만, 그렇다고 하여 본인의 이론 전개를 '반정부 투쟁 활동'이라고 단정하는 것은 결코 승복할 수 없습니다.[27]

유인호의 '국내자원 활용 주도형' 개발 정책을 이른바 전통적인 의미에서의 '균형개발론'으로 해석하는 것은 무리가 있다. 유인호의 논문 전체에서 1950년대와 1960년대를 통해 서구 경제학계에서 풍미하던 논쟁, 즉 넉시Nurkse 와 허쉬만Hirschman의 균형-불균형성장의 논쟁 구도를 찾는 것은 어렵다.[28] 따라서 유인호의 개발전략을 '균형' 혹은 '불균형'의 개념 틀로 간단히 재단하는 것은 많은 오해를 불러일으킬 수 있다. 굳이 유인호를 이 논쟁 틀 속에 집어넣는다면 제조업 안에는 '불균형성장', 농공간에는 '균형성장' 혹은 '농촌개발 우선전략'이라는 결론이 나온다.

유인호는 넉시류의 균형성장론에 대해서는 오히려 비판적이다. "후진국의 경제 발전을 긍정한다고 할지라도 결과적으로는 공업 형태의 선택에 있어서는 노동 집약적인 선택 방향을 제시하는 논리"로서, "선진국에 대한 경제적 종속성에서 탈출할 수 있는 방안"은 아닌 것이다.[29] 중화학공업을 중시한다는 점에서는 오히려 허쉬만류의 '불균형성장론'에 가깝다. 산업 연관의 전후방 효과가 큰 중화학공업에 대한 투자를 '의도적'으로 '과감히' 창출시킴으로서 다른 분야의 성장도 촉진시키는 방식이다.[30] 이러한 중화학공업을 중시한 성장 전략은 유인호의 저작 곳곳에서 보이는 인식이다. 문제는 공업에서의 '불균형성장'을 어떻게 가능하게 할 것인가다. 여기서, 공업화는 중요한 명제이나, 그것이 바로 농업 부분의 발전에 기초해야 한다는 점이 바로 유인호 개발론의 핵심 사항이 된다. 한국의 고도성장 과정에서 관철되어갔던 '불균형성

---

27. 유인호, 《좁은 공간 긴 사연—옥중 편지 모음》(양서원, 1991년), 197쪽.
28. R. Nurkse, *Problems of Capital Formation in Underdeveloped Countries*, Oxford, 1953. A. O. Hirschman, *The Strategy of Economic Development*, Yale University Press, 1958. 두 이론에 대한 설명은 所秀紀, 《開の政治》(日本評論社, 1997년) 제1장 참조.
29. 본고의 주 13 참조.
30. 所秀紀, 같은 책, 41~43쪽.

장' 노선은 그 '불균형성' 자체의 문제가 아니라, 농업이라는 국내 자원의 활용을 경시한 '불균형성'에 있는 것이다. 그리고 '재벌 독점기업'에 의해 주도된, '대외 의존적'인 불균형성장이었던 것이다.

> 오늘날 한 나라가 경제적 자립을 추구할 때 무엇보다도 요망되는 것은 근대적 경제기구를 마련하는 것이며 그 토대 위에서 산업구조를 공업화의 방향으로 개편하는 것이라 하겠다. 더욱이 공업화의 형태에서는 장기에 걸쳐 경제활동의 규모를 넓히고 또한 투자의 규모를 큰 테두리에서 유지할 수 있게 하는 생산재공업을 선택해야 한다. 이와 달리 경공업으로서 선택하게 되면 거기에서는 투자의 성과는 빨리 나타나지만 장래의 성장률은 기존의 생산재의 생산능력 테두리를 벗어나지 못하므로 장기에 걸친 경제활동의 규모는 매우 좁은 상태를 벗어나지 못하게 된다.[31]

> 경제 발전의 내용이 되는 공업화를 위한 기초 작업(가령 자금, 기술, 시장, 식량 등)을 이룩하지 못한 나라에 있어서는 국내에 광대한 농촌 시장에 의존하지 않은 경제 발전(공업화)이란 생각할 수 없다. …… 다시 말하면, 국민경제 내부에서 공업화의 과정이 보장되기 위해서는 광대한 농촌경제의 개발을 전제로 하지 않을 수 없으며 이러한 전제를 무시한 공업화 과정의 촉진은 결국에 있어서 공업 구조의 기형화를 한층 더 격화시킬 뿐만 아니라 나아가서는 국민경제를 정체의 길, 후퇴의 길, 예속의 길로 몰아넣는 결과가 되고 말 것이다.[32]

---

31. 유인호, 〈경제행정의 의식구조〉, 《신동아》, 1971년 1월 호. 《민중경제론》, 60쪽.
32. 유인호, 《한국 농업 협업화의 연구》, 19~20쪽.

그러면 한국에서 농업의 발전은 어떻게 가능할 것인가? '국내자원 활용 주도형' 경제 발전을 생각했을 경우 역시 키포인트가 되는 곳은 농업의 발전 가능성이다. 이때 제시한 유인호의 해결책이 바로 농업 '협업화'를 통한 발전이었다.[33] 유인호는 농업 협업화를 "기본적으로는 농민 조직화를 통하여 농업의 생산과 분배를 조직화하고 그리하여 농업생산력의 증진과 농민의 지위 향상을 목적으로 하는 농업경제 조직"으로 설명하고 있다. 즉, 다수로 조직된 힘으로 농업 생산과정을 조직화할 뿐만 아니라 그 성과물의 분배까지도 조직화함으로서 전체적으로는 농업생산력 증진과 농민의 사회적 경제적 지위 향상을 도모코자 하는 것이다.[34]

농업 협업화는 우리나라 농업근대화의 방향으로 규정하는 것은 확실히 하나의 새로운 문제의식에 해당될 것이다. 왜냐하면 대개의 경우 농업 근대화(우리나라)를 농업의 자본주의화라고만 인식하는 것이 일반적 통념으로 되어있기 때문이다. 그러나 필자는 이러한 일반적 통념은 역사 발전 과정을 일면적으로 인식한 것에 지나지 않는다고 생각할 뿐만 아니라 더욱이 우리나라 농업은 이러한 일반적 통념의 과정만을 충실히 밟을 수 없는 역사적 발전사적 특수성을 가지고 있다고 본다(역사 발전은 각국의 특수성을 무시한 획일 개념으로 파악할 수

---

33. 유인호, 〈농업근대화 방향에 관한 제문제〉. 《농업경제의 실상과 허상》, 170쪽.
34. 유인호, 《한국농업협업화의 연구》, 133~134쪽. 이러한 농업 협업화를 생산의 측면에서 보면 그것은 크게 작업 협업화(협업적 작업)와 경영 협업화(협업 경영)로 구분된다. 협업적 작업은 노동력 또는 기계 이용을 중심으로 한 작업 과정만을 협업화하는 것이므로 기본적으로는 개별 경영체의 성격을 변화시키지 않는다. 이와 달리 협업 경영은 협업에 참가하는 사람들이 그들의 공동의 경영체를 가지며 농업 경영 자체를 공동으로 영위하는 것이다. 즉, 다수 농민이 자기가 소유하는 토지와 자본의 일부 또는 전부를 제공하여 새로운 경영체를 만드는 것이므로 개개인의 경영과는 다른 공동의 경영체가 생긴다. 그러므로 협업 경영은 개별 경영과는 전혀 다른 농업 경영 조직이다. 다시 말하면 협업 경영은 공동 노동과 공동 운영을 전제로 하여 이루어진다. 같은 책, 제7장 참조.

없다는 점에서 그러하다).[35]

협업 제도하에서 생산력이 높아지게 되는 것은 거기에 있어서는 구성원 간에 업무의 분담·분업제가 확립되게 되며 각기 각 업무에 전문적으로 종사할 수 있기 때문이다. 또한 각 업무간의 결합이 통일 의사에 의하여 유기적이고 합리적으로 이루어지기 때문이다.[36]

한편 한국 농업의 상황에서 가족 경영의 자립화가 불가능하며, 기업농적 발전 방식 또한 불가능하다는 인식은 유인호의 일관된 인식이다(자세히는 본고의 제2장). 따라서 소농 경영의 돌파구로서 농업 협업화를 거론한 것은 상당히 획기적인 발상이다. 그러나 농업 협업화 논의가 단순히 '농업 생산성의 증대' 방안으로 왜소화되어서는 안 된다고 생각한다. 유인호의 생각 속에서는 '농업 자본주의화'의 과정이 '불가능'한 것만이 아니었다. 오히려 '불필요'한 것이었다. 가령 수입 농산물에 대한 규제와 독점금지법의 효율적 운영이 유지된다면 농업의 자본주의적 발전은 가능할 수도 있다. 그럼에도 농업 협업화가 여전히 의미를 가지는 것은, 그것이 '협동'과 '연대'에 의한 새로운 '참여형' 경제 발전의 가능성을 품고 있기 때문이다. 이러한 생각은 유인호의 협업화론과 관련된 저작에서 체계적으로 표현된 것은 아니다. 어쩌면 '농업 생산성의 증대'라는 논리에 초점을 맞추면서 공안당국의 주목을 피하고자 했을 수도 있다. 그러나 저서 곳곳에 보이는 표현, "협업 경영에 있어서의 주요 생산수단에 대한

---

35. 유인호, 〈서문〉, 《한국농업협업화의 연구》.
36. 유인호, 〈농업근대화 방향에 관한 제문제〉. 《농업경제의 실상과 허상》, 173~174쪽.

새로운 관리관과 지배관의 형성은 생산력의 발전을 장기적으로 약속하게 하는 기본적 요인이다", 혹은 "협업 경영에 있어서는 농민 내부의 단결력이 강화되며 이것은 농민층 내부에 있어서의 계급분화, 지주제적 수탈을 극복할 수 있는 힘의 작용을 하게 된다"라는 표현들은 애초부터 협업화론이 가지고 있었던 논리적 사정거리가 훨씬 멀리 있었음을 알려준다.[37] 자본제적 소유·지배 구조를 넘어선 새로운 생산조직·인간 조직에 대한 기대감의 반영이 아니었겠는가?

2. 민중 · 민족 · 민주 경제로의 전환

한국 현대사의 매 길목마다 유인호는 자신의 경제 이념을 적극적으로 '글'로 쓰고 '말'하고 '행동'했다. 호헌護憲 철폐의 민주화 투쟁이 격렬하던 1987년 12월에도 '정치 민주화 투쟁'에 못지않게 '경제 민주화 투쟁'의 필요성에 대해 역설하고 있었다. 경제 전체가 진실로 국민 본위, 민중 본위의 방향에서 운영되어야 하며, 가짐과 나눔의 상대적 공정화를 지향해야 한다고 소리를 높였다. 자본의 독점적·특권적 지배, 관료 기구의 전제적·독재적 지배를 거부해야 하며, 구성원이 민주주의적 원칙과 질서에 따라 참여할 수 있는 제도를 만들어야 한다고 주장했다.[38] 1980년 4월, 민주주의의 '봄'이 찾아오던 그 시절에도 마찬가지였다. '경제민주화'의 조항을 넣은 새로운 헌법 개정의 꿈을 가지고 있었다. 그리고 다음의 몇 가지 사항들은 헌법상 '기본권'으로 규정되어야 한다고 주장했다.[39]

---

37. 유인호, 《한국농업 협업화의 연구》, 184쪽.
38. 유인호, 〈제5공화국 경제를 평가한다〉(《나의 경제학─수난과 영광》), 319~320쪽.

1. 분명히 민중의 이익을 희생시킴으로서 형성된 개인의 재산이라고 판정되었을 때는, 그 재산은 민중에게 귀속되어야 하며, 재산권의 행사는 민중에게 있다.

2. 경제 질서는 민중의 기초적 수요를 충족하고 균형 있는 민족경제의 자주화·자립화를 실현하는 방향으로 조정되어야 하며, 항상 사회적 계층 간의 경제적 균형이 유지될 수 있는 '경제활동의 조화'가 이루어지는 것이라야 한다.

3. 근로자와 농어민 그리고 소상품생산자를 위시한 사회적 약자의 경제적 지위는 보장되어야 하고, 시장 경제 원리에 따른 희생의 강요는 배제되어야 하며 국가권력의 경제활동(재정, 금융적 활동)의 확대에 따른 희생에서도 보호되어야만 한다.

4. 근로자·농어민·소상품생산자의 권리는 법률로서 제한되지 않으며, 다만 그 권리의 행사가 민중 생활과 민족경제의 균형 있는 발전에 저해적 요인이 되어서는 안 된다.

5. 경제력의 집중에 따른 사회적 형평의 교란은 그 책임을 국가권력이 져야 하므로, 국가권력은 경제력의 집중을 막을 제도적 장치를 가져야 한다.

6. 모든 국민은 노동할 권리를 가지며 정당한 노동 대가를 요구할 수 있고, 또 이것은 국가권력에 의하여 보호되어야 한다.

7. 어떠한 이유에서나 '생활환경'을 파괴하는 산업 활동은 없어야 하며, 그것에 의한 파괴는 국가권력에 의하여 보상되어야 한다.

---

39. 유인호, 〈개헌안, 경제조항은 이렇게〉, 《이코노미스트》, 1980년 4월. 《나의 경제학-수난과 영광》, 41~45쪽.

이상과 같은 헌법상 '기본권 조항' 과 함께 다음과 같은 사항들은 좀 더 명시적으로 '경제조항' 으로 삽입되어야 함을 주장하고 있었다.

1. 토지의 공개념 규정은 명시되어야 한다. 그리고 그것은 개인의 생존권적 토지 소유와 토지의 경제적 경영을 보장하는 범위 내에서 토지 공익성 선언이라야 할 것이다. 투기와 소유만을 목적으로 한 비활용적 대토지 소유는 제한되어야 한다.

2. 소작제는 금지되어야 한다. 소작농의 허용은 농업의 근대화를 저해할 뿐 농업 발전에 기여하는 것은 아니다. 현재의 소작 상황을 인정하는 헌법은 있을 수 없다.

3. 금융기관 특히 통화정책의 독립성을 보장하기 위하여 중앙은행은 제도 면에서 중립화될 수 있는 헌법 규정을 하는 것이 옳다. 중앙은행이 국가권력의 시녀적 역할을 한다는 것은 광의廣義의 금융기관이 전체적으로 위정자의 필요에 따라 영향을 받게 되는 원인을 만드는 것이다.

4. 국내 자원의 개발과 활용을 중시는 규정이 마련되어야 한다. 시장경제 원리에 치중하게 되면 국내자원의 활용이 뒤질 염려가 많은 것임에도 그것의 개발과 활용에 대한 규정을 하지 않고 해외 자원에 의존하는 것은 민족경제의 균형적 발전과 어긋나는 결과가 되지 않을 수 없다.

5. 사인私人의 재산권을 수용하거나 활용에 대하여 제한을 가할 때는 그 재산권의 현재적 가치보다 높은 보상을 하여야 하지만, 지금까지는 그것이 부정되었다.

6. 소비자는 그들의 권익을 보호하기 위한 권리를 행사함에 제한을 받지 않아야 한다. 기업은 여러 가지 면에서 규정을 하지 않더라도 보호되어왔는데,

소비자의 권리는 보장되지 않았다. 그래서 지난날 많은 사회적 문제의 원인을 조성하였다. 소비자의 권리가 보호된다는 것은 사회의 안정화에 기여하는 것이기도 하다.

헌법의 '기본권 조항' 그리고 '경제조항'을 살펴보면 유인호가 지향하던 사회의 모습이 잘 나타나 있다. 조항의 거의 다는 '민중' 생활의 안정에 초점을 둔 것이다. 노동자, 농어민, 소작인, 소상품 생산자, 비토지 소유자, 실업자, 소비자 등 한국 사회의 약자들이 보호받을 수 있는 장치를 만드는 것이다. 그와 함께 쾌적한 생활환경을 중시하며, 국민 자원의 개발과 활용을 통한 자립적 민족경제의 발전을 강조했다. 관료 기구의 전제적 지배를 막을 수 있는 민주적 참여 경제의 실현을 희망한 것이었다. 그러나 1980년 유인호가 주장하던 '개헌'의 내용은 아직도 여전히 실현되지 않고 있다. 2007년의 대한민국의 풍경은 유인호가 꿈꾸었던 헌법상 '기본권'과는 너무나도 떨어져 있는 것이다.

IV. 유인호 경제학의 현대적 계승

1. 2007년, 민중들의 고단한 풍경

2007년의 지금 한국 사회에서 민중의 생활은 여전히 고단하다. 만약에 '민중'을 중산층 이하의 계층으로 본다면 그 비율은 73.5퍼센트로 우리나라 대다수 가구를 포괄한다. 이렇게 포괄적으로 규정된 민중 사회 내부에서도 지난 10여 년간 커다란 지각변동이 있어왔다. 소득은 양극화되어 1997~2004년 하류층은 18.7퍼센트에서 21.7퍼센트로 증가했으며, 중산층은 58.7퍼센트에서 52.8퍼센트로 감소했다.[40] 단순한 소득의 양극화만은 아니었다. 양극화는 주식 또는 부동산 소유에서도 극심하게 진행되었다. 열심히 일하는 근로소득의 세계가 아니라 자산 가격 상승으로 인한 불로소득의 세계가 더욱 커져가는 것이다.[41]

그러면 구체적으로 한국의 민중들은 어떻게 살아가고 있는가? 2007년 1 · 4분기 통계청의 '가계 수지 동향'에서 전국 가구의 소득 5분위별 소득과 지출(월평균)을 살펴보면, 하위 1, 2, 3분위 가계(전체의 60퍼센트)는 적자거나 아니면 아주 조금밖에 저축하지 못하는 생활을 하고 있다. 최하층은 월평균 83만 원을 벌고 123만 원을 써서 40만 원 적자를, 다음 계층은 18만 원 적자를, 그다음은 36만 원 흑자를 보이고 있다. 흑자라 하더라도 대부분 주택 대출 상환금 혹은 각종 보험금일 것이므로 저축이라는 실질적 의미가 거의 없다.

이들 민중의 경제적 삶의 근거는 광범위하게 존재하는 영세 자영업자 혹은 비정규직 근로자로 일하는 수입에서 얻는다. 2004년 현재 우리의 자영업자 비율은 27.1퍼센트로, OECD 평균 14.4퍼센트보다 상당히 높다. 몇 집 건너 하나씩 있는 통닭집, 김밥집의 모습은 우리의 영세 자영업자들의 일상생활을 그대로 보여준다. 고용에서도 비정규직 근로자의 비율은 56퍼센트에 달하며(2004년), 그들의 대부분(816만 명 중 791만 명)은 정규직과 동일한 노동을 하고 있음에도 비정규직으로 차별받고 있다. 이처럼 별로 버는 것도 없고 불안한 노동 환경 속에 있지만 전체적인 노동시간과 노동강도는 너무나 열악하다. 우리

---

40. 여기서 말하는 '민중'이란 한국의 가계소득의 중간값에 해당되는 소득(중위소득)의 0~150퍼센트 범위에 들어가는 사람을 기준으로 한다. 그중 하류층은 중간값 소득의 0~49퍼센트, 중산층은 50~150퍼센트를 기준으로 한다. 자료는 김문조, 《IT기반 계층간 양극화현상 극복》(정보통신연구원, 2006년 12월) 참조. 이러한 양극화는 다른 소득분배 관련 지표, 즉 지니계수, 5분위 · 10분위 분배율 등에서도 일관되게 나타난다. 지난 10여년 간의 소득분배 관련 통계의 정리는 신관호 · 신동균, 《소득분포 양극화의 특성과 경제 · 사회적 영향》, 《한국 경제 분석》, 2007년 4월 참조.

41. 김유선, 《토지 소유 불평등과 불로소득》, 《노동사회》(2005년 10월) 참조.

의 실질 근로시간은 연간 2,561시간(일본 1,801시간, 독일 1,446시간)이며, 열악한 작업환경 때문에 중대 재해율(인구 100만 명당 산재 사망자 수)은 160명으로, 일본 0.01명, 영국 열두 명, 미국 30명, 대만 63명에 비해 압도적으로 높다.[42] 생활에 찌든 민중의 삶의 극단적 표현은 자살이다. 2004년 통계를 보면 우리나라의 자살률은 인구 10만 명당 24.2명이다. 이는 OECD 국가들 중에서 가장 높은 수치다. 우리나라에 이어 헝가리(22.6명, 2003년), 일본(18.7명, 2002년)의 순위로 이어진다. 인구 5000만 명 기준으로 생각했을 경우 매년 1만 2,100명이 자살하고 있는 것이다.

2. 개발 전략으로서의 한미FTA

그렇다면 한국 경제성장의 '비책'으로 부각되고 있는 한미FTA는 과연 민중의 삶을 안정시킬 것인가? 한미FTA를 추진한 정부의 논리는 지극히 단순 명쾌했다. 중국과 일본 사이의 샌드위치 신세인 한국 경제는 새로운 돌파구가 필요하다, FTA는 세계적인 추세다, 경쟁력 강화를 위해서는 세계 최대·최고 시장인 미국에 접근해야 한다, 미국식 경제 제도의 도입은 바로 한국 경제의 선진화로 귀결된다는 논리다. 이것은 10년 전 IMF 경제개혁 때도 그랬다. 그러나 정부의 과대 선전을 믿고 금 모으기에 앞장선 민중의 입장에서 본다면 지난 10년간의 대차대조표는 명확했다. 절대적·상대적 빈곤은 더욱 심화되었으며, 노동은 불안해졌다. 국민경제의 재생 프로그램이 국민을 '있는 자'와 '없는 자'로 갈라놓아버린 것이다. 그렇다면 이번에는 다를 것인가? 한미FTA는 좀 더 희망찬

---

42. 비정규직 노동자 비율은 2004년 기준. 김유선, 《한국 노동자의 임금 실태와 임금정책》(후마니타스, 2005년 3월) 참조. 노동시간은 2003년 기준. 중대 재해율은 2000년 기준. 《KLI 노동통계》(한국노동연구원) 참조.

미래를 우리에게 약속하는가?[43]

먼저 민중들의 돈벌이가 어떻게 변할 것인지가 중요하다. 이것을 파악하는 열쇠는 다음의 두 가지 초점 속에 있을 것이다. 첫째, 한미FTA는 한국 경제의 성장성을 제고할 것인가? 둘째, 성장성의 제고가 민중 생활의 안정성과 연결될 것인가?

애초부터 정부가 제시하는 한미FTA의 경제성장 효과는 너무나 추상적이었다. 금년 4월, 대외경제정책연구원 등 열한 개 연구 기관이 공동 명의로 발표한 자료를 보면 한미FTA 체제하에서는 그렇지 않을 경우와 비교하여 단기적으로는 실질GDP가 0.32퍼센트, 장기적으로는 6.0퍼센트까지 확대되는 것으로 분석된다. 그러나 여기서 말하는 '경제적 효과' 는 상당히 애매한 개념이다. 일례로 추가로 발생하는 생산성 증가를 매년 제조업에서 0.12퍼센트(10년간 1.2퍼센트), 서비스업에서 0.2퍼센트(5년간 1.0퍼센트)로 가정하고 있으나, 그 근거는 확실치 않다. 더구나 자원이 모두 효율적으로 재배치되고 그것도 완전고용이라는 가정하에서 이루어지는 분석 모형이 가지는 경제적 효과의 한계는 너무나 명확하다.[44]

성장성의 전망이 명확하지 않다면 고용은 과연 안정될 것인가? 먼저 지적할 수 있는 것은 농업의 대대적 개방으로 농업에서의 일자리가 상당히 사라질

---

43. 한미FTA 협정문 분석과 한국 경제에의 영향에 대해서는 김종걸, 〈한미FTA 협상 결과 검토〉(경실련 발제문, 2007년 7월)를 보라. 한편 한미FTA가 가져올 국제협력질서의 변용에 대해서는 김종걸·정하용, 〈한미FTA와 동아시아 경제협력〉, 최태욱 편, 《한국형 개방전략》(창작과비평사, 2007년 3월) 참조 바람.

44. 정부연구기관합동, 《한미FTA의 경제적 효과분석》(2007년 4월 27일). 한국에서 현재 계산되고 있는 CGE모형의 기반이 되는 데이터베이스의 신뢰도에도 심각한 문제가 제기된다. 이에 대해서는 유태환, 〈거대 경제권과의 FTA체결에 따른 평가와 정책 제언〉, 전게의, 《한국형 개방 전략》. 또한 대외경제정책연구원(KIEP)의 계산 방법의 문제점에 대해서는 신범철, 〈한미FTA의 경제적 효과분석에 대한 비판〉(비상시 국회의 사이버자료실, 2007년 5월) 참조.

것이라는 점이다. 윤석원은 한미FTA의 결과, 상층과 하층을 제외한 약 60퍼센트의 중규모의 농민이 몰락하며, 농가 인구도 전체의 약 2~3퍼센트에 머물게 될 것이라고 주장한다.[45] 만약에 이것을 2006년 농가 인구 330만 명(전체 인구의 6.8퍼센트)에 대입해보면 약 184만에서 233만 명의 농가 인구가 감소하는 것이다. 그만큼 일자리는 줄어든다. 앞으로 광범위하게 이루어질 국내외 기업에 의한 적대적 인수 · 합병이 대대적인 인원 정리를 예고하고 있다는 점도 걱정이다. 실제로 많은 인수 · 합병이 단기적인 고용조정으로 인한 기업 가치의 상승을 목적으로 하는 한, 이러한 염려는 현실화될 가능성이 크다. 이것은 지난 IMF 경제 위기 때 이루어진 인수 · 합병이 대대적인 고용조정으로 연결되었다는 점을 생각해보면 쉽게 납득할 수 있다. 무엇보다도 우려되는 점은 한미FTA가 초래하는 기업 간 경쟁의 격화가 결과적으로 고용의 불안정성을 강화시켜 갈 가능성이 크다는 점이다. 지금까지 한국 경제는 인적 자원의 창조적 활용이 아니라 기계, 설비로 노동을 대체하는 방식으로 경쟁력 강화를 추진해왔다. 시장의 압력에 직면한 기업들이 정규직 축소, 비정규직 확대, 정규직 노동력의 회전율 제고(정년 감축)로 대응해온 것이다. 실제로 금융업을 제외한 우리나라 50대 상장 기업이 최근 5년간(1999~2004년), 매출액은 67.8퍼센트, 당기순이익은 215퍼센트 크게 증가했음에도 고용이 오히려 0.4퍼센트 감소했다.[46] 이상과 같이 생각해보면 한미FTA로 경제적 성장성이 증대된다는 주장도 명확한 근거가 없으며 그리고 경제성장이 증대된다고 하더라도 그것이 민중 생활의 안정성으로 그대로 연계되는 것 또한 아니다.

---

45. 윤석원, 〈한미FTA와 농민 · 농업 · 농촌의 피해〉(미래전략연구원 세미나자료, 2007년 6월 9일).
46. 《중앙일보》, 2005년 4월 4일자.

돈벌이가 확실하지 않다면 씀씀이의 전망은 어떠한가? 미국산 쇠고기, 자동차의 가격 하락으로 민중들 씀씀이가 여유로워질 것이라는 주장도 있다. 그러나 애초부터 한미FTA의 주안점은 '관세'가 아니라 '제도'에 있다는 점을 생각해야 한다. 그렇다면 제도 변화가 우리들 생활을 어떻게 변화시킬 것인가? 먼저 가장 타격이 클 곳은 의약품 분야(협정문 제5장)이다. 국내 최대 제약회사인 동아제약의 매출액은 미국 화이자의 1퍼센트 수준에 불과하다. 그만큼 우리의 경쟁력은 약하다. 이러한 산업에 혁신적 신약의 가치를 '적절히 인정'하고(2조 나항), '허가-특허 연계'(신약의 특허가 살아 있는 동안에 복제약 시판을 금지시키는 제도), '자료 독점'(최초 개발자 외에는 임상 실험, 독성 실험에 관한 자료를 무단으로 사용할 수 없게 하는 것, 신약은 5년) 등으로 특허권이 확대되어가는 것은 약값 상승을 초래해 민중 생활을 불안정하게 만든다. 기업의 독점적 담합행위로 소비자주권도 크게 저해될 수 있다. 이번 협상문에서는 경쟁 정책의 규제 당국과 규제 대상 간의 합의를 허용하고 있다(동의 명령제의 도입, 협정문 제16장 1조 5항). 정상적인 조사, 심결, 재판 절차를 거치지 않은 상태에서의 '합의' 과정이 양자의 '담합'으로 변질되어간다면 한국에서 독과점적 행위에 대한 규제는 크게 후퇴하게 된다.

부동산 정책의 자율성 여부도 민감한 사안이다. 이번 협상 중에서 최대의 관심사는 투자자-정부 제소권ISD이었다. 협상문에서는 "드문 상황을 제외하고는, 공중보건, 안전, 환경 및 부동산 가격 안정화와 같은" 정책은 간접 수용(소유권 이전을 통하지 않고서도 정부 규제 등에 의해 재산권의 직접 수용과 동등한 효과를 가지는 것)에서 예외로 규정되어 있다(제11장의 부속서 나). 정부는 '부동산 가격 안정화 정책'이 바로 기존의 부동산 정책 전부를 의미한다고 주장한다. 그러나 적어도 협정문상에서 그러한 다양한 정책을 밑받침해줄 수 있는 근거는 전혀 없다.

마지막으로 지적할 수 있는 곳이 바로 공공서비스와 관련된 부분이다. 일단 공공서비스 차원에서 당장 크게 불이익이 초래될 것 같지는 않다. 공공 퇴직제도(국민연금) 및 사회보장제도(건강보험)는 금융협정에 적용되지 않으며, 전기, 수도, 가스, 통신, 철도 등 각종의 공공서비스 영역도 외국인의 소유 지분 제한 혹은 사업 제한의 형태로 광범위하게 보호되고 있다(협정문 부속서 I, II). 그러나 여기서도 몇 가지 문제는 있다. 약값 상승으로 인해 건강보험 재정이 파탄 상태에 빠질 경우 그리고 외국인 투자 지분이 확대되는 전기, 가스, 통신 산업 등에서 과도한 배당 요구 등으로 공급가격 상승이 초래될 경우 민중 생활은 상당히 곤란해진다.

정부는 한미FTA가 메이저리그로의 진출이라고 자화자찬한다.[47] 그러나 한미FTA에 의해서 경제적 성장의 전망이 확실하지 않은 곳, 설령 성장한다 하더라도 그것이 분배와 연결되는 고리를 만들지 못하는 곳에서 한미FTA는 민중 생활의 압박으로 작용하게 된다. 참여 정부 때 동반성장 기치를 올렸던 〈비전 2030〉은 구체적인 재정계획도 없었으며, 재정계획 수립을 위한 정치적 리더십도 부재했다. 그러한 가운데 한미FTA가 추진되었다. 가장 염려되는 것은 한미FTA를 기점으로 해서 현재 유보, 미래 유보로 되어 있는 많은 부분들이 한미FTA와는 관계없이 우리의 스케줄에 따라서 '자주적'으로 개방될 경우다. 이 경우 의료, 교육, 전기, 수도, 가스, 교통, 통신 등 한국 사회의 공공성의 영역은 심대한 타격을 받는다. 그것을 바로 고치려 해도 역진방지조항ratchet과 투자

---

47. 한미자유무역협정체결지원위원회, 《한국 경제, 마이너리그에서 메이저리그로 : 한미FTA 협상 결과와 대응 방향》 (2007년 4월).

자·정부 제소권 때문에 사태를 되돌릴 수 없게 된다. 거기에 경쟁력 강화라는 명분으로 전반적 세금 감면 등이 추진된다면 그리고 고용 유연성이라는 명목으로 노동조건의 불안정성이 더욱 확대된다면 민중 생활은 악화 방향으로, 돌아올 수 없는 지점을 건너갈 수도 있다.

3. 유인호 경제학의 현대적 계승

1) 진보적 민중경제학의 복원

2007년 한국 사회를 살고 있는 민중의 생활환경이 점점 어려워지고 있었을 때 경제학이 할 수 있는 역할은 '한국'이라는 구체적 '현장' 속에서 어려움을 겪고 있는 사람들의 생활을 개선하는 데 집중하는 것은 당연하다. 그것은 유인호에게도 그랬다. 그에게 필요한 경제학은 당연히 "우리 민족이 당면한 오늘의 구체적 경제적 과제를 스스로 문제로 삼는 그러한 경제학"이었다. 경제학은 추상적인 '공론空論'과 '개념의 유희'에서 벗어나 우리에게 주어진 경제적 현실, 이것을 민족의 발전을 위하여 '개조'하는데 유효한 경제학이어야만 했다.[48]

이때 필요한 것은 첫째로 '사회주의'라는 이념의 끈을 놓지 않는 것이다. 1970년대의 자본주의 세계 장기불황에 대한 대응으로서 등장한 레이거노믹스 Reaganomics, 대처리즘Thatcherism의 유포는 국가영역의 축소, 시장영역의 확대라는

---

48. 유인호, 〈민족경제의 발전과 왜곡〉, 《한국 사회연구(3)》(한길사, 1985년 3월). 《민족경제의 발전과 왜곡》, 52쪽.

결과를 가져왔다. 여기에 1980년대 말 구소련 및 동구권 몰락 등과 연계됨으로써 지금의 자본주의는 자본주의 발생 초기의 순수한 형태, 즉 자본의 이윤추구와 개개인의 자기책임 그리고 경쟁의 끝없는 압박 속으로 '역류逆流' 하는 경향이 강하게 나타난다. 마르크스는 1848년 그의 《공산당선언》에서 구체제를 뒤흔드는 공산주의라는 '요괴' 가 유럽에서 나타나 결국은 전 세계적인 권력을 잡아갈 것이라고 선언한다. 150년이 지난 지금, 자본주의를 부정하려는 노력이든, 아니면 자본주의를 수정하려는 노력은 크게 약화되고 있다. 공산주의라는 '요괴' 가 아닌, 시장만능주의의 '요괴' 가 전 세계적인 권력을 잡아가고 있는 것이다. 그러나 아무리 프랜시스 후쿠야마가 '역사의 종말' 을 외칠지라도, 역사는 계속된다. 동구권이 멸망한다고 해도 자본주의 사회의 내재적 모순이 불식된 것도 아니다. 오히려 "소련과 동유럽에서의 탈사회주의화가 자본주의 세계체제의 모순을 더 큰 규모로 확대재생산하여 놀라운 지구적 돌풍을 일으키고" 있는 것이다. 유인호의 말대로 소련과 동유럽에서 사회주의가 실패했다고 해서 '사회주의' 가 진보주의자들의 사회변혁의 실천과제가 될 수 없다는 것은 아니다. 죽은 것이 있다고 한다면 그것은 소련과 동유럽에서 실천한 사회주의적 사회체제일 뿐 사상으로서의 사회주의가 죽은 것은 아닌 것이다.[49]

필자는 개인적으로 '제도' 로서의 사회주의가 단기간에 완성될 것이라고는 전혀 생각하지 않는다. 생산수단의 공동소유와 분배는 자유로운 개개인이 동의한 공동체적 규율과 배려로 결정되는 것이 아니라, 국가와 관료에 의한 전횡적 지배로 귀결되어갔음을 우리는 무너진 '사회주의' 에서 너무나도 많이

---

49. 유인호, 권두언 〈사회주의권의 동요와 한국의 진보주의자〉, 《사회평론》, 1991년 11월 호.

봐왔다. 오히려 인간 개개인의 '이성理性' 적 발전과 '공동체적 심성' 의 고양에 의해서 사회주의가 이룩될 수 있다는 밀J. S. Mill류의 '사회주의론' 자에 가깝다.[50] 그럼에도 '제도' 로서의 사회주의에 대한 끊임없는 고민이 필요한 이유는 시장 만능주의적 광폭화가 진행되는 현실에 대한 염려 때문이다. 평행선의 힘이 아니라, 약간의 수렴의 각도가 형성되었을 경우 힘의 벡터vector가 일정한 방향을 찾아가듯이 시장 만능주의에 대한 반대로서의 사회주의 이념은 '시장화' 의 폭주를 교정해준다.

진보적 민중경제론을 복원하는 데 있어서 둘째 과제는 경제 분석에 있어서의 '당파성' 을 회복하는 것이다. 유인호도 누차 강조하고 있듯이 GNP라는 지표에는 한 시대에 지향해야 할 가치, 제도 등이 애초부터 들어갈 여지가 없다. 사회적 양극화, 노동의 불안정성, 환경 파괴 등의 문제는 GNP 증가라는 화려한 외피 속에 숨겨져 자취를 감춘다. 결국 GNP의 증가가 중요한 것은 아니다. GNP의 증가 속에 숨겨진 경제 재생산구조의 내용이 중요한 것이다. 재벌 대기업의 성장이 곧 민중 생활의 안정으로 귀결되는 것은 아니다. 지난 수년간의 경험 속에서 확실히 된 것은 재벌 대기업의 성장과 노동자들의 행복지수는 전혀 상관이 없다는 점이다. 특히 IMF 이후의 경제성장 과정은 성장의 과실이 일부 기업, 일부 계층에 귀속될 뿐, 민중 생활은 더욱 악화되는 과정이었다. 노동은 불안해지고 양극화는 극심해진다. 그리고 그러한 불안정성이 성장력의 부족에 있다고 하여 또다시 경쟁과 효율의 압박을 가하고 있다. 유인호도 지적하고 있듯이 "기업의 이익은 국민의 이익" 으로 직결되는 것은 아닌 것이다.[51]

---

50. 밀(J. S. Mill)에 대해서는 이근식, 《자유주의 사회경제사상》(한길사, 1999년)의 제2장 참조.

유인호는 학문 연구의 최대 과제는 "나의 가난과 슬픔과 비참, 겨레의 가난과 슬픔과 비참 그리고 인류의 가난과 슬픔과 비참을 극복할 수 있는 학문"이라야 한다고 했다.[52] '가난한 자'와 '슬픈 자'를 위한 경제학의 복원이 필요하다. 경제학에서 '당파성'을 회복하는 것이다.

셋째 과제는 '사회적 공공성'을 중시하는 경제학이다. 세계화, 자유시장화 등의 담론들이 마치 천동설처럼 교조화되어 논의된다면 그것은 큰 의미가 없다. 중요한 것은 이 땅에 살고 있는 많은 사람들이 안정적이며 잘 사는 방법을 찾아가는 것이다. 또한 그것과 세계화·자유시장화가 논리적 친화력을 가진 경우에 논의되는 방식이 적합하다. 만약에 세계화가 한국 사회경제체제의 '공공성'과 대립할 경우에는 그 과정이 관리되어야 하는 것은 당연한 것이다. 그렇다면 한 경제 내에서 '사회적 공공성'을 유지하기 위해서 국가는 어디까지 역할을 해야 할 것인가? 가장 오른쪽에 애덤 스미스가 있다면 가장 왼쪽에는 카를 마르크스가 있을 것이다. 현실적으로는 시장의 영역을 확대시킨 영미 모델과 정부의 역할, 빈부 격차의 해소에 많은 중점을 두고 있는 북구 모델이 존재한다. 그러면 우리는 과연 어떠한 모델을 지향해야 하는가? 한국 사회가 장기적으로 지향해야 할 모델에 대한 논의는 상당히 많은 고민과 토론이 필요할 것이다. 그러나 잠정적으로 확인해야 할 것은 최소한 한국 사회의 공공적 영역에서 지켜내야 할 최저선이 무엇인가에 대한 동의일 것이다.

먼저, 더 이상 노동자의 삶의 질이 나빠져서는 안 된다. 한국의 노동은 위기 상황에 있다. 장시간 위험 노동이 계속되고 있으며, 직업의 안정성도 크게

---

51. 유인호, 〈경제성장의 기본성격〉, 《월간조선》, 1980년 5월 호. 《민중경제론》, 198~199쪽.
52. 유인호, 〈대학의 문을 여는 젊은이들에게〉, 《캠퍼스저널》, 1991년 3월. 《나의 경제학-수난과 영광》, 358쪽.

떨어진다. 표준적인 경제적 활동을 영위하는 사람들에게 있어서 하루의 가장 많은 부분은 기업이라는 단위에서 이루어지며 기업은 많은 사람들에게 있어 생활의 수단, 자아실현의 장소로서 기능하고 있다. 따라서 기업 속에서 개개인들이 안정된 상태에서 어떻게 자아실현의 기회를 가져나갈 것인가를 마련하는 일은 무척 중요하다.

다음으로, 더 이상의 빈부 격차가 진행되어서는 곤란하다. 한국의 빈부 격차는 이미 상당히 진전되었다. 총체적 중산층의 몰락이라는 소리도 많이 들린다. 건전한 양식 있는 중산층의 육성은 사회적 안정의 기반임을 중시해야 한다.

마지막으로, 국민의 환경·생명적 안정성을 확보하는 것이다. 자연환경을 악화시키는 세계화, 국민의 안전한 식생활을 악화시키는 형태의 세계화는 사회적 '공공성'에 배치되는 것이다. GMO(유전자 변형 작물) 문제 때문에 미국과의 FTA협상을 중단한 스위스의 경우는 이러한 공공성의 문제를 해결하기 위한 결단이라고 볼 수 있다. 농업, 농촌, 농민을 살려나가는 것도 국민의 환경·생명적 안정성 확보에 필요하다. 단순한 산업으로서의 농업만을 생각한다면 이미 우리의 농업은 사양산업일지도 모른다. 그러나 만약 농업, 농민, 농촌이 연계된 하나의 사회적, 문화적, 역사적, 환경적 실체로 생각한다면 농업의 의미는 달라진다. 농업을 GATT의 규정하에서 '비교역적 관심사항non-trade concerns'으로 규정하고, 또한 ' 다면적 기능 '이라는 논법이 사용되고 있는 것도 바로 그러한 이유 때문이다.

2) '민족경제'의 중요성

언제부턴가 외국인 자본에 대한 긍정론이 일반화되고 있다. 새로운 고용을 창출하며 선진의 경영 자원을 이전시킨다는 논리다. 그러나 논리는 상당히 낙관적인 몇 가지 가정 위에서 성립된다. 외국인 투자가 국내 산업을 구축시키지 않으며, 선진 기술의 이전도 계속될 것이라는 가정이다. 또한 과도한 이윤의 송금은 하지 않으며 이윤의 많은 부분은 투자국에 재투자해나갈 것을 상정한다. 그러나 외국자본에 의해 국내 산업이 잠식되며 그것에 의해 형성된 독과점 시장구조가 시장 효율성을 더욱 저하해나갈 가능성도 존재한다. 또한 본국으로의 과도한 이윤 송금으로 투하된 자본의 몇 배에 달하는 외화가 국외로 유출되는 것도 충분히 가능하다. 이러한 우려는 단지 상상 속에만 존재하는 것은 아니다. 그것은 남미라는 무대에서 실제로 존재했던 일이다. 또한 론스타 등 '투기 자본'의 '일확천금' 성공 스토리에서 우리가 확인한 것이다.

전략적 핵심 산업을 내국인의 지배하에 둔다는 것은 단지 자존심의 측면을 이야기하지 않는다. 그것은 한국의 장래의 산업구조 고도화에 불가결하다는 의미를 가진다. 만약 선진국 기업의 국제분업의 말단에 한국이 위치하는 것이 아니라, 첨단 제품을 국내에서 생산하기 위해서는 강력한 국내 자본의 존재는 필요하다. 한국의 반도체 산업이 재벌 체계의 많은 문제에도 불구하고 성공할 수 있었던 이유는 그것이 한국인의 소유와 지배하에 있었기 때문이다. 이 때문에 선진국 기업과 경쟁할 수 있는 '투자의 자유'를 확보할 수 있었던 것이다. 싱가포르가 외국자본을 성공적으로 유치하여 아시아의 선진국으로 거듭난 이유에는 그곳이 인구가 불과 200만 명 정도인 도시국가이기에 가능하다. 외국자본을 성공적으로 유치했다고 일컬어지는 영국에서도 금융, 화학, 약품 등과 같은 핵심 산업까지 외국인에게 장악되고 있다는 정보는 들어본 적이 없다. 한국에 중요한 것은 5,000만 인구를 먹여 살릴 주요 산업의 기반을 국내에 온존시켜가는 것이며, 또한 그것을 계속 고도화해가는 것이다. 그렇게 생각한다면 한국인의 소유와 지배하에 운영되는 핵심의 중요 기업은 필요하다.

그러면 이러한 강력한 국내 자본은 어떻게 가능한가? 직접적으로 그것에 관련 있는 정책은 산업정책이다. 경제 운영의 기본 방식을 시장 중심적으로 하는가 아니면 세세한 부문까지 정부의 정책적 유도에 맡기는가 하는 것에는 기본적인 경제 운영의 차이점이 있기 마련이다. '국가주의적' 발전 패턴은 경제 발전을 위해 시장에 대한 국가의 통제를 적극 활용하는 경우를 말한다. 국가의 통제의 정도에 따라서는 지극히 사회주의적 편향을 띠는 국가들(구소련 및 중국, 북한 등)에서 자본주의적 편향을 띠는 국가들(한국, 일본 등)까지 다양한 스펙트럼이 존재할 수 있다. 이론적으로는 자유무역의 국제경제체제에 대응하여 자유무역에 대한 일정의 제한과 전략적 중요 산업에 대한 보호 육성이 경제 발전에 있어서 중요한 의미를 가진다는 논리를 공유하고 있다는 점이다. 프리드리히 리스트F. List의 국민적 생산이론에 입각한 유치산업보호론infant industry protection policy, 파울로 프레비시P. Prebisch 등의 종속이론dependency theory, 현대의 전략적 무역정책strategic trade policy 등의 논의는 각각이 입각하고 있는 경제 방법론상의 차이점을 무시한다면 이러한 점에서는 논리적으로 동일하다.[53] 이렇듯 산업정책의 최대의 문제는 그 경제학적 논리의 타당성이 여부에 있는 것은 아니다. 오히려 가장 문제가 되는 것은 그 정책 실시 과정의 어려움에 있다. ①어떠한 산업을 어느 정도의 지원 범위에서 언제까지 지원할 것인가? 과연 현대의 경제학적 지식은 그러한 것을 선정할 정도의 충분한 지식을 가지고 있는가? ②산

---

53. 3자 간의 차이점을 굳이 밝히자면, 프리드리히 리스트(F. List)류의 사고방식은 기본적으로 그의 '국민적 생산 이론'에 입각한 '국민적 투자 입지론', 종속이론파는 방법론상 마르크스 이론에 입각하든 근대경제학적 이론에 입각하든 간에 '교역조건 악화론' 그리고 전략적 무역 이론은 산업입지 형성에 있어서의 'external economies of scale' 결정론 등으로 대별될 수 있으나, 신기한 것은 이러한 다양한 시대적, 방법론적 배경을 가진 이론들을 하나의 개념 틀(예를 들어 '산업보호정책의 정치경제') 속에서 비교 분석한 연구들이 특히 한국에서는 전혀 보이지 않는다는 것은 필자의 무식인가, 아니면 우리들 전체의 무식인가?

업정책의 결과 이루어진 성과를 어떠한 판별체계를 이용하여 지원 정도에 차별을 줄 것인가? 과연 지금의 정책 담당자는 그렇게 '공정' 할 수 있는가? ③정책적 지원 산업 선정에 대한 사회적 합의 체계는 어떻게 형성할 수 있을 것인가? 과연 지금의 정치구조는 사회적 합의 도출에 유용한가 등 해결해야 할 과제가 많은 것이다.

그렇다면 여기서 다음에 진행되어야 할 논리는 두 가지다. 먼저는 이상의 산업정책에 대한 비판에 중점을 두어, 인간 이성의 불완전성을 이유로 산업정책 그 자체를 부정하는 것이다. 아니면 그러한 불완전성에도 불구하고 산업정책의 경제적 타당성을 인정하는 것이며, 정책의 실효성을 높이기 위해 노력하는 것이다. 필자가 가장 염려하는 것은 첫 번째의 경우에 해당된다. 산업정책은 경제적 의미가 없다고 보는 경우를 논외로 한다면, 그 실행 과정의 어려움을 이유로 그 필요성 자체도 인정하지 않게 되는 오류다. 또한 그러한 인식 때문에 산업정책이 실시될 수 있는 여지를 제도적으로 거의 없애버리는 경우(한미FTA가 이 경우에 해당될 것이나)다. 산업정책이 필요 없는 것이 아니라 산업정책을 실현시킬 수 있는 정책 체계, 정치 체계를 만드는 과정이 더욱 필요한 것이다.

3) 경제조직의 '공동체성' 의 회복

유인호 경제학의 최대 성과물 중의 하나는 《농업협업화 연구》다. 그것은 현재 한국 경제의 문제점을 해결하는 데에도 많은 시사점을 준다. 특히 기업에 있어서 공동체적 운영이 어떻게 가능한가에 대한 심각한 고민이 필요하다. 시장 만능주의적 가치관, 경제의 운영 원리가 가지는 치명적인 약점은 인간 생활의 공동체적 특성인 공생의 가치, 또는 공생의 운영 원리를 경시하는 데 있다. 공생해나가는 모든 존재들이 함께 돕고 살아가는 것은 한 사회의 안정성 확보와 지속적인 성장력의 담보에도 중요하다. 가족은 가장 가까운 혈연 공동체로서 개개인의 심리적 안정과 생활 보조의 기초단위가 된다. 가족, 기업, 사회 혹은 국가로 이루어지는 개인의 관계망 속에서 점차 공동체적 질서의 정도가 약하게 되는 것은 당연하다. 그러나 생각해 보면 우리의 생활에 있어서 가족이 차지하는 부분은 무척 작다. 생활을 위한 경제적 활동의 많은 부분은 기업이라는 단위에서 이루어지며, 국가라는 단위는 그것이 개개인의 안정과 성공의 최후 보루이기도 하지만 일상 생활의 직접적 활동과는 거리가 있다. 따라서 '참여' 와 '연대' 의 논리에 입각한 새로운 경제조직을 만드는 일은 중요하다. 경제조직의 '공동체성' 의 회복인 것이다.

문제는 기업과 같은 경제조직이 '공동체성' 을 회복하려고 할 때, 과연 경제 합리성을 확보할 수 있을 것인가다. 일반적으로 기업의 공동체로서 역할 회복은 기업에 부정적인 효과와 긍정적인 효과를 동시에 갖고 있다고 볼 수 있다. 자본주의적 경쟁 압박에 직면하고 있는 기업에게 있어서 자신의 경쟁 우위를 가져가는 것은 기업 생존의 기반이 된다. 기업에 있어서의 경쟁력은 단순히 기업의 관계자, 주주 및 경영자, 노동자만의 생활의 질을 더욱 높여 가는 것만이 아니라, 실질적으로 경쟁 우위를 가지지 않고는 생존이 불가능하다는, 더 절박한 의미를 가지는 것이다. 사회주의적 실험, 협동조합 및 공공기업의 실패의 예에서 보듯이, 생활의 안정성을 유지시켜 가려고 했던 각종의 역사적 시도가 상당 정도 실패한 것도 부정할 수 없다.

따라서 우리에게 제기되는 문제는 다음과 같다. 어떻게 하면 기업 관계자들이 자기실현과 생활의 질을 높여가면서도 그들의 안정성을 확보해가는 것이 가능할까? 기업이 그들의 '공동체성' 의 긍정적 효과를 극대화해가며 부정적 효과를 경감하기 위한 제도적 장치와 이해 관계자들의 의식체계(ethos)는 어떻게 설계되어야만 하는가? 이상과 같은 사항에 대한 이론적, 실증적 연구가 필요한 것이다.[54] 이때 가장 중요한 것은 기본적으로 노동자들을 윤리적 인간으로 보는 것이다. 윤리적 인간의 가정하에서 그들의 각종 지대 추구적 행위를 막기 위한 제도를 설계하는 것과 그렇지 않은 것과는 큰 차이가 있다. 즉, 포디즘Fordism, 테일러리즘Taylorism과 같은 작업 관리, 인적 자원 관리의 성악설性惡說적 형태에서 벗어나, 종업원 개개인의 창의와 자발성에 의해 기업이 성장할 수 있다는 성선설性善說로의 전환이 필요하다.[55] 또한 조직 운영의 '명확성'과 '투명성'이 확보되어야만 한다. 유인호는 그의 《농업협업화 연구》에서 농업 협업화가 성립되기 위한 조건을 운영 계획의 명확성과 투명성에서 찾고 있다. "협업화는 다음과 같은 두 가지 기본적인 요건이 갖추어지지 않으면 안 된다. 첫째는 협업체를 어떻게 운영할 것인가에 대한 계획의 청사진이 명확히 제시되어야만 하며 그 계획이 구성원들에게 투명하게 공개되어야만 한다. 둘째는 협업체의 회계가 구성원의 누가 보더라도 의문이 없을 정도로 명확하게 되어야만 한다. 그러기 위해서는 농업부기簿記가 기장記帳과 기록에 의해 정비되어 있지 않으면 안 된다. 농업부기는 사업을 계획적이고 과학적으로 운영하고 검토하기 위한 토대가 되는 것이다. 협업체를 운영하기 위한 요건으로서 이상의 두 가지 외에도 많이 있겠으나 이것이 가장 중요하다"고 말하고 있다.

54. 기업들의 조직 관리에서 어떻게 공동체성이 회복될 수 있을 것인가에 대한 구체적인 사례 연구에 대해서는 김종걸·김재구, 《공동체 기업의 성공 조건》(한국노동연구원 뉴패러다임센터, 2005년 12월) 참조.
55. 유인호, 《농업협업화 연구》, 135쪽.

4) 경제정책의 '민주성'

경제정책에 있어서 확실한 '정답'이 있는 것은 아니다. 그보다는 '정답을 찾아가는 과정'이라고 볼 수밖에 없다. 수많은 사회적 시행착오trial and error 과정이며, 그 과정에서 지금의 사회경제적 문제 해결에 근접한 해결책을 찾아가는 과정이다. 이때 가장 필요한 것이 논의되는 과정에 '투명성'과 정책의 '점진적 실시'라는 점이다. 일거에 모든 것이 해결될 것이라는 환상을 버리고 이해관계인들의 합의에 의한 중간적 해결 방안의 꾸준한 실시가 필요하다. '투명성'과 '점진적 실시'라는 것이 필요한 이유는 그것이 사회 구성원의 상호 신뢰 구축에 가장 중요하기 때문이다. 하나의 사회가 불확실한 미래에 대응한 끊임없는 자기 혁신, 자기 진화를 하기 위해서는 무엇보다도 구성원 간의 '신뢰 형성'이 중요하다. 경우에 따라서는 일부 구성원들에게 막대한 고통을 유발하는 개혁 과정 속에서도 함께 비전을 공유하고 상호 신뢰하면서 혁신과정을 수행해나가는 것이 필요하다. 특히 경제정책의 담당자들은 그들 판단의 '신성불가침神聖不可侵'적 오만에서 벗어나 국민경제에의 영향에 대해 진지하게 생각해야한다.[56]

한미FTA를 예로 든다면 한국 사회의 경제정책의 실시 과정이 얼마나 비민주적인가를 알 수 있다. 주지하듯이 한미FTA는 단순한 통상 협상이 아니었다. 그것은 새로운 사회 경제적 규약을 만들어 가는 협정인 것이다. 이렇게 생각하면 한미FTA가 야기할 한국 제도의 변화 그리고 그 영향에 대한 심층적 분석과 논의 그리고 사회적 합의 과정은 필수적이다. 그러나 그러한 총체적인 분

---

56. 유인호, 《나의 경제학—수난과 영광》, 75쪽.

석과 토의 과정이 너무나 부족했다. 정부는 협상 이전부터 오랫동안 많은 준비를 해왔다고 강변하고 있으나, 이것을 신뢰할 수 없는 정황은 너무나 많다. 한미FTA에 의해 한국 경제와 사회에 어떠한 영향이 초래될 것인가에 대한 연구는 협상 추진 이전에 준비된 것이 아니라, 협상하면서 준비한 것이었다. 정책을 실현시켜가는 법적 정당성을 획득하는 것은 국민의 합의를 이끌어가는 투명한 절차에 있기 마련이다. 정부가 미국과의 FTA 협상 개시를 선언한 것은 2006년 2월 3일, 공청회가 열린 것은 불과 하루 전인 2월 2일이었다. 그나마 그것도 반대 단체들의 거센 반발로 파행으로 끝났다. 더구나 공청회를 여는 그 시간에 협상 개시를 위해서 김현종 통상교섭본부장은 미국으로 가는 비행기에 몸을 싣고 있었다. 공청회를 열기도 전에 협정 개시는 이미 예정되어 있었던 것이다.

더구나 이러한 협상 과정을 점검할 수 있는 제도적 장치도 마련되어 있지 않다. 무역 협상 과정을 제도적으로 감시하고 통제할 수 있는 국회의 역할은 존재하지 않으며, '통상 절차법' 또한 국회에 계류된 채로 잠자고 있다. 정부가 아무리 정보를 친절하게 공개한다고 하더라도 그것은 정부의 '친절함'에 의존할 뿐 국민의 대표들이 통제, 검증할 방법은 없는 것이다. 오로지 모든 협상이 끝나고 난 후, 국회의 비준 과정에서 검증할 수밖에 없다. 또한 모든 협상의 과정이 국회에 자세히 보고된 바도 없다. 한미FTA의 추진 결정, 협상 과정에서 국회도 국민도 전적으로 소외된 것이다.

V 결론

애덤 스미스, 리카도 등으로 시작하는 경제학의 역사는 창시자들이 가지고 있었던 풍부한 역사적, 철학적 기반을 없애고 순수한 경제 논리(경제적 인간homo economicus의 절대화)로 수식화, 정형화해나가는 과정이었다. 그리고 그러한 경제학의 학문적 조류는 영미의 경제학계의 주류로 그리고 우리 경제학계의 주류로 자리 잡은 지 오래다. 사회 전체의 흐름과 경제적 재화 등을 둘러싼 사회적 갈등을 다루던 경제학도 어느덧 '희소한 자원의 최대한 사용' 이라는 원칙으로 변화되었으며, 이론적, 실증적으로 계산 가능한 영역(효용, 이윤, GNP 등)만을 경제학의 범주에 넣음으로서 제도적, 사상적, 역사적 범주들을 소외시켜간 것은 사실이다. 경제학의 '왜소화' 인 것이다.

이제 '왜소화된 경제학' 을 민중, 민족, 민주라는 시점에서 다시 복원해야 한다. 그리고 그것을 종합적 논리 체계 속에서 완성시켜야 한다. 종합적 분석이 가지는 최대의 난점은 하나하나의 구성 요소 간의 논리적 연관성과 치밀성을 확보하기 어렵다는 점이다. 더욱이 구성 요소가 많아지면 더욱 그러하다. 특히 이러한 점은 인간 생활이라는 불확실성의 성격이 강한 곳에서는 더욱 두드러지게 나타난다. 데카르트-뉴턴적 근대적 학문이 가지고 있던 전제, 즉 자연과 인간 사회의 구조 그리고 그들의 중장기적인 변동은 합리적 예측 과정을 통해서 파악할 수 있다는 확신은 21세기를 맞이한 우리들이 기대기에는 너무나 순진할 수 있다. 그럼에도 경제체제 내의 각 구성 요소가 하나의 메카니즘으로 연결되지 않을 경우 각 부분의 역할과 의미는 실종되어버리기 마련이다. 정책적 측면에서도 매크로 경제 운영, 산업 발전 전략, 지방분권 전략, 인적 자원 육성, 과학 기술 정책, 재벌 정책, 중소기업 육성 정책, 효율적 정부 구성, 대외 경제 협력 전략 등의 각종 구성 요소가, 논리적 일관성을 가지고 추진되어야만 하는 이유는 일종의 조감도가 없으면 정책의 방향 설정이 불가능하기 때문이며, 또한 방향 설정이 있어야만 개별 정책의 추진 필요성의 의미가 파악가능하기 때문이다. 세분화되고 경우에 따라서는 자기 목적적으로 정치精緻화되어가는 각 분야의 논리가 종합적인 인식 틀 속에서 자기 정리되지 않은 경우에는 전체적인 정책적 조율은 불가능해진다. 이때 필요한 것이 '분석' 과 '정책' 의 기준을 분명히 하는 것이다. 경제 분석의 '당파성' 을 복원하는 것, '공공성' 과 '민족성' 을 복원하는 것 그리고 경제정책의 '민주성' 을 복원하는 것, 이것이 유인호 경제학의 현대적 계승이 아니겠는가?